# 牛津交易
# Save Me

摩娜・凱絲頓
Mona Kasten

廖芳婕──譯

我是我從來不想看到的城市，

我是我從來不想成爲的風暴。

澤西樂團（Gersey），無盡（Endlessness）

# 露比

我的生活分成好幾種顏色：

綠色——重要！

藍綠色——學校

粉紅色——麥斯頓．豪爾活動委員會

紫色——家人

橘色——飲食和運動

今天的紫色（拍老妹安柏的服裝照）、綠色（買新螢光筆）和藍綠色（跟老師詢問數學作業資料）我已經解決了。把事情從代辦清單上劃掉是全世界最棒的感受。有時候我甚至會把我早就做完的事情寫上去，只是為了能直接劃掉它——但我會用不明顯的淺灰色來寫，這樣感覺起來比較不像在作弊。

打開我的筆記本，第一眼就會發現我每天的生活大部分是由綠色、藍綠色和粉紅色組成。

但是不到一個禮拜前，新學年開始的時候，我的筆記本裡開始多了一種顏色：

金色——牛津大學

我用新的金色筆寫下來的第一項任務是：跟薩頓老師拿推薦信。

我用手指滑過閃耀著金屬光澤的字跡。

只剩下一年。在麥斯頓．豪爾高中的最後一年，現在終於開始了，感覺好不真實。說不定三百六十五天後的這天，我就已經坐在牛津大學政治專題討論課的教室裡，讓世界上最聰明的人幫我上課。

只要想到再過不久就會知道我最大的願望能不能實現，我就緊張到全身發麻。不知道我是不是真的可以成功在那裡念書。在牛津。

我的家人裡還沒有人讀過大學。我第一次鄭重跟我父母宣布我想在牛津大學念哲學、政治學和經濟學時，他們只是淺淺笑了笑。我知道他們的反應很理所當然。當時我七歲。

但直到現在，十年以後，我的夢想還是一點都沒變，除了目標變得唾手可得以外。我能夠走得這麼遠，感覺起來就像一場夢。我總是很害怕突然醒來，發現我還在以前那所學校，而不是麥斯頓．豪爾——英國最知名的私立學校之一。

我瞄了一眼掛在教室笨重木門上方的時鐘。還有三分鐘。我們要做的練習我昨天晚上已經做完了，現在只好就在這裡等著課堂結束。我沒耐心地晃動著腿，然後大腿側邊就被打了一拳。

「噢！」我低叫了一聲。我想打回去，但是琳動作比較快，在我打到她之前就閃掉了。她的反應速度快得不可思議。我猜是因為她從小學就開始上擊劍課的關係，能像眼鏡蛇般迅速擊中對手。

「不要那麼焦躁。」她回答，眼睛繼續盯著她那張寫得密密麻麻的練習卷。「妳害讓我很緊張。」

這句話讓我愣了一下。琳從來沒有緊張過。至少她不會承認或表現出來。但是這一刻我的確看見她的雙眼裡有一絲不安。

「對不起。我也沒辦法。」我繼續用手指描著練習卷上的字。過去這兩年我竭盡全力想跟上其他同學，想變得更好，想證明我進來這間學校合情合理。而在大學申請流程開始的現在，緊張感快要讓我死掉。我想冷靜也沒辦法。琳似乎也差不多，這讓我安心不少。

「海報來了嗎？」琳問。她斜眼看向我，一綹及肩黑髮滑落到她臉上，她不耐煩地將頭髮從額頭撥開。

我搖搖頭。「還沒。要到今天下午了。」

「好。我們是明天生物課下課以後要去發沒錯吧？」

我指了指我筆記本裡那行粉紅色的字，代表麥斯頓・豪爾的學生活動委員會事項。琳滿意地點點頭。我又看了一次時鐘，努力克制雙腳不要繼續晃動。我開始悄悄把筆收進筆袋。筆尖都要朝同一個方向，所以本來就需要花比較多時間。

但那支金色的筆我沒收，而是慎重地把它插在圈住筆記本的那條細繩子上。我把筆蓋轉向前方，這樣感覺才對。

下課鈴聲終於響了，琳用超乎常人的速度從椅子上彈起來。我挑眉看著她。

「不要那樣看我。」她邊說邊把包包背到肩上。

我什麼都沒回答，只是笑著把我的其他東西裝進背包。

琳跟我是最先離開教室的人。我們快速穿過學校大樓西翼，在第一個走廊左轉。

我剛到校的前幾個星期，不斷在這座龐大的建築物中迷路，上課遲到。即使老師不厭其煩地向我保證：大部分新生都會迷路，我還是覺得非常丟臉。這間學校就像一座城堡，五層樓的主建築包含南翼、西翼和東翼，旁邊還有三棟建築物，音樂或電腦之類的課都在那裡上。有無數讓人搞不清楚方向的路，而且不是每個樓梯都自動通往某一層樓，這件事也讓人絕望。

但現在我對這棟建築物已經非常了解。我甚至相當確定，去薩頓老師辦公室的那條路就算我閉著眼睛也找得到。

「我應該也要讓薩頓老師幫我寫推薦信的。」我們走在走廊上時，琳嘟囔著。威尼斯面具高高掛在我們右邊牆上——畢業班的藝術企劃。我已經在這裡停留過幾次，欣賞它們有趣的細節。

「為什麼？」我問。同時也告訴自己要記得請管理員在周末返校派對之前，把這些面具放到安全的地方。

「因為自從我們合辦了去年的畢業舞會之後他就很喜歡我們，他知道我們有多熱心參與學校的活動，也知道我們有多努力。而且他很年輕、有野心，自己也剛從牛津畢業。天啊，我真的可以賞自己幾個巴掌，竟然沒有想到要找他寫推薦信。」

我輕拍琳的手臂。「瑪爾老師也在牛津大學念過書啊。而且我可以想像，跟薩頓老師比起來，如果推薦人已經有一點工作經驗，效果會比較好。」

她懷疑地看著我。「你是在後悔找他了嗎？」

我聳聳肩。上個學期末，薩頓老師無意間得知我非常想去牛津，然後他跟我說我可以向他詢問所有我想知道的事情。他提供了我非常多內部資訊，雖然他的主修和我想念的不同。我貪婪地把那些資訊全部吸收進我腦裡，之後還仔細記在筆記本上。

「沒有後悔。」我回答。「我很確定他知道推薦信裡要寫什麼重點。」

琳在走廊的盡頭左轉，我們約好晚一點再通電話，接著就迅速道別。我瞥了一眼我的錶：一點二十五分，然後加快腳步。跟薩頓老師約好的時間是一點半，我一點都不想遲到。我衝過高聳的文藝復興式彩繪玻璃窗，九月的金色陽光透過窗戶灑進走廊，再擠過一群跟我一樣身穿寶藍色制服的學生。

沒人把我當一回事。在這間學校裡就是這樣。雖然我們都穿著一樣的制服——女生穿藍綠色格子裙，男生穿米色長褲，每個人都有一件量身訂做的深藍色西裝外套——還是看得出來我其實不屬於這裡。我的同學帶著昂貴的設計師包包來學校，我的卡其綠背包卻有幾個地方已經變得很薄，隨時可能破掉。我試著讓自己不要被這種情況，也不要被這裡的某些人嚇唬到。那些人只因為自己來自富裕的家庭，就表現得就好像學校是他們開的一樣。對他們來說，我是個隱形人。而我也盡全力讓我保持隱形。*不要引人注目就對了。*到目前為止都運作得不錯。

我低著頭擠過其他學生，再右轉最後一次。左邊第三扇門就是薩頓老師的辦公室。在他辦公室門前有一張笨重的木頭長椅，我的目光在長椅和手錶之間游移。還有兩分鐘。

我一秒鐘都忍耐不了了。我把裙子撫平，調整西裝外套，確認領帶沒有歪掉。接著走向辦公室，敲了敲門。

沒有人回應。

我嘆口氣在長椅上坐下來，看了看走廊兩頭。也許他去買點吃的。或者茶。或者咖啡。這讓我想到我今天應該不要喝咖啡比較好，我本來就已經夠緊張了，但是媽煮了太多，而且我又不想倒掉。我再看一次錶，我的手在輕微顫抖。

一點半。一分不差。

我重新沿著走廊看過去。沒有半個人。

說不定是我敲得不夠大聲。或者——這個想法讓我心跳爆表——是我弄錯了。也許我們約的是明天，不是今天。我慌張地拉開背包拉鍊，拿出記事本。是今天沒錯。日期正確，時間正確。

我搖搖頭，把背包拉上。我通常不會這麼手足無措，但只要想到可能有什麼東西出錯，讓我因此無法被牛津大學錄取，就會讓我恐慌。

我告訴自己冷靜下來。我站起來，走向辦公室，重新敲一次門。

這次我有聽到聲音。聽起來像是有東西掉到地板上。我小心把門打開，往裡頭張望。

我的心臟停止跳動。

我沒有聽錯。

薩頓老師在裡面。

但……他不是一個人。

一個女的坐在他的辦公桌上，激情地吻著他。他站在她兩腿之間，雙手環繞著她的大腿。接著他把她抱得更緊，整個人往前拉。他們的雙唇再度交疊，她在他的嘴裡輕聲呻吟，雙手埋在他的深色頭髮裡。

我希望可以把目光從他們兩個身上移開，但是我做不到。他的雙手繼續伸往她的裙裡，我聽到他沉重的呼吸，還有她輕聲的喘息「噢，葛拉罕」。

當我終於從震驚中回過神，我已經忘記如何讓自己的雙腿運作了，我被門檻絆倒，門猛然打開，碰一聲撞到牆上。薩頓老師和那個女的從彼此身上彈開。我開口想道歉，但發出來的都只是喘氣聲。

「露比。」薩頓老師屏息說道。他的頭髮一團混亂，襯衫上端的鈕扣敞開，滿臉通紅。他讓我覺得好陌生，完全不像我的老師了。

我感覺到我的雙頰發燙。「我……對不起。我以為我們有……」

那位年輕的小姐轉過身。剩餘的話哽在我的喉嚨。我目瞪口呆，寒意佈滿全身。我驚訝地看著她，她那土耳其藍的眼睛也張得跟我一樣大。突然間她把視線移開，往下轉移到她昂貴的高跟鞋，接著在地板上游移，然後無助地看著薩頓老師。

我知道她。尤其她那完美波浪幅度的金紅色馬尾，上歷史課時總是在我眼前晃動。

**在薩頓老師的課。**

剛才在這間辦公室裡跟我老師擁吻的女生，就是莉蒂雅．布佛特。

我一陣暈眩。而且我很確定我隨時都會吐出來。

我盯著他們兩人，盡力想要忘掉剛才那幾分鐘，但是根本不可能。我知道，薩頓老師和莉蒂雅也知道，我可以清楚從他們震驚的表情看出來。我往後退一步，薩頓老師伸出手，向我走進一步。我又被門檻絆倒了一次，幾乎站不穩。

「露比……」他開始說話，但是我耳裡的嗡嗡聲越來越大。

我轉身跑走。在我身後，我聽到薩頓老師又叫了一次我的名字，這次大聲很多。

我頭也不回地繼續跑。繼續跑。

# 2 詹姆士

有人在用錘子猛捶我的頭。

在我慢慢甦醒的過程中，這是我意識到的第一件事。第二件，則是半躺在我身上的溫熱裸體。

我看著那裸體，但只能認出那一頭蜂蜜般的金色蓬亂長髮。我不記得離開雷恩的派對時我帶了人，老實說我根本完全想不起來我有離開雷恩的派對。我再次閉上眼睛，試著叫出昨晚的影像，但還記得的就只剩下一些斷斷續續的片段。我醉倒在一張桌子上；我跌落在雷恩雙腳前的地板上，雷恩大聲的笑；我緊貼著阿里斯戴爾的姐姐伊蓮跳舞時，阿里斯戴爾警告的目光。

噢，幹。

我小心舉起手，把這位女生的頭髮從額頭上撥開。

幹，幹。

阿里斯戴爾會殺了我。

我猛然坐起身。腦中一陣針扎般的疼痛，眼前一片漆黑。身旁的伊蓮嘟囔著一些聽不懂的話，然後翻身過去。這時我發現是什麼在捶打我的頭：放在床頭櫃上、正在震動的手機。我不予理會，開始在地上找我的衣服。一隻鞋子在床附近，另一隻則是在門邊我黑色褲子和皮帶的下方，襯衫在棕色皮沙發上。我把襯衫套上，想扣上時，發現有些鈕扣不見了。我嘆了一口氣，真心希望阿里斯戴爾已經離開了，他不需要看到破損的襯衫，也不需要看到伊蓮用她擦著粉紅色指甲油的指甲在我胸口留下的紅色抓痕。

我的手機又開始震動了。我瞄了一眼螢幕，我爸的名字在我眼前發著光。非常好。現在接近下午兩點，是一個普通的上學日，我的頭隨時會爆炸，而且我很確定我睡了伊蓮・艾靈頓。現在最不需要的就是聽到我爸的聲音。我決定把它按掉。

我需要的是熱水澡。還有乾淨的衣物。我悄悄走出雷恩的客房，盡可能小聲把門關上。下樓途中看到昨晚留下的東西：樓梯扶手上懸掛著一件內衣和幾件衣物，前廳到處是杯子和佈滿食物殘渣的盤子，空氣裡有酒精和煙的味道。不難看出這裡幾個小時前在開派對。

我在客廳裡發現希里爾和凱許兩人。希里爾在雷恩父母的那張昂貴白色沙發上沉睡著，凱許則坐在壁爐旁的單人沙發椅上，一個女的坐在他大腿上，雙手埋進他的黑色長髮，激情地吻著他。兩個人看起來就好像派對馬上又要開始了一樣。當凱許短暫離開她的身體、發現我的時候，他把頭往後一仰，大笑了起來。我邊走邊對他比了中指。

通往費茲傑羅家花園的華麗玻璃門敞開著。我往外走，同時瞇起雙眼。陽光不是特別刺眼，但感覺卻好像直接刺進我的太陽穴。我小心地環顧四周，外面這裡看起來並沒有比裡面好，更確切地說是相反。

我在游泳池旁的躺椅上發現雷恩和阿里斯戴爾。他們的雙手交叉在腦後，雙眼藏在太陽眼鏡後面。我只猶豫了一下，然後就走向他們。

「布佛特，」雷恩高興地說，一面把眼鏡推高到他的黑色卷髮上。雖然他露齒而笑，但我還是看得出來他原本深棕色的皮膚有多蒼白。他宿醉一定很嚴重，就像我一樣。「昨晚爽吧？」

「記不太清楚欸。」我回答，同時鼓起勇氣往阿里斯戴爾的方向看過去。

「去你的，布佛特。」阿里斯戴爾說，看都沒看我。他的頭髮在正午的陽光中閃耀著金光。「早跟你說過，不要碰我姐姐。」

我有預料到他會是這個反應。我輕輕挑眉。「我又沒強迫她跟我上床。不要講得好像她無法自己決定要跟誰發生關係一樣。」

阿里斯戴爾的臉痛苦得扭曲，同時發出讓人聽不清楚的咕噥聲。

我希望他可以冷靜下來，不要一直對我懷恨在心，畢竟我也沒辦法讓時空倒轉。而且我其實沒興趣在朋友面前替自己辯解。這件事我在家已經夠常做了。

「如果你敢傷她的心，」過了一會兒，阿里斯戴爾說，同時透過他雷朋眼鏡的玻璃鏡片看著我。雖然我看不到他的眼睛，但我知道他的眼神不是憤怒，而是無奈。

「伊蓮從五歲起就認識詹姆士了。」雷恩插話：「她知道他是什麼樣的人。」

雷恩說得沒錯。我和伊蓮兩個人昨天都知道自己在做什麼。即使我的記憶很模糊，但伊蓮急促的聲音仍然清楚在耳邊迴盪：*只有這一次，詹姆士。就這麼一次。*

雖然阿里斯戴爾不想承認，但他姐姐跟我一樣，都不是會為這種事情死去活來的人。

「如果你父母知道這件事，他們就會立刻宣布你們訂婚的消息。」過了一段時間後，雷恩調皮地補充。

我厭煩地癟了癟嘴角。我父母多年來一直要我跟伊蓮・艾靈頓訂婚——或者任何一個有錢人家的女兒。但我才十八歲，顯然有更好的事可以做，而不是一天到晚只想著畢業以後會面臨什麼事或什麼人。

阿里斯戴爾輕蔑地哼了一聲。他似乎也不是很樂於見到我成為他們家的一員。我用手壓住胸口，裝出很受傷的樣子。「聽起來好像你不想要我當你的姐夫。」

他把眼鏡往上推向他卷曲的頭髮，用憤怒的眼光注視著我，接著像猛獸一樣從躺椅上起身。雖然他很瘦，但我知道他的力道與速度，球隊訓練的時候我已經親身體驗過很多次了。

從他看我的眼神，我知道他打算做什麼。

「我警告你喔，阿里斯戴爾。」我低吼了一聲，往後退一步。

他走到我面前：「我也警告過你了，可惜你沒聽。」

接著他在我胸口狠狠揍了一拳。我往後踉蹌，直接跌進游泳池裡。猛力的撞擊把空氣擠出肺部，我一瞬間分不清上下左右。水灌進我的耳朵，頭痛在水裡感覺更加劇烈。

我並未立刻浮出水面。我選擇讓身體放鬆，保持著同樣的姿勢，臉部朝下，凝視游泳池底朦朧的磁磚，在腦中數秒。我閉上眼睛。世界幾乎寂靜無聲。過了三十秒之後，氧氣漸漸用光，胸口壓力增加。我讓最後一個氣泡往上冒出，繼續等待，然後……

阿里斯戴爾跳進游泳池，緊緊抓住我，把我拖出水面。當我睜開雙眼，看到他驚恐的眼神時，我一邊大口吸著空氣一邊開始狂笑。

「布佛特！」他不知所措地大喊，向我撲過來。他的拳頭打在我身上，該死，打得真重。然後他想用腋窩箝住我的脖子往下壓。不過他比我矮，所以進行得不如他希望的順利。我們扭打了一陣子後，換我抓住他。我毫不費力地把他舉高，然後用盡全力把他往前拋。他啪一聲重重跌入水中，雷恩的笑聲穿透我的耳朵。阿里斯戴爾重新浮出水面的時候，用憤怒的眼神盯著我看，讓我忍不住又開始狂笑。跟艾靈頓家的其他人一樣，阿里斯戴爾擁有一張天使臉孔。即使他想要讓自己看起來有威脅性，但他淺棕色的眼睛搭配金色卷髮以及超完美臉龐，根本就不可能產生威脅感。

「你這混帳東西。」他說，並朝我潑了一大堆水。

我用手擦了擦臉。「朋友，對不起啦。」

「沒關係。」他回答，但還是繼續潑我水。我張開雙臂，讓水就這麼灑向我身上。就在某個時候，他停了下來。我看向他時，他只是笑著搖搖頭。

這時我知道，我們之間沒事了。

「詹姆士？」一個熟悉的聲音響起。

我轉過身。我的雙胞胎妹妹站在游泳池邊，擋住陽光。昨天她沒來派對。有一瞬間我覺得她是要來罵我的，因為我跟其他人今天都翹課。但接著仔細一瞧，忽然全身發寒：她肩膀下垂，手臂無力地懸在身體兩側。她盯著她的腳看，不敢看我。

我用最快的速度游到她身邊，爬出游泳池。雖然我的身體很濕，但我不想管，我抓住她的手臂，強迫她抬頭看我。我的胃在翻攪。莉蒂雅的臉又紅又腫。她一定有哭過。

「怎麼了？」我把她的手臂再抓得更緊一點。她想別開頭，但我不允許。我攥著她的下巴，讓她無法逃避我的目光。

她的眼中閃爍著淚光。我的喉嚨變得好乾。

「詹姆士，」她用沙啞的聲音低聲說，「我幹了一件蠢事。」

# 露比

「這裡很棒。」安柏邊說邊站到荊豆和蘋果樹中間。

我們的小花園裡到處散落著蘋果，我和安柏要負責撿。撿蘋果這件事只被我用紫色的筆寫在行事曆上星期四那一欄，即使爸媽已經催我好幾天了。

我知道媽媽想烤一些蛋糕和派，讓她可以拿到她工作的麵包店裡讓客人試吃。而爸爸則想煮出好多種奇妙口味的果醬。可惜的是，爸工作的墨西哥餐廳沒人可以試吃。這代表安柏和我可能又要充當白老鼠。如果是試新的墨西哥薄餅，可能真的會很棒，但叫我們試吃辣椒口味的蘋果果醬，可就一點都不棒了。

「妳覺得呢？」她問我。

安柏在我面前擺出熟練的姿勢。我每次都很驚訝她這麼會擺姿勢。她的肢體很放鬆，然後她甩了甩頭，讓淺棕色長卷髮看來更狂野一點。她微笑時，綠色的眼睛散發出光芒。我常納悶，為什麼她剛起床就可以看起來那麼清醒，而我起床後馬尾一定呈現垂直亂翹狀態。而且雖然我眼睛的顏色跟安柏一樣，但我的眼睛無神，而且是又疲勞又乾燥，所以必須要不斷眨眼擺脫不舒服的灼熱感。

現在才早上七點多，昨晚我幾乎沒睡，思考昨天下午看到的東西。一個小時前安柏進來我房間時，感覺我才剛睡著沒多久。

「妳看起來很棒。」我回答，把小型數位相機舉高。安柏示意我可以拍了。我拍了三張，接著她變換姿勢，轉向側面，然後給我——或者說給照相機——一個回眸。她今天穿的洋裝有彼得潘領和顯眼藍色花紋，是她從媽那裡摸來的，她稍做修改，讓它變得有腰身。

從我有記憶以來，安柏的體重就過重，經常買不到有腰線的衣服，所以她都得自己製作。十三歲生日的時候，她從爸媽手中收到了她人生中第一台專屬縫紉機，從此她就可以縫自己喜歡的衣服了。

安柏很了解自己適合什麼。她很會處理街頭風的穿搭，比如說她今天就穿了一件牛仔外套配白色運動鞋，還幫她那雙運動鞋畫了銀色的後鞋跟。

幾天前我在一本時尚雜誌中看到一件材質看起來很像垃圾袋的夾克外套。我當時鼻頭一皺，快速往後翻。但是現在仔細一想，我很確定安柏能像個超級名模般駕馭那件外套。當然這一定跟她散發出來的自信有關——在鏡頭前，在真實人生中也是。

情況不是一直都是這樣的。我還記得她因為在學校被別人嘲笑，非常不快樂地躲在房間裡的那些日子。那個時候，安柏顯得渺小脆弱。但是後來她漸漸學會接受自己的身體，忽略別人說的話。

安柏坦然用「胖」來形容自己。「就像哈利波特一樣，」當有人對她的用詞感到意外的時候，她總是這麼說。「就是因為沒有人敢說出佛地魔這個名字，它才會這麼可怕。胖這個字眼也一樣。它就跟苗條或瘦一樣，是對身體的一種形容詞彙，沒有負面意涵。」

安柏花了很長時間才學習到這一課，而這就是她開部落格的原因，她想要幫助其他情況跟她類似的人接受自己。這一年多以來，安柏都在告訴世人，她覺得自己的樣子很美，並且透過她針對大尺寸流行寫的文章，建立起一個以她為先鋒與靈感來源的社群。

爸媽和我也從她那裡學到很多，因為她不停讓我們看相關主題的文章，同時對她的成績感到非常驕傲。

「我覺得我拍到了。」拍了她的第三個姿勢後，我這麼說。安柏立刻跑來我身邊，把相機拿過去。她邊看邊不滿意地皺起鼻子，但直到看到她回眸一笑的那張，就終於笑了。

「我用這張。」她在我臉頰上親了一下。「謝謝。」

我們一起從庭院走進屋裡，努力在散落一地的蘋果之間找到腳可以踩的縫隙。「文章什麼時候上線？」我問。

「想說明天下午。」她瞥了我一眼。「妳覺得妳今天晚上還可能有時間再看一次嗎？」

其實沒有。今天下課之後，我要去掛週末舞會的海報，之後還要繼續準備歷史課的報告。另外我還要想想怎樣才能不跟薩頓老師講到話就拿到推薦信。光想到昨天——莉蒂雅．布佛特坐在他的書桌上，他站在她的雙腿之間——就讓我又感到一陣噁心。還有他們兩個發出的聲音……

我猛搖頭，想把記憶趕出腦中，結果這舉動讓安柏驚訝地看著我。

「好啊。」我迅速說，然後超越她，走進客廳。我不敢看著安柏，若她看到我的黑眼圈，她立刻就會知道有事不對勁，而我現在完全不想要她問我問題。

在我不管多努力都沒辦法將薩頓老師喘不過氣的呻吟聲趕出腦中的時候。

「寶貝早安。」

我媽的聲音嚇了我一跳。我盡快控制住我的臉部表情，讓自己看起來正常。或者隨便一個沒發現自己老師跟同學亂搞的人表情是什麼樣子，我就讓自己看起來像那個樣子。

媽走過來，在我的臉頰上親了一下。「還好嗎？妳看起來很累。」

顯然對於做出正常表情這件事，我還需要再練習。

「對啊，我只是需要咖啡因。」我嘟噥地說，並讓她領我到早餐餐桌。她倒了一杯咖啡到我面前，又摸了摸我的頭。安柏走向爸，讓他看我幫她拍的照片。他馬上把報紙放到一邊，彎腰看螢幕。他微笑著，嘴角的輕微皺紋變深了。「很漂亮。」

「親愛的，你認得那件洋裝嗎？」媽問。她把手放在他的肩膀上。

爸爸把相機舉高，老花眼鏡鏡片後方的目光陷入沉思。「這是……這是妳在我們結婚十周年時穿的那件洋裝嗎？」媽點點頭。媽和安柏的身形差不多，所以安柏在她的縫紉機事業剛開始的時候有一些衣服可以實驗。一開始安柏把裙子改壞的時候，媽媽總是很傷心，但這個情況後來很少發生了。現在她很開心看到安柏巧手把她的舊裙子和襯衫變成新樣貌。

「我幫它加了腰線，也把領子縫緊一點。」安柏說。她坐到餐桌旁，把玉米片倒進媽媽幫我們準備的碗裡。

爸臉上漾開笑容。「真的變得很漂亮。」他邊說邊握住媽媽的手。他往前靠近，直到媽的臉跟他的一樣高，然後給她一個溫柔的吻。

安柏和我對看，我知道她跟我想的一樣：呃。我們的父母太相愛了，有時候會讓別人覺得有點噁心。但是我們鎮定地看著。只要想到琳的家庭，我就知道要珍惜自己家庭的完整，尤其是我們曾經為了家人之間牢固的情感連結付出很多努力。

「妳文章上線的時候跟我說一聲。」媽坐到爸旁邊之後說。「我想要可以馬上就讀到。」

「好。」安柏回答，嘴巴裡塞滿了食物。

如果想及時趕上校車，我們動作就要快一點。我可以理解她為什麼要這樣狼吞虎嚥。

「但文章上線以前，妳會幫忙再看一次對吧？」爸朝著我問。

即使已經一年多了，爸還是對安柏的部落格抱持懷疑。他對網路不太信任，尤其當她女兒的照片和想法在網路上被公開的時候。安柏花了一些力氣說服爸大尺碼流行服飾的時尚部落格是一個好主意。安柏用了非常大的熱情和勇氣在經營她的網站「鈴鳥」，所以爸其實也只能同意。他唯一的條件是，我，身為明智的姐姐，要在她登出部落格文章之前試讀並檢查照片，避免我們私下生活的細節出現在網路上。但他的擔憂沒有任何理由。安柏工作起來非常謹慎、專業，我很佩服她可以在這麼短時間內做出這樣的成績。

「當然。」我把一匙玉米片塞進嘴裡，伴著一大口咖啡往下吞。現在換安柏反感地看著我，但是我沒理她。「我今天會晚一點回家，你們不要覺得奇怪。」

「學校裡很多事嗎？」媽問。

*妳知道就好。*

我很想跟爸媽還有安柏說發生了什麼事。我知道我說完以後會好一點，但是我不能這樣做。我家和學校是兩個平行的世界。我對自己發誓過，絕不把它們參雜在一起。所以學校裡沒人知道我家的事，我的家人也一點都不清楚學校裡發生的事。我到學校的第一天，就把這個界線拉出來了，而這是我做過最好的決定。我知道安柏經常氣我什麼都不說，每次爸媽問「今天過得怎樣？」我都只會回答「還可以。」每次看到他們流露出失望，我都很有罪惡感。然而家是我寧靜的世外桃源。這裡重要的是家人和忠誠和信任和愛。學校裡只有一件事重要：錢。如果把那裡的事情扯進來，我怕會破壞這個平靜的地方。

薩頓老師跟莉蒂雅．布佛特之間發生的事當然跟我無關，而我本來也就不會把這件事告訴別人。「學校裡沒人知道我的私生活」這件事之所以能夠成立，完全就是因為我嚴格遵守我給自己設立的規則：*不要引人注目就對了！*這兩年來，我想盡辦法在大部分同學面前保持隱形，避開他們的注意。

如果我把薩頓老師的事跟某個人說或去找校長，醜聞就會引爆。我不能冒這個險，不能在我距離目標那麼近的這個時候。

莉蒂雅．布佛特和她全家——尤其她那令人厭惡的哥哥——正好就是我要保持超遙遠距離的那種人。布佛特家族是全英國最古老、最大的男裝經銷商，他們也對學校事務到處插手，我們學校的制服甚至還是由他們設計的。

不。我絕對不能和布佛特家族的人發生衝突。

我會裝作什麼事都沒發生一樣。

學校真的太可怕了。我努力專心上課，但卻不斷分心。中間下課時，我非常害怕會在走廊上遇到薩頓老師或莉蒂雅，所以我是用跑的在不同教室間移動。琳不只一次斜眼看我，所以我要自己趕快冷靜下來，表現得正常一點。我最不想要的就是她開始問一些我不能回答的問題。尤其我相當確定她沒接受我的藉口——也就是昨天我弄錯時間，所以沒有拿到推薦信。

最後一堂課結束後，我們一起去秘書處領海報，昨天終於寄到了。原本我比較想要先去學生餐廳吃飯，因為上生物課的時候，我的肚子叫得超大聲，連老師都轉過來看我。但是琳想說我們去學生餐廳的路上就可以先貼幾張，節省時間。

我們從大禮堂開始，一起把第一張海報牢牢固定在高大的柱子上。確定膠帶都貼牢了以後，我往後退幾步，雙手交叉在胸前。「妳覺得怎麼樣？」我問琳。

「完美。這裡每個從大門進來的人都會注意到。」她轉向我微笑。「真的很漂亮，露比。」

我又端詳了一會兒那些記載著返校派對的藤蔓般黑色字母。這張海報真的好棒，結合淡金色斑點的字體襯著銀色的背景，高雅又迷人，但同時也夠時髦，符合學校派對的主題。

我們學校以派對聞名，什麼事都可以開趴慶祝：開學、學期末、創校日、萬聖節、聖誕節、新年、校長生日……校內學生活動預算出奇的高。但是，如同雷辛頓校長一再提醒我們的，透過成功活動建立起的學校形象，這才是無價的。因為學校派對雖然理論上是說只給學生參加，但最重要的是吸引了父母、贊助者、政治人物和其他有錢人來資助我們學校，然後透過他們的支持，讓他們的小孩可以站在人生的最佳起跑點，直通劍橋或牛津。

剛進學校的時候要選社團，學生活動委員會似乎對我而言是最好的選擇：我非常喜歡安排和籌劃活動，而且在活動委員會裡，我可以在幕後做事，同學不會注意到我。我沒有預料到會在這裡得到那麼多樂趣，也沒預料到兩年後會跟琳一起領導這個團隊。

琳轉向我，臉上露出大大的笑容。「今年再也沒人可以指使我們，妳不覺得是世界上最棒的感受嗎？」

「我覺得我只要再在伊蓮．艾靈頓的掌控下多待一天就會忍不住想揍她。」我回答。琳輕聲竊笑。「不要笑。我是認真的。」

「我好想看。」

「我也很想揍。」

伊蓮是個讓人無法忍受的會長，傲慢、偏心又懶惰。不過我從來沒有傷害過她。除了不贊成使用暴力以外，我也不想違背「盡全力不讓自己在這裡引人注目」的自我規定。

不過反正現在都結束了，伊蓮畢業離開學校了，琳和我被選為新任會長，證實了團隊裡的其他人也不喜歡伊蓮的獨裁作風。

「我們把這兩張海報貼完再去吃飯嗎？」我問，琳點頭。

幸好我們踏進學生餐廳的時候，吃飯的尖峰時段早就過了。大部分同學都已經在走去上課的路上或在學校花園裡享受陽光。學生餐廳裡只有零星的一些桌子有人，所以琳跟我找到一個靠窗的好位子。

儘管如此，我端著托盤穿過餐廳走回座位的路上，還是避免把視線從我的千層麵上移開。只有在我坐下、把剩下的海報放在旁邊的椅子上並把背包放在地上後，我才敢抬起頭環顧四周。沒看到莉蒂雅・布佛特。

坐在我對面的琳一邊喝柳橙汁，一邊把她的行事曆攤開細看。我看到頁面上有中文字和三角形、圓形以及其他標記符號，再一次讚嘆她的筆記系統看起來比我用的顏色還要酷好多。我記得我有一次拜託琳跟我解釋什麼符號代表什麼意思，會用這個符號的原因又是什麼，但是我過了半小時後就已經全部搞混放棄了。

「我們忘記放一張海報樣品在雷辛頓校長的信箱裡了。」她低聲說道，並把黑髮撥到耳後。「等一下還要去放。」

「沒問題。」我用塞滿食物的嘴說。我覺得我下巴可能有沾到番茄醬，但我完全不在乎，我餓得要死。可能是因為從昨天下午開始，除了一些玉米片以外，我什麼都沒吃。

「我今天還要幫我媽展覽的事。」琳邊說邊指著其中一個中文字。她媽媽不久前在倫敦開了一家藝廊，雖然營運得很順利，但是琳經常需要去支援她，就算在週間也是一樣。

「如果妳需要早點走，剩下的我也可以自己貼。」我說，但是她搖搖頭。

「公平分配工作是我們當初接下這份工作時的約定。要不一起做，要不就都不要做。」

我對她笑了笑。「好吧。」

我在學期一開始就跟琳說過，我一點都不介意偶爾分攤一點她的工作。我喜歡幫助別人，尤其是我的朋友──因為我朋友不多。而且我知道她家裡的狀況有點辛苦，她需要做的經常遠比她其實能承受的多。尤其是想到她除了家裡的事以外，還要在時間內上完那麼多課程。但是琳跟我一樣有雄心壯志，也跟我一樣固執，也許這就是我們能那麼合得來的原因。

我們能當朋友幾乎可以算是個奇蹟。我剛來這間學校的時候，她的交友圈跟現在完全不一樣。中午休息時間她會和伊蓮．艾靈頓以及她朋友坐在同一張桌子。即使我們兩個都在活動委員會，我也注意過很多次她像我一樣一絲不苟地對待她的行事曆，我還是從來沒有想要跟她說話的念頭。

但是之後她爸爸被一件醜聞纏身，導致他們家不僅財產沒了，之前來往的朋友圈也全部消失。忽然之間，下課時琳都是一個人──我不知道是她的朋友們不想再跟她往來，還是琳自己對發生的事感到丟臉。但我知道突然失去所有朋友是什麼感覺。我以前從葛蒙西的高中轉來這裡時也是這樣。那個時候，這裡的一切都超過我的負荷──嚴格的課業要求、社團、一切都跟我如此不同。我沒辦法和以前的朋友保持聯絡了，而他們也清楚地讓我了解他們對這個情況很不高興。

然而之後我了解到，真正的朋友不會只是因為你把心力放在學校上，就不停地嘲弄你。他們總是笑我「書呆子」和「自以為聰明的傢伙」，雖然我一點都不覺得好笑。而且我也了解到，如果不能體諒別人正處於特殊情況，那就不叫友誼。前一個學校的朋友們也從來不曾問過我過得怎麼樣，或者需不需要他們的幫助。

那時看到友誼破碎真的很痛苦，尤其是在這間學校裡也沒人想跟我當朋友，或甚至正眼看我。我不是富裕家庭出身。我背的是已經用了六年的背包，不是名牌包；筆電是開學前爸媽買給我的二手貨，不是蘋果電腦；週末我不參加所有人都在談論的派對。對大部分同學來說，我等於不存在。現在我是覺得這樣不錯，但是剛來這裡的前幾個禮拜我覺得非常寂寞，覺得自己被隔絕在外。一直到我認識了琳。把我們連結在一起的不只是因為她和我經歷過類似的事情，我最喜歡做的前兩件事也是她的興趣：她喜歡規劃人生和看漫畫。

如果不是因為她父母的事，我不確定我們還會不會認識。即使我有時候會覺得，她還在想念過去在這裡有名有姓、和艾靈頓家那些人混在一起的時光，我還是很感謝現在身邊有她。

「那妳去校長那，途中順便把海報貼到圖書館和學習中心，剩下的我來做，好嗎？」我提議。

我伸手向琳擊掌。有那麼一瞬間，她看起來想回些什麼，但最後她只是感激地笑著跟我擊掌。「妳最好了。」

某個人把我身邊的椅子拉到一旁坐了下去。琳瞬間臉色發白。她瞪大了眼睛盯著我看，然後看向坐我旁邊的那個人，再回到我身上，我皺緊眉頭。

我用非常緩慢的速度轉向側面——然後直接對上一雙土耳其藍的眼睛。

我跟學校裡的每個人一樣，一定認得這雙眼睛，只是從來沒有這麼近距離看過。它們是一張獨特臉龐的一部分，這張臉上還有深色的眉毛、突出的顴骨以及有著驕傲弧線的漂亮嘴巴。

詹姆士・布佛特坐在我旁邊。

而且他正看著我。

跟遠看的時候比起來，他近看顯得更危險。他是隨時表現得好像學校是他開的，而且看起來也是如此：他的姿勢挺直、充滿自信，領帶繫在完美的位置。其實很一般的制服穿在他身上看起來也好高級，像是為他量身打造的一樣。可能因為是他媽媽設計的吧。他身上唯一沒那麼細緻的是他那頭亂七八糟的金紅色頭髮，不像他妹妹的有好好設計過。

「嘿。」他說。

我聽過他說話嗎？在袋棍球球場上咆嘯或者在學校派對上喝醉的時候有，但不是像這樣。他的「嘿」聽起來好像是在對很熟的朋友說話，他眼裡閃爍的光芒也是。他表現得好像在中午休息時間坐到我旁邊跟我講話是一件很正常的事，但是我們從來沒跟彼此交談過，而且這個情況其實也應該繼續保持下去。

我小心環顧四周，用力吞了口口水。不是所有人，但顯然有些人把頭轉向我們。感覺我披了兩年的隱形斗篷滑落了一點。

一點都不好，一點都不好，一點都不好。

「嘿，琳，介意我借一下妳朋友嗎？」他問，視線從頭到尾沒從我身上移開。他的目光如此強烈，讓我背脊一陣發涼。我過了一段時間才聽懂他說什麼。我把頭轉向琳，努力不用言語就讓她知道，我介意，但她只看著詹姆士，完全沒在看我。

「當然，」她嘶啞地說。「當然可以。」

我剛把背包從地板上拿起來，詹姆士接著將手放在我的下背部，把我帶出學生餐廳。我稍微走快一步，免得他的手貼在我身體上，但是我還是能夠感受到他之前的觸碰，像透過衣料烙印在我皮膚上。他帶我繞過前廳高聳的階梯，來到後面一個可以站的地方，還在學生餐廳裡以及從餐廳出來的同學都看不到我們。

我可以想像他要幹嘛。過去兩年他從來沒有正眼看過我，所以這次一定跟他妹妹和薩頓老師之間的事有關。

直到我確定沒人聽得到我們說話，我才轉向他。「我想我知道你找我要幹嘛。」

他的雙唇彎成一道淺淺的微笑。「妳會吧？」

「聽著，布佛特……」

「恐怕我必須要在這裡打斷妳，」他往前朝我走一步。我不退縮，挑眉看著他。「妳要把昨天看到的事情盡快忘掉，懂嗎？要是被我發現妳洩露任何一點風聲，我會讓妳在這間學校待不下去。」

他把某個東西塞進我手裡。我恍恍惚惚地往下看，當我意識到是什麼東西時，我全身僵硬。

一捆厚厚的五十元英鎊紙鈔在我手裡。我嚥了口口水。

我從來沒拿過那麼多錢。

我抬起頭。詹姆士不可一世的笑容足以說明一切：他非常清楚我有多需要錢，而且這不是他第一次想用錢堵住別人的嘴。

看到他沾沾自喜的眼神和姿勢，我突然一陣怒氣襲來。

「你是在跟我開玩笑吧？」我一邊咬牙切齒地問，一邊把那捆錢舉高。我氣到雙手顫抖。

他看起來若有所思。接著他將手伸進他西裝外套的內袋，拿出第二捆鈔票遞給我。「裡面不超過一萬。」

我目瞪口呆地盯著那些錢，再看回他的臉。

「如果妳到學期末都閉嘴，總金額可以再加倍。如果到學年結束都可以做到，金額就增加四倍。」

他說的話不斷在我腦中縈繞，我非常生氣。他站在我面前、把一萬英鎊丟到我腳邊，想藉此讓我閉嘴。彷彿這沒什麼大不了。彷彿每個含著金湯匙出生的人都會這麼做。忽然間我清楚意識到：

我不只是不能忍受詹姆士・布佛特。

我鄙視他。他還有他代表的一切。

他的生活方式——不為他人著想，不害怕後果。只要擁有「布佛特」這個姓，就無往不利。不管做什麼事，爸爸的錢會幫你搞定。我這兩年那麼努力想爭取到進牛津念書的渺小機會，高中生活對他來說卻不過就像來散個步。

好不公平。我越看他就覺得越憤怒。

我的手指緊抓著手中的鈔票，咬牙把捆住鈔票的細紙條撕開。

詹姆士眉頭一皺。「妳要……」

我猛然舉起手，把錢往空中丟。

面對我堅定的目光，詹姆士面不改色，唯一的反應只有他下顎抽動的肌肉。

鈔票正慢慢飄落到地面上，我轉身離開。

# 4 露比

一束金紅色馬尾在我眼前晃動。我把我所有怒火都集中在那束馬尾上。

全部都是莉蒂雅的錯！如果她沒跟我們的老師亂搞，我就不會發現他們兩個的事，她也不會去她哥哥告我的狀。我現在也就能夠專心上課，不用因為為我把五千英鎊丟在地上而情緒波動。

我把臉埋進雙手中。真不敢相信我真的這麼做。不接受那些錢當然是對的，但即使如此，從昨天下午開始，我腦中就不停在想這筆錢可以用在哪裡。比如說我們家的房子。八年前爸發生那場意外以後，雖然我們已經將房子逐步改建成無障礙空間，但有些地方還是可以更好。除此之外，我們的車雖然短時間內還可以開，但它真的已經快壞了，而且我們都很依賴那輛車。特別是爸爸。用詹姆士說學年結束時要給我的那四萬英鎊，我可以買一台小巴士給爸爸。

我搖搖頭。不，我永遠不會接受布佛特家的人的封口費。我不會被金錢收買。

我從歷史課本底下抽出我的行事曆，把它打開。今天所有代辦事項都已經被劃掉了。唯一一項如往常般嘲諷地對我發著光的，是：跟薩頓老師領推薦信。

我咬牙盯著那些字看。好想要用立可白塗掉——就跟我對薩頓老師和莉蒂雅的記憶一樣。

我鼓起勇氣越過莉蒂雅的頭往前看，這是這堂課開始之後的第一次。薩頓老師站在白板旁，他穿著一件格紋襯衫，外面罩著一件深綠色的羊毛衫，戴著那副上課總是會戴的眼鏡。他的鬍子修飾整齊，可以看到他臉頰上的酒窩，全班同學總是崇拜地盯著看。

周圍突然響起一陣笑聲——他說了一個笑話。

這就是我之前之所以會那麼喜歡他的原因。

現在我沒辦法再看著他。

我真的不懂，薩頓老師強到可以去牛津大學讀書，畢業後沒多久就可以進入英國最有名氣的私立學校之一教書，但進來後的第一件事竟然是先跟學生來一段？天哪，究竟為什麼？

他的目光對上我，他的笑容瞬間消失了一些。坐在我前方的莉蒂雅定住不動，肩膀變得僵硬，脖子也是，彷彿用盡全力防止自己向我轉過來。

我連忙把目光移到我的行事曆，頭髮就像一朵烏雲飄落到臉的前方。接下來的時間我都維持這個姿勢，動也不動。

下課鐘聲終於響起，感覺起來像過了好幾天，而不是九十分鐘。我盡量慢慢來。就像慢動作一樣，我收拾東西，仔細地把它們放進背包裡，接著拉起背包拉鍊，慢到每個鍊齒嚙合的聲音都聽得到。

等到同學的腳步和說話聲逐漸變小的時候我才起身。薩頓老師心不在焉地把他的資料塞進文件夾。他看起來很緊張，剛才在課堂上的幽默完全消失了。

和我們一樣還留在教室裡的唯一一個女學生是莉蒂雅．布佛特。她站在門口不動，下顎緊緲，目光在我和薩頓老師間來回游移。

我背上背包往前走的時候，心臟都快跳出來了。我在離講台有段距離的地方停下，清了清喉嚨。薩頓老師看著我。他那雙紅褐色的眼睛充滿了歉意，我可以感受到他的罪惡感。他的動作看起來就像機器人。

「莉蒂雅，妳可以讓我們獨處一下嗎？」他問，沒看她。

「可是……」

「拜託了。」他溫柔地說，眼神短暫飄向她。

她緊咬著嘴唇點了點頭，轉身，小聲把教室的門關上。

薩頓老師再次轉向我。他開口想說點什麼，但是我搶先他一步。

「我想拿申請牛津大學的推薦信。」我迅速地說。

他眨了眨眼，感到很意外，過了一段時間後才做出反應。「我……當然。」他慌張地在剛才裝上課資料的文件夾裡翻來翻去，但沒有找到。接著他往前傾，從地上拉起他的咖啡色公文包，放到講台上。他把公文包打開，在裡面到處翻了一會兒。他的雙手在顫抖，而且看得出來他的臉頰有些許泛紅。

「這是副本。」他含糊不清地說，終於拉出一個透明資料夾，裡頭有一張紙。「我之前其實想再跟你詳細討論一遍，但是經過……」他清了清喉嚨。「我已經上傳了，因為我不知道妳還會不會來拿。」

我用僵硬的手指接過推薦信，嚥了一口口水。「謝謝。」

他又清了一次喉嚨。情況令人越來越難受。「我希望妳知道，我……」

「不要說。」我的聲音沙啞。「拜託……不要說。」

「露比……」忽然間，除了歉意之外，我在薩頓老師的眼睛裡還看到另一種情緒：害怕。他怕我。或者更精確地說，他怕我會拿他和莉蒂雅的事來做文章。「我只是想要……」

「不會。」我說，這次我的聲音更堅定。我防禦地舉起手。「我不打算告訴任何人。真的不會。我……我只想要忘記那件事。」

他張開嘴又閉上。他的眼神又驚訝又懷疑。

「那不關我的事。」我繼續說。「也不關其他人的事。」

我們之間陷入一陣靜默。薩頓老師好仔細地打量我，讓我不知道該看哪裡，他彷彿想從我眼中看出我是不是真的是認真的。最後他小聲地說：「妳知道我會繼續當你的老師。」

我當然知道。而且想到每個禮拜都要跟莉蒂雅和薩頓老師在同一間教室度過那麼多小時，就讓人覺得好難受。另一個選項是，去找校長。但和詹姆士接觸的經驗已經清楚讓我體會到，如果我真的這麼做，會發生什麼事。

尤其我真的認為薩頓老師的私生活不干我的事。

「我只想忘掉這整件事。」我再說一次。

他吐了長長一口氣。「然後妳……沒有條件？」當他看到我憤怒的表情，他迅速補充說道：「我不是指妳無法憑自己的力量輕鬆通過我的課。妳是班上最好的學生之一。我只是在想，我……」他沮喪地嘆了一口氣，中斷了他的話。他的雙頰通紅、舉止不安、眼神幾乎陷入絕望。他看起來忽然變得好年輕，我第一次納悶他大概幾歲。我猜最多二十五上下吧。

我努力想要微笑，但又不真的那麼想笑。「薩頓老師，我只想要平靜地畢業。」我說，並且把推薦信放進背包。

他什麼話都沒回。我走到教室門口，再次回頭看。「現在開始請對我一視同仁。」

他目瞪口呆地看著我，好像我是個幽靈一樣——而且不是和善的那種。他的眼神充滿懷疑，而這也不能怪他。

「推薦信非常謝謝你。」

我可以看到他用力吞了口口水，接著他點了一下頭。我轉身離開教室。把門關上以後，我倚著背包靠在門上，閉上眼睛，深呼吸了好多次。

之後我才發現我並不是一個人。一個細微的聲響讓我眼睛瞬間睜開。

詹姆士．布佛特靠在我對面的牆上。他的雙手交叉在胸前，一隻腳抵住牆。他的視線落在我身上——比昨天更冷酷、更陰鬱，臉上已經沒有任何想哄騙我收下錢的陰險笑容。

他蹬開牆朝我走來。他的步伐緩慢，讓人覺得隱約具有威脅性。他走來的過程就像慢動作，我的心臟開始劇烈跳動。這裡是他的王國，我覺得自己就像入侵者。

他一直走到我前方不遠處才停下來，不發一語地低頭看我。有那麼一段時間，我忘了要怎麼呼吸。呼吸重新恢復正常之後，我發現他好好聞。聞起來像八角茴香，辛辣又略帶澀味，但很舒服。我很想把鼻子湊上去聞，但我忽然想起來站在前面的人是誰。

詹姆士將手伸進他西裝外套的內袋。

這舉動讓我從目瞪口呆的狀態回過神。我用憤怒的眼神注視著他。「如果你現在再塞錢到我手裡，我會把它塞進你嘴巴。」

他的手在原處停了一秒，接著他把手伸出來，眼神陰沉。「少在那邊自以為是德蕾莎修女。告訴我，妳想從我家得到什麼。」他的聲音柔軟低沉，和他冷酷的話語呈現出奇怪的對比。

「我什麼都不想要。」我開始說，而且很高興有門撐住我的背。「可能除了你們不要打擾我以外吧。而且如果是德蕾莎修女，她會收下你的錢，然後在學生餐廳裡面發，或者給路上有需要的人。你知道，博愛之類的。」

詹姆士的表情呆住。「妳覺得很好玩嗎？」他問，明顯聽得到他聲音裡的憤怒。他又朝我走了一步，近到他的鞋尖碰到我的鞋尖。

要是他再靠近一公釐，我會踢他的重要部位——不管之後這間學校裡的誰會知道我的名字。「我不想和你有紛爭，布佛特。」我努力平靜地說。「和你妹妹也不想。更重要的是我不想要你們的錢。我唯一想要的是好好過完最後這學年。」

「妳真的不想要錢。」他說。表情看起來是如此不可置信，讓我不禁想問他和他家人過去到底都經歷了什麼事，或者都和哪些人有關係。

完全不干我的事，完全不干我的事，完全不干我的事！

「不要，我不要你的錢。」如果我多重複幾次，同時堅定地看著他的眼睛，也許他就會相信我。

他看了我好久，像在一吋一吋地探究我的臉和意圖。接著他目光下移，先到我的嘴，然後是下巴和頸部，再繼續往下。一公分又一公分地前進。

他再次抬起頭，看起來似乎理解了什麼。他往後退了一點。「我懂了。」他嘆了口氣，然後看了看走廊的兩端。「妳想要在哪裡？」

我不知道他是什麼意思。「什麼？」

「妳想要在哪裡。」他搔了搔後腦勺。「我覺得那後面有一間輔導教室是空的。我有萬用鑰匙。」他用打量的眼神看著我。「妳會很大聲嗎？韋克菲爾德老師的辦公室就在那間教室旁邊，而且她通常會待得比較晚。」

我盯著他看，疑惑著他到底想對我幹嘛。「我完全不知道你在說什麼。」

他嘲諷地挑起一邊的眉毛。「嗯哼。聽著，這種『我不要錢』的手段，我也是知道的。」接著他突然抓住我的手，拉著我穿過走廊，走到剛才說的那間教室前面。他從褲子口袋掏出鑰匙，把門打開。

他開始用空著的那隻手把領帶解開。

*妳想要在哪裡？*

我懂他是什麼意思了。我倒抽一口氣。他忽然握住我的手，把我拉進教室。我緊抓著門框，把他的手甩開。

「現在是怎樣？」我大聲訓斥。

「我們現在重新協商。」他回答。他看了看他的手錶。那支手錶有著黑色錶帶和古銅色錶框，看起來很時髦，而且非常貴。「我等一下球隊還要訓練。如果可以快一點，那就太好了。」

他把領帶的結完全鬆開，接著開始解襯衫的扣子，同時一邊幫我把門擋著，點頭要我進去。當他露出胸口，我不小心瞥見肌肉時，我的思路突然中斷，口乾舌燥。

「你瘋了嗎？」我沙啞地說，同時在他解開最後一個扣子之前往後退一步。

他看著我，眼神像是可以穿透我。「不要裝得好像不知道要怎麼做一樣。」

我鄙視地哼了一聲。「如果你覺得可以用肉體讓我閉嘴，那你真的就是腦子不正常。自以為了不起的混帳，你到底以為你是誰啊？」

他連續眨了好幾次眼，嘴巴張開又閉上，最後他聳了聳肩。

我的臉頰好燙。我不知道應該要感到厭惡還是羞愧。我想我的感受應該是混合了以上兩種吧。「你到底有什麼毛病？」我搖搖頭，低聲地說。

他哼了一聲。「沒有用錢收買不了的人。妳的價碼是？」

「你他媽的我叫露比！」我大吼，雙手握拳。「你從現在開始不要來打擾我就對了，這就是我的價碼。我真的沒辦法承受被別人看見我跟你在一起。」

他的雙眼迸出火光。「妳沒辦法承受被別人看見跟我在一起？」

他聲音裡的懷疑其實應該要讓我感到憤怒，但是現在我對他只剩下同情。幾乎啦。

「你在學生餐廳跟我講話這件事，已經夠了。我不想變成你世界的一部分。」

「我的世界，」他不帶感情地重複。

「你知道的……派對、藥物和那些亂七八糟的東西。我完全不想要跟那些東西沾上邊。」

走廊上突然響起腳步聲，讓我心跳漏了一拍。我把詹姆士推進教室，門碰地一聲在我們身後關上。我屏住呼吸偷聽，真心希望外面那個沿著走廊走來的人不要進來這件教室。

拜託不要，拜託不要，拜託不要。

腳步聲越來越大，我緊緊閉著眼睛。腳步聲在門前停了一會兒，然後越來越小聲，最後逐漸消失。我鬆了一口氣。

「妳真的是認真的。」詹姆士的語氣深不可測，就像他的眼神一樣。

「是。」我說。「拜託把襯衫扣上吧。」

他慢慢照著我的請求做，但是仍然繼續盯著我看，彷彿在思考我有沒有可能留什麼後路給自己。他似乎什麼都沒想到。「好吧。」

我胸口的壓力突然減輕不少。「好。太棒了。現在我要回家了，我爸媽在等我。」他什麼都沒說，我笨拙地舉起手道別，然後轉向門口。

「我還是不信任妳。」他低沉的嗓音讓我手臂起了雞皮疙瘩。

我壓下門把。「這是互相的。」

# 5 詹姆士

更衣室的氣氛非常緊張，空氣就像受到我們體內的腎上腺素刺激一樣。教練跟我們說話、準備上場前的這幾分鐘，是最壞也是最棒的一段時光。在這幾分鐘裡，一切都有可能發生：勝利與失敗、驕傲與恥辱、狂歡的喜悅與難以忍受的挫折。我們的團隊精神或動力都在此刻達到最高峰。

其他同學的歡呼聲從外面傳進來，其中也包括對手的支持者。真是不敢相信，五年前，這間學校還沒人對袋棍球有興趣。那時袋棍球是魯蛇的運動——沒辦法被選入橄欖球或足球隊的人，就被放進袋棍球隊，因此球隊的表現也很糟糕。隊員是一堆青春期、臉上長滿痘痘、手長腳長但四肢不協調的竹竿。

我想說去參加袋棍球校隊會很好玩。最主要的原因是，我希望激怒我爸爸。我從來沒想過這件事會為我帶來樂趣，也沒想過加入後只過了幾個禮拜，我就開始有讓團隊越來越好的雄心壯志。我說服我朋友換到這個球隊來，用我父母威脅校長給我們好一點的教練，還讓最好的設計師幫球隊設計新球衣。

這是我人生中第一次對某件事產生熱情。而這一切也非常值得。因為五年後的今天，在一星期好幾天長達數小時的訓練之後、在無數血汗、眼淚、幾根斷掉的骨頭和拿到三次冠軍之後，我們已經成為學校的招牌。

我們每個人都非常努力，才能達到現在的位置。每當我比賽前看到隊員堅定的臉龐，總是覺得很驕傲。

就像現在。

然而今天除了驕傲以外，還帶有另一種感受。那感受是如此沉重、痛苦，讓我在這幾年的時間裡，第一次難以把防護裝備穿上身。

接下來這場比賽，是我最後一學年的第一場比賽。

這個球季結束之後，一切就結束了，從此袋棍球就只是緩慢、殘酷倒數過程的一部分。而這個倒數的過程，不管我多麼努力，都無法阻擋它發生。

「還好嗎？」雷恩問，用肩膀頂了頂我的肩膀。

我用盡全力把剛才的想法從腦海中抹去。還沒有那麼快——我還有一整年的時間可以做我想做的事。我轉向雷恩，帶著半強迫、半自然的笑容說：「我們會證明給東景高中那些沒用的傢伙看。」

「麥柯馬克是我的。」阿里斯戴爾迅速插話，彷彿他就是在等這個關鍵字一樣。「我還有帳要跟他算。」

「阿里斯戴爾，」站在我左手邊的凱許說道，他用手指擦了一下鼻樑，正好就是去年斷掉的那個位置。「就算了吧。」從他的語氣和意味深長、拋向阿里斯戴爾的眼神，可以看出他們兩個已經不是第一次談這件事了。

「不行。」阿里斯戴爾直接了當地反駁。

上一場比賽裡，麥柯馬克故意用球棍打凱許的臉——就在他剛把頭盔拿下來之後。凱許倒在地上時，我心裡的震驚，到現在都還清楚記得。還有從他鼻子噴濺出來、滴到球衣上的血，以及他失去意識躺在我們面前的那幾分鐘。

雖然麥柯馬克接下來三場比賽都被禁賽，但是只要想到凱許受折磨的臉，就足以讓我怒火中燒——顯然對阿里斯戴爾來說也是這樣。凱許依舊用堅定的表情看著他。

「不要做這種不經大腦的事。」凱許邊說邊穿上他的藍色球衣。他把頭髮在靠近頸部的地方紮成一個凌亂的結，然後關上置物櫃的門。

「你知道他是什麼樣的人。」雷恩嘟噥地說。他側身靠在置物櫃上，嘴角上揚地笑著。

「不管會不會在剩下的球季被禁賽，我都無所謂。麥柯馬克會付出代價。」阿里斯戴爾拍了拍凱許的肩膀。「我為了你和你的尊嚴付出這麼多，高興一點嘛。」

他還來不及把手收回，凱許先緊緊抓住他的手。他回頭看著阿里斯戴爾。「我是認真的。」凱許說。

阿里斯戴爾琥珀色的眼睛瞇成狹窄的一條線。「我也是。」

他們兩個盯著對方看了好久，本來已經飽和的空氣變得更加沉重。是時候介入了。「把精力留到比賽上吧。」我說話的語調清楚地傳達出，我現在不是以朋友的身分在跟他們說話，而是球隊隊長。兩雙憤怒的眼睛盯著我看，但是在他們開口反駁之前，我大聲拍了拍手。

全體隊員立即聚集到房間的正中央。我邊走邊把十七號球衣套上，球衣布料感覺起來好熟悉，彷彿是我身體的一部分。先前那個沉重的感受又開始蠢蠢欲動，但我用盡全力抑止它出現，只把注意力放在弗里曼教練身上。他剛出教練休息室，正往我們走過來。他又瘦又高，手長腳長，比較會被認為是長跑選手或田徑選手，而不是袋棍球球員。他把他藍色的鴨舌帽戴到這幾年越來越稀疏、灰白的頭髮上，調整了面罩，將手臂環繞著我和希里爾，他的隊長和副隊長。

他看了一下整個房間。「對你們某些人來說，這是第一個球季，對某些人來說則是最後一個球季。我們的目標是拿到冠軍。」他說。「其他結果都不接受。請做好一切準備。」

弗里曼教練話不多，其實也不需要說太多。他幾句話就足以讓我們附和大吼。

「這必須是麥斯頓．豪爾表現最好的一個球季。」我補充道，比教練稍微大聲一點。「聽清楚了嗎？」

男孩們再度大喊，但對希里爾來說，這還不夠大聲，他把一隻手放在耳朵上。「聽清楚了嗎？」

這次，聲音大到我的耳朵都在震動——就是應該這樣。

接著我們帶上頭盔，拿起球棍。走出更衣室、經過狹窄通道走到場上的路程感覺就像潛水，外界的聲響都降低了音量，耳朵感受到壓力。我把球棍抓得更緊，帶領我的球隊向外走到場上。

看台上滿滿都是人。我們上場時觀眾大聲歡呼，啦啦隊員在一旁跳舞。擴音器中傳出隆隆的音樂聲，讓我腳下的地面為之震動。新鮮空氣竄進我的肺，過去幾個禮拜以來，都不曾感覺自己像此刻這樣活著。

替補球員和教練走向場邊，我們則走向球場中央，在對手球員面前為自己鼓舞士氣。他們的士氣看起來不比我們少。

「這場比賽會很棒。」希里爾在我耳邊說。而他正好說出了我的想法。

等待裁判出現的時候，我用目光掃視了一下看台。幾乎沒有半個人是我認識的，除了莉蒂雅以外。她像往常一樣，跟朋友們一起坐在看台最上方，表現出對比賽為之瘋狂的樣子。接著我看向場邊，觀察了一下另一隊的替補球員，然後是他們的教練。他正走去跟弗里曼教練打招呼。

忽然，一個有著棕色頭髮的女生引起我的注意。她站到兩位教練旁邊，和他們說了幾句話，並指了指她手裡的東西。風把頭髮從她臉上吹開，我認出她是誰了。

*我真的沒辦法承受被別人看見我跟你在一起。*

想到她說的話，就像上腹部被重擊一拳。那種話還沒有人跟我說過。

大家都不計代價想被別人看到跟我在一起。從我踏進這所學校的第一刻開始，我同學就緊黏著我，想吸引我的注意力。如果你的姓氏是布佛特，就會是這種情況。自從我媽媽那邊的家族在一百五十年前創立了專做傳統男裝的時裝店，逐步成為價值數十億的產業帝國後，這個國家就沒人不知道我們的姓。「布佛特」代表財富。影響力。權力。而這所學校裡有許多人認為，如果他們對我說夠多的花言巧語，我就可以讓他們得到那些東西——或者讓他們得到一小部份。

數不清有多少次在徹夜狂歡後，有人把西裝的設計草圖塞進我手裡。數不清有多少次別人找個藉口來跟我攀談，只是為了在交談過程中詢問我父母的聯絡方式。有多少次有人嘗試進入我的朋友圈，目的只是為了取得關於我和莉蒂雅的內部消息，並把它散布給媒體。兩年前，雷恩十六歲生日時，我用鼻子吸食古柯鹼的那張照片，只是一個例子，莉蒂雅所經歷過的一切，就更不用說了。

所以在挑選朋友上，我很謹慎。雷恩、阿里斯戴爾、希里爾和凱許都對我的錢沒興趣——他們自己家的錢已經夠多了。阿里斯戴爾和希里爾出身古英國貴族，雷恩的爸爸透過股票生意累積了驚人資產，而凱許的爸爸則是一名成功的電影製作人。

其他人都想要得到我們的注意。

直到……

我的目光停留在露比身上。她被風吹亂的深色頭髮在陽光下閃閃發亮。她拼命想用手撫平她的瀏海，雖然根本就沒用，因為不到兩秒鐘，又會被風吹得到處亂翹。我很確定，在莉蒂雅事件發生以前，從來不曾看過她。現在我問自己怎麼可能。

我眞的沒辦法承受被別人看見我跟你在一起。

她的一切都會激起我的不信任，尤其是她那雙懾人的綠色眼睛。我想走到她身邊，看看她看別人的方式是否也跟看我一樣：眼神裡充滿怒火和鄙視。

這個女的看到我妹妹跟老師搞在一起。我想知道她在打什麼主意。純粹在等待對的時間點讓炸彈引爆嗎？如果炸彈真的引爆了，也不會是我們家族第一次上報紙頭條。

莫帝默．布佛特和二十歲少女有染

柯迪莉亞．布佛特陷入憂鬱

毒癮會毀了他嗎？詹姆士．布佛特染毒！

我爸爸跟女員工共進晚餐之後，被媒體渲染成跟她有染；父母爭吵之後，媽媽被說罹患嚴重的憂鬱症；而我則是被捏造成一個快要吸毒過量的毒癮患者，必須盡快搶救。無法想像如果記者得知莉蒂雅和薩頓老師的事，報紙上又會出現什麼。

我繼續觀察露比。兩位教練又跟彼此握第二次手的時候，露比從背包裡翻出一台相機，幫他們拍了張照。我用力握緊球棍，手套發出吱嘎聲。我沒辦法判斷露比這個人，完全不知道她之前跟我說的是實話，還是背後其實藏著陰險的算計。

也許我應該給她多一點錢。或者她想要別的東西，只是在等對的時機向我要。

我家族的命運——尤其是莉蒂雅的命運——掌握在那女的手裡，讓我一點都高興不起來。

我眞的沒辦法承受被別人看見我跟你在一起。
我們走著瞧。

## 露比

這真的超出我的負荷了。

袋棍球是個速度非常快的運動。球在球員之間傳來傳去，速度快到我幾乎趕不上，用相機或雙眼都沒辦法。我應該要在一開始就清楚知道，如果沒有琳，我是不可能獨自記錄這場比賽的。一般來說，要採訪這種運動賽事，我們都會分工：一個人紀錄比賽流程，另一個人拍照。但是琳今天又臨時被她媽媽叫去倫敦，我們也沒辦法那麼快從團隊裡找到可以幫忙的人。

在活動委員會的部落格上，關於袋棍球校隊的文章點擊率都是最高的，所以我們不想放棄這場比賽。問題是，要寫這篇標題為《麥斯頓・豪爾 vs. 東景：巨人的決鬥》的文章，我就必須了解場上發生了什麼事。但是在球員的咆嘯、教練的高分貝咒罵和觀眾的歡呼與噓聲之間，很難看清楚個別傳球的過程，更不用說要拍到重要畫面的照片了。尤其是我用的還是歷史絕對有十年以上的相機。

「媽的！」弗里曼教練在我旁邊大吼了一聲，讓我嚇了一大跳。我把目光從手中的相機往上移動，發現我錯過了東景高中的第二顆進球。該死。琳會殺了我。

我往教練走近一步。跟在電視上看球賽不一樣，雖然現場沒辦法立刻看回放，但也許他可以跟我解釋剛剛發生了什麼事。但是就在我開口之前，他又重新開始大叫。

「他媽的快傳球，艾靈頓！」

我立刻看回場上。阿里斯戴爾・艾靈頓往敵隊半場的方向衝刺，速度快到我連想試著舉起相機的想法都沒有，因為不可能把過程捕捉在照片上。他嘗試從兩個後衛中間衝過去，但是忽然出現第三個對手球員擋住他的路。雖然艾靈頓身手非常矯健，但是身高比他的對手矮。連我都知道，同時對上那三個人，他不會有勝算。

其中一個後衛用肩膀用力地碰撞艾靈頓。艾靈頓穩住身體沒倒，但在草地上往後滑了半公尺。

「傳球！」教練再度大吼。

阿里斯戴爾繼續跟對方僵持著，連我在場邊都聽得到他們兩個在跟對方挑釁。忽然間，阿里斯戴爾本來就很緊繃的姿勢變得更加僵硬。有那麼一秒鐘，他和對方彷彿就像被冰封在那個位置。弗里曼教練深吸一口氣，也許是想再吼出下一個指示，但是阿里斯戴爾緊接著把球棍往後拽，然後猛力一揮，重擊對方的側身。

我震驚地深吸一大口氣。阿里斯戴爾揮下第二棍，這次擊中對方的腹部。對方痛苦大叫，雙腳跪在地面上。另一名後衛衝向阿里斯戴爾，把他拽到地上，開始用帶著手套的拳頭痛打他。阿里斯戴爾也用球棍打他。尖銳的哨音響起，但是需要很多隊員的協助，才有辦法把扭打成一團的幾個人拉開。我聽到詹姆士・布佛特低沉的嗓音。他對艾靈頓大吼。我可以想像，身為隊長，他現在應該恨不得殺了他。

弗里曼教練在我身旁不停咒罵。他罵出口的髒話裡，「去他媽的」還是最友善的，其他的絕對都是青少年不宜。他拿下鴨舌帽，用力地拉扯頭髮，我都覺得好像看到幾根掉到地上。過了不久，阿里斯戴爾被裁判罰下場。

他走向站在場邊的我們，取下頭盔和護牙套，隨手把他們丟到地上。

「這到底是怎麼一回事？」教練生氣地問。

我悄悄往後移動了一點，以免遭受波及。

「他活該。」阿里斯戴爾回答。他的聲音極度平靜，彷彿剛才並未捲入那場架。

「你……」

「接下來三場禁止出賽嗎？」阿里斯戴爾聳了聳肩。「如果你覺得球隊承受得起這件事，那我沒意見。」

接著他從容地從教練身邊走過，把球棍同樣扔到地上、脫掉手套。當他發現我在看他的時候，他停了下來。

「怎麼了嗎？」他挑釁地問。

我搖搖頭。

幸好這時裁判的哨音響起，讓我不用給出答案。我用我最快的速度回到我原先的位置。我花了幾秒鐘的時間才找出球在哪裡——在雷恩・費茲傑羅球棍的袋子裡。雷恩的速度沒有阿里斯戴爾那麼快，但是比他更強壯有力。他用肩膀把一位東景高中的球員撞開，但是球馬上就被另一個人截走。布佛特緊追著那個球員，在他想傳球的時候，又把球攔了下來。

我不高興地抿了抿嘴角。布佛特真的很厲害。甚至可以說非常厲害。他的動作敏捷流暢、依對手調整自己的步調（方法），有人阻擋他的時候，反應也是直接粗暴。我看不清楚他在頭盔下的臉，但我確定他很享受在球場上的感覺。他打球的時候，看起來就像這輩子唯一做的事就是帶著袋棍球球棍在場上奔跑。

「妳在這裡做什麼？」阿里斯戴爾的聲音忽然在我耳邊響起。除了讓我嚇了一跳以外，也提醒了我我來這裡的主要目的。我匆忙地打開筆記本。

「我在幫麥斯頓部落格寫這場球賽的報導文章。」我解釋，眼睛沒往上看。「剛才攔截雷恩的球的那個後衛叫什麼名字？」

「哈林頓。」阿里斯戴爾回答。弗里曼教練再度罵出一連串髒話的時候，我可以察覺到阿里斯戴爾在看我。似乎在我做筆記的時候，布佛特手上的球被截走，東景高中又取得控球權。

「快啊，凱許。」阿里斯戴爾低聲說道。

東景高中的前鋒往空中跳了半公尺接球，回到地面上後，他移動了兩小步，接著把球用力往前射。速度快到我一時之間不知道球有沒有被射進球門。但是凱許舉起球棍的時候，麥斯頓·豪爾高中這一邊的看台響起高分貝的歡呼聲。看來阿里斯戴爾的祈求奏效了，凱許成功守住球門。

「妳寫文章的時候，把我寫得好一點。」我在筆記本上記下**凱許在最後一秒鐘守住球門的時候**，阿里斯戴爾說。

我懷疑地迎上他的目光。我第一次這麼近距離看他，而且我注意到，他的眼睛是威士忌的顏色。「你平白無故打別的球員，你覺得我應該怎麼包裝這件事？」

他再度看向凱許，一陣陰影掠過他的臉。「誰說我平白無故？」

我聳了聳肩。「從這裡看起來，你就是不像有經過思考的樣子。」

阿里斯戴爾看著我，眉毛高高地挑起。「這幾個月以來，我都在等待可以揍麥柯馬克的時刻出現。剛剛他開口羞辱我和我朋友，我終於有正當理由可以揍他了。」

他的一縷金色捲髮掉到額頭上，他把它撥開，然後看向我的筆記。他皺起鼻子。「妳之後寫文章的時候要怎麼辨認這些字啊？根本完全看不懂啊。」

我很想抗議，但他說得沒錯。正常情況下，我的筆跡是整齊的，如果我刻意地寫，甚至可以說很漂亮。但是在剛剛那種必須記錄下一切的速度下，就變得非常難看。

「通常我們會兩個人一起，」我為自己辯解，雖然阿里斯戴爾怎麼看待我的筆跡，對我來說應該沒差。「同時拍照、觀察比賽、記下整個過程，真的不是很容易。」

「為什麼妳不把比賽拍下來就好？」他問。他聽起來是真的想問這件事情，不是只想找個理由來取笑我。

我舉起相機，沒多加解釋。

阿里斯戴爾皺起鼻子。「這台用多久了啊？」

「我猜這台是我媽在我妹出生以前買的。」我回答。

「那妳妹多大？五歲？」

「十六。」

阿里斯戴爾眨了眨眼，然後臉上露出笑容。這樣的他，看起來完全不像那個幾分鐘前還在用球棍打人的冷酷袋棍球球員。反而比較像……天使。他的五官精緻、勻稱，和他的金色捲髮搭配起來，讓人覺得完全無害。但我知道這是假象。阿里斯戴爾是詹姆士最好的朋友之一——因此應該歸類到完全有害。

「等我一下。」他突然說。接著他轉身，消失進那扇通往更衣室的門。就在我開始納悶他想幹嘛之前，他已經又站回我旁邊了，手裡拿著一支黑色iPhone。

「我的儲存空間雖然不夠拍攝整場比賽，但我可以拍幾張照，」他解釋。他把螢幕解鎖，點開相機，並轉動手機，讓鏡頭對著球場方向。當他發現我一動也不動時，他挑起一邊的眉毛。

「妳要看的是比賽，不是我。」

我驚訝地眨了眨眼。我很震驚，因為雖然這次他又抓到我在盯著他看，但是我並不覺得丟臉。「你要幫我？」

他聳了聳肩。「反正我現在也沒其他事好做。」

「你……真好。謝謝。」我試著不要讓自己聽起來充滿不信任，但是做得卻不是很成功。這好不真實。不敢相信他真的是伊蓮·艾靈頓的弟弟。伊蓮絕對不會幫我。而且她還會因為我的相機取笑我，然後保證隔天所有人都會知道這件事。

我用眼角餘光觀察了阿里斯戴爾一會兒，他似乎真的把他的新任務當一回事。他一張接著一張拍，只偶爾把手機放下來，向他的隊友喊一些加油的話或辱罵對手。

我則專心在我的筆記上，現在容易多了。一開始，弗里曼教練向我們走過來的時候，我以為他是因為阿里斯戴爾對東景高中前鋒大喊髒話，所以想來叫他離開球場，但結果他站到我身邊，開始跟我解釋運球過程，並且提到一些戰術的名稱。

比賽到了最後十分鐘的時候，天空開始下起雨來，但這似乎並未減弱看台或球場上的氣氛，情況反而還相反。就在麥斯頓·豪爾高中隊靠著一記希里爾傳給詹姆士·布佛特的助攻取得最終勝利之後，球迷們都好像瘋了一樣。教練發出一聲狂野的叫聲，雙手握拳地轉向球迷，高舉雙臂。

我匆忙蓋上我的筆記本，把它塞進背包。我的頭髮濕淋淋的，瀏海黏在我的額頭上。把它拉直沒什麼意義，我也完全不想把它往後撩，因為我遺傳到我爸的高額頭。

球員們慢慢地跑下場，一個一個輪流跟阿里斯戴爾擊掌——除了凱許以外。他直接走向更衣室，連看都沒看他。一股我無法定義的情緒掠過阿里斯戴爾的臉。有那麼一瞬間，他的笑容消失了，他的眼神變得黯淡、讓人難以看透。然後他眨了眨眼，剛才那個時刻瞬間又消失了，快到我以為只是我的想像。

阿里斯戴爾又抓到我在看他了。他挑起眉毛。

「再次謝謝你，」我搶在他開口之前迅速地說。我不知道如果他朋友在附近，他還會不會對我好，最好不要冒險。「幫我拍照。」

「不用謝。」他在他的手機螢幕上點來點去，然後把手機遞給我。螢幕上是輸入數字的頁面。「給我妳的電話號碼，我把照片傳給妳。」

我把手機接過來。就在我打最後一個數字之前，耳邊響起一股我最近再熟悉不過的聲音。

「你們在幹嘛？」

我抬頭看。

詹姆士．布佛特站在我面前。大雨讓他全身濕透了。他金紅色的頭髮變得比平常更深，貼在額頭上，讓他的五官顯得更有稜有角。他一手握住球棍，另一手抓住頭盔，雨水從他的臉流到肩膀，再流到全身，和比賽時沾到球衣上的爛泥混合在一起，但他似乎對這件事不太在意。

我很不想，但我盯著他濕淋淋的身體看。這個舉動在我心裡喚起某種東西，一種跟不信任和反感完全無關的東西。那是一種我不認識的感受，但我很確定，除了詹姆士．布佛特以外，我在其他人身上都不會有這種感受。

我努力不去想那代表什麼，盡可能表現出無所謂的樣子。

幸好阿里斯戴爾回答了他的問題。「她要幫麥斯頓部落格寫一篇關於這場球賽的文章。」他拿走我手裡的手機，看了我的號碼，然後是我儲存進去的名字。我懷疑他之前不知道我叫什麼名字。「我之後把照片傳給妳，露比。」

「太好了，謝謝。」我說，雖然我心理上已經做好準備，他有極大的可能不會做這件事。不管他在過去這半小時多麼讓我驚訝，他依舊還是阿里斯戴爾·艾靈頓。

「我去看一下凱許有多生氣。」他朝著詹姆士說。

「真的很生氣。」詹姆士一邊說，一邊用冷峻的目光看著他朋友和隊員。「我跟其他人也是一樣。我跟你說過了，你不應該去碰麥柯馬克。」

「然後我沒有聽你的話。」阿里斯戴爾聳了聳肩。「詹姆士，也許你是我隊長沒錯，但不是我媽。」他的語氣聽起來，好像他完全不在乎詹姆士對他的想法，但是當他拍了拍詹姆士肩膀的時候，在我看來就像是在道歉。接著他轉身走進更衣室。

詹姆士的目光現在再度落在我身上，比剛剛還冷峻。是因為我還是因為跟阿里斯戴爾之間的短暫爭論，我不知道，但我想盡快從這裡消失。

「現在是怎樣？」他問。

雨水突然感覺冰冷好多。

「我不知道你在說什麼。」我說，聽起來比我真實的感受還勇敢。

他發出一陣短促的聲音，可能是笑聲。還是大吼？我不太確定。我只注意到他的姿勢變得更僵硬，臉部表情變得更堅決。

「離我朋友遠一點，露比。」

在我開口回答以前，他在觀眾的歡呼聲下，衝進更衣室。

# 6 詹姆士

「這個派對好無聊。」雷恩喝了一大口小扁酒瓶裡的酒，然後把酒瓶遞給希里爾。希里爾靠在雷恩旁邊的欄杆上，臉上有著差不多反感的表情。

我們的下方是威斯頓大廳。這是一座富麗堂皇的挑高舞廳，有著麥斯頓・豪爾高中典型的彩色玻璃窗、辮子花紋的拼花地板和牆上的花邊裝飾。跟校園裡的其他地方一樣，這個空間瀰漫著一股彷彿走進十五世紀的氣氛。

今天晚上的感覺卻像是身處兒童生日派對一樣。裝飾走童趣路線，自助吧台上有無酒精潘趣酒和裝在玻璃罐裡、綁著彩色緞帶的小點心。音樂很可怕。我不知道ＤＪ在控制台那幹嘛，歌跟歌之間沒有銜接的東西，聽起來就像他只是點開Spotify的播放清單在播而已。我覺得隨時都可能出現語氣快速的廣告，介紹難聽的新歌。除此之外，來參加的人似乎不清楚派對的服裝主題。有些人把自己打扮得太誇張，有些人則是穿得太隨便。

不管怎麼看，這個派對完全就是徹底的失敗。就像有人試著為學校帶進新氣象，但又不敢完全推翻傳統。結果就是高雅和創新怪異地混雜在一起，讓賓客無所適從，也讓現場氣氛一點都沒辦法熱起來。

「哎唷，拜託，沒那麼嚴重啦。」阿里斯戴爾打斷我的思緒。他把雙手埋進袋子裡，前後晃動他的足球，眼神專注地看著欄杆下方的舞池，人真的有越來越多了。

「你是唯一對這場派對有興趣的人。」凱許邊回答邊翻了一個白眼。

阿里斯戴爾聳了聳肩。「因為很好玩啊。」

凱許動了一下嘴角，把酒瓶從希里爾那裡接過來，然後遞給我，自己沒喝。

「會變好玩的，相信我。」我喝下一大口威士忌，享受它從喉嚨流下的灼熱感。

雷恩來回看著我和阿里斯戴爾，然後睜大眼睛。「你打算要做什麼嗎？」

我忽略他的問題，只微微地聳了聳肩，但如同往常一樣，阿里斯戴爾沒辦法控制他的表情。不用特別了解他，就能看出他在策畫某些東西。他閃爍著陰謀的雙眼和躁動不定的姿勢其實已經透露了一切。

「我不敢相信，你一定計劃了某件事，然後告訴他，但是沒告訴我？」雷恩指責地先是用手指指著阿里斯戴爾再指著我。「你是我最好的朋友。我把這件事視為對我的背叛。」

我微微一笑。「背叛？」

他堅定地點點頭。「叛國罪。違背了從小時候開始就把我們連結在一起的兄弟情誼。」

「胡扯。」

我的語調不帶任何感情，結果就是讓自己肩膀挨了一拳。

「雷恩，你要這樣想：他是在幫你準備一個大驚喜。」阿里斯戴爾一邊說，一邊捏雷恩的臉頰。雷恩做了一個鬼臉。

「我希望這個驚喜值得你們這麼做。」

他說話的速度已經變得遲緩了，我們的酒瓶才傳到第三回合而已。雷恩再度伸手拿的時候，我還是給他了。其實我們偷偷躲在這上面喝著昂貴的波摩（Bowmore）威士忌，而不是拿著水晶玻璃杯喝，真的是一種恥辱。但是在學校派對上，只有家長和校友可以喝酒精飲料。學生們則是嚴格禁止喝酒，連靠近吧檯也不准。然而這從未妨礙我們設法讓自己在這裡玩得開心，而且大部分老師發現我們喝了酒，也會睜一隻眼閉一隻眼。到目前為止我們接受過最嚴重的處置是口頭警告。

我父母每年捐那麼多錢，學校也只能對我抱持寬容的態度。他們絕對沒辦法失去我的家人或朋友。

「莉蒂雅在哪裡？」希里爾問。他盡量讓自己聽起來是隨口問的，但是他騙不過我們任何一個人。希里爾已經迷戀我妹很多年了。自從兩年前他們兩個開始發展出一點什麼以後，情況真的變得很糟糕，因為莉蒂雅只是想玩玩，幾個星期後就結束兩人的關係，但她卻不知道希里爾瘋狂地愛上了她。莉蒂雅的舉動讓他心都碎了。

有時候我真的很同情他。尤其是想到他這兩年多以來再也沒跟其他人交往，明顯還在想念莉蒂雅的時候。

「你不覺得，是時候……我不知道耶……向前看了嗎？」阿里斯戴爾問。

希里爾從他湖水般的藍色雙眼拋給阿里斯戴爾一個嚴厲的眼神。

「她剛才去找一個朋友，我想她晚一點才會來。」我趕緊回答，免得氣氛更僵。每次我們提到莉蒂雅，就算稍微提到一點點，希里爾的反應就彷彿是我們已經嚴重羞辱了他似的。

無論如何，絕對不可以讓他發現我妹跟老師之間有什麼。

這讓我想到，我還要盡快去跟薩頓老師說幾句話，叫那個畜生離我妹遠一點，否則接下來他在學校的時間，我不會讓他好過。

我很生氣我到現在還沒有著手處理他。但最重要的當然是確保露比閉嘴，尤其因為這個女的身上存在著某種讓我無法信任的東西。

幾天前，我跟莉蒂雅要去上哲學課的時候，在走廊上遇到她。我妹死盯著地板，我則是盯著露比。我們的視線交會了，但是不到一眨眼的時間，她就裝作沒看到我，從我旁邊走過去。相反地，我一直盯著她。她驕傲的態度特別吸引我的注意。她把文件夾緊緊抱在懷裡的方式、堅定的步伐、往前抬起的下巴，看起來就像要上戰場一樣。

這陣子我繼續監視著她。我的感官一定有鎖定住她，因為在一群超過一百人的人海裡，我只需要幾秒鐘就能找到她。例如現在，我用兩支手臂撐著靠在欄杆上，身體稍微往前傾。

露比站在自助吧台邊，匆匆忙忙在筆記上記下某些東西。她抬頭環顧四周，然後又繼續寫。接著，她突然轉身往音響設備的方向走去。ＤＪ就站在那後面，露比跟他說了幾句話，並且指了指她寫的東西。

我明白了。

噢，該死。

她一定是學生活動團隊的一員。

我的嘴角抽動。事情會變得很有趣。

露比又跟ＤＪ說了一些東西，ＤＪ點頭。然後她走過舞池，重新回到自助吧台邊，跟舞池稍微有點距離。她手伸進墨綠色洋裝的領口，拉出某樣東西。一支手機。她在手機上點來點去，然後又把它放回去。同時間，有一個穿著西裝的男人走向她。

在我認出那個人是誰之後，木製扶手被我越抓越緊。

葛拉罕・薩頓。

姑且不論我對每個靠近我妹的男人都抱持懷疑態度，薩頓這個人尤其讓我警鈴大響。特別是現在又被我看到他在說服露比。露比雖然避開他的眼神，但似乎沒有特別不高興。

我閉上眼睛，心中暗自咒罵我現在是站在這上面，而不是在樓下自助吧那裡，這樣我就能聽得到他們兩個在說什麼了。說不一定是一些非常無聊的東西，例如這場活動。但或許他們是在聊我妹妹。

如果他們狼狽為奸怎麼辦？如果他跟露比串通好怎麼辦？我之前完全沒有想到這一點，而且我懷疑莉蒂雅也沒有仔細思考過。她沒跟我解釋她跟她老師是怎麼搞在一起的，但我太了解我妹了，我知道那個男人對她而言，並不只是短暫的腎上腺素分泌。

我心中升起一股強烈想保護我妹妹的感受。我立刻伸手進我西裝外套的內袋拿出手機，用大拇指解鎖，然後把畫面往左滑，打開相機。

露比和薩頓老師站的那個角落很暗。他把一隻手放在她的肩膀上，說話的時候，嘴巴非常靠近她的臉。仔細看才會發現露比的筆記夾板現在在他們兩個中間，他們正在看上面寫的東西。看來他們真的是在聊活動的事。

這個畫面如果在真實生活中看到其實沒什麼殺傷力。但在我手機畫面上，如果角度選得好，又經過適當的編輯，就絕對可以被詮釋成另一種情況。我按下快門。連拍了好幾張。

「你在幹嘛？」阿里斯戴爾的聲音在我身後響起，他越過我的肩膀看手機。

「做防護措施。」我回答。

他眉頭一皺。「她哪裡礙到你？」

我深吸一口氣。真恨不得能再多喝一點酒，讓大腦完全停止運作。這幾天以來都做不到。

「她看到一些不能看的東西。」

他沉思地看了我一會兒，然後點點頭。「好。」

「萬一她把這件事跟任何人說，莉蒂雅會有很大的麻煩。」

他看向樓下，觀察還在跟薩頓老師說話的露比。「我了解。」

我又拍了最後一張照，然後把手機放回西裝外套的內袋。接著我看向大廳入口。「我的客人們到了。」

阿里斯戴爾的臉上漾開笑容。Show-time。

## 露比

派對真是大成功。十一點一到，賓客湧進學校。他們吃吃喝喝、聊天跳舞。到目前為止都沒出什麼差錯，雷辛頓校長剛才已經恭喜我們說今晚很成功了。我放下心中大石，還想過既然這樣，那我是不是也應該下去舞池稍微放鬆一下。但是我已經讓道格和卡蜜拉放假去了，我們一定要有一個人盯著自助吧，以防有人想把酒精混進飲料裡。

前兩個小時舞池空到不行，讓我非常擔心。但是跟我一起在活動團隊裡、負責處理音樂的基朗說這很正常。他說得沒錯。這半小時以來，賓客都跟著許多流行音樂排行榜的歌曲跳舞。那些音樂我個人完全不喜歡，但在這裡似乎很受歡迎。

我看了一下，很多臉孔我都不認識，但這是非常正常的事。辦這些派對的意義和目的在於把校友們聚集在一起、發掘贊助者，還有向家長做宣傳，讓他們把孩子送進我們學校來念書——這是兩年前我申請進入活動委員會時，雷辛頓校長跟我說的第一件事。至於讓我們這些學生度過一個美好的夜晚，只是這些活動的次要目的。

忽然間，燈光熄滅了。音樂也是。

我嚇到僵住了一秒，然後急忙從內衣裡拿出手機。「該死，該死，該死，」我一邊低聲說，一邊打開手電筒。

大廳裡傳來一陣生氣的咕噥聲，就像回音一般在我腦中迴盪。這場派對一定要順利進行，一點差錯都不能有，即使發電機已經停止運轉——琳和我會被究責，我腦中已經聽到雷辛頓校長失望地跟我們講要做好規畫、要為可能的意外預做準備，還有我們對學校形象造成的傷害。

我立刻從自助吧旁開出一條路。現在找琳沒有什麼意義，我必須盡快去找管理員瓊斯，請他跟我一起去地下室把電箱……

燈光重新亮起。我鬆了一口氣，用手按了按我劇烈跳動的心臟。但是當我轉過身，看到詹姆士．布佛特站在ＤＪ音控台後面時，我簡直嚇得屁滾尿流。

他在跟ＤＪ說話，一邊把某個東西塞進他手裡。應該是錢。我氣到咬牙切齒。我站太遠了，沒辦法及時介入。我看向舞池。一些賓客好奇地四處張望，應該是在納悶音樂發生了什麼事。其他人則是往自助吧或吧檯的方向移動。

那裡有些人看起來完全不像我們的客人。等我發現這件事的時候，已經太遲了。

「各位朋友，」ＤＪ的聲音響起。「我剛剛聽說，今天還有一個非常特別的驚喜要送給你們。準備好了嗎？」我的胃在翻攪。我發現琳和基朗站在對面，舞池的另一端，臉色蒼白，看起來就像雕像一樣。「祝你們玩得開心！」

燈光暗了下來，整個大廳變得半明半暗。音樂再度響起的時候，人群中傳出一陣驚訝的竊竊私語聲。播出來的歌有重低音和緩慢的節拍，震得水晶吊燈咯咯作響。我呆望著舞池，見到有些男女開始淫蕩地舞動。大廳裡的氣氛瞬間變得跟幾分鐘前完全不一樣，不再純淨高雅，而是骯髒墮落。正當我想去找布佛特理論的時候，有人碰了我的手臂。

「妳是露比．貝爾嗎？」走到我身旁的那個男的問。我心不在焉地點了點頭。大廳的另一端，一個年輕女人抓住薩頓老師和伽波特老師，把他們拉到舞池中央。

「這是妳朋友詹姆士．布佛特要送你的禮物。」他把一張椅子推到我膝蓋後方彎曲處，讓我跌坐在上面。我不知所措地抬頭看他。

他年紀大概二十出頭，淺金色的頭髮抹了髮油，整個往後梳。他在我面前就定位……然後開始跳舞。我口乾舌燥，大腦處於戒備狀態。真不敢相信眼前這件事正在發生。但是它真的在發生。那個男的先慢慢把西裝外套從肩膀脫掉，然後開始鬆開他的黑色領結。領結完全解開，往後一丟的時候，有些女的在旁興高采烈地尖叫。接著他開始玩他的吊帶。他讓其中一條從肩膀上滑落，同時對我露出魅惑的笑容。來到第二條的時候，他先靈活地旋轉，然後讓挑逗地讓吊帶彈回他的胸口。之後他朝我的方向彎腰，跟著歌曲緩慢的節奏搖擺他的臀部。

「妳不幫我的忙嗎，露比？」他低聲地說，用他出奇溫熱的手握住我的，把它拉向他的吊帶。

「快啊！把他脫了！」有人對我大喊。

那個聲音讓我回過神。

我彈起身。那個男的往後退縮了一下。有那麼一瞬間他顯得有點不安，但是過了一會兒，誘人的笑容又回到他的臉上。他迅速地把吊帶移回肩膀上，若無其事地繼續他的表演。

我越過他看向舞池中央的時候，心臟整個停了。兩個年輕女生在伽波特老師面前跳舞，除了閃閃發亮的丁字褲和細緻的蕾絲內衣以外，什麼都沒穿。

這應該只是一場惡夢吧，我隨時都會渾身是汗地醒來。但我另外還看到阿里斯戴爾．艾靈頓腿上坐著一個男人，他剛脫掉吊帶、開始讓阿里斯戴爾幫忙解開襯衫扣子。當我看到這一幕，就不能繼續騙自己了。這是真實的。

我憤怒地四處張望，馬上就發現他的蹤影。詹姆士．布佛特靠在大廳的牆邊觀察這個壯觀的場面。他手裡拿著一杯裝有褐色液體的玻璃杯，臉部表情幾乎可以用極度幸福來形容。他微笑著舉起杯子，向我做出敬酒的動作。我大腦理性的那一塊建議我先找到琳，再去找老師，這樣我們可以立刻結束這個瘋狂的場面。不理性的那一塊則是想對詹姆士做出一些會讓他痛苦至極的壞事。雖然這一塊目前的聲音大很多，但經過思考後我決定不這麼做，我轉身離開。

我之後還是能讓詹姆士．布佛特遭受到痛苦。而且我已經確切知道要怎麼做了。

# 7 詹姆士

星期一早上，所有人的談論主題都是那場派對。我們學校的線上論壇周末的時候差點爆掉，因為大家都在分享、評論他們拍的照片和影片。今天同學們經過我們身邊的時候，都跟我們擊掌，感謝我們讓當晚那麼成功。這件事不僅是日報的頭條，消息也傳到了英國的其他學校。

我跟我父母保證我跟這整件事一點關係也沒有，他們當然完全不相信，不過最後他們卻責怪當晚不在場的莉蒂雅。

從各方面來說，行動大成功。

至少到走廊上的廣播響起，聲音在整間學校迴盪之前，都是成功的。

「詹姆士・布佛特請立刻到雷辛頓校長辦公室。」

這件事我有預料到。雷辛頓校長已經在週一上午於博伊大廳舉行的週會上，表達了他對這件事的失望，並且用強調的語氣提醒所有學生學校的法規。每次都一樣啊：我們做了一件事，他在全體學生面前說他很震驚，接著把我們叫去他辦公室，只是為了警告我們幾句，五分鐘以後就又讓我們離開了。

「看看他會不會又說一樣的話。」雷恩說，他用一隻手臂圍繞我的肩膀，把我按往他身體側面。「不要低聲下氣。」

「絕對不會。」我回答。我跟他和其他人道別，悠閒地出發前往校長辦公室。到了之後，他的秘書指了指了指門，什麼話都沒說。

我毫不猶豫地敲了兩下門。

「進來。」

我走進去，關上門。轉身之後，我愣住了。校長辦公桌的旁邊站著弗里曼教練，前面則是坐著……露比。她回頭看了我一眼，然後繼續看著前方。

「您找我嗎？」我問。看到這些人在這，讓我有點驚訝。

雷辛頓校長用手指了指他辦公桌前面、露比右邊的位子。「請坐。」他的語調跟以往完全不同。他跟我說話的時候聽起來通常是一半生氣一半急躁，好像他只覺得這一切事情很煩，想要趕快回去做他重要的事一樣。這次，他的聲音溫和到令人不安，連他臉上的皺紋都顯得比以往還深。看來今天不是一個聽訓話的好日子。

我在他辦公桌前的椅子上坐下。

「上周末在我們的派對上，是不是你找了一些……」他清了清喉嚨。顯然他必須先找一個適合這個場所的字眼。「……表演娛樂節目的人，引發現場騷動？」

聽到「表演娛樂節目的人」，我真的忍不住憋笑。

「校長，這就要看您指的『表演娛樂節目的人』是誰了，」我慢慢地說，「我發誓我跟DJ一點關係也沒有。」

雷辛頓校長點了點頭，用他鐵灰色的眼睛看著我。「你把這裡當笑話看嗎，布佛特先生？」

我不置可否地聳了聳肩。「有某些日子的確是的，校長。」

露比生氣地倒抽一口氣。我朝她看過去，但她立刻避開我的目光。

雷辛頓校長在他深色的桃心花木辦公桌上彎身前傾。從外面照射進來的光線只照亮了他一半的臉。這裡頭的寂靜忽然讓我有近乎毛骨悚然的感受。

「布佛特先生，你說說看。你認為這件事對我們學校的名譽會有什麼影響？」

我必須思考一下答案。「我想，這類事情會幫我們的形象加很多分。一直以來，這裡的一切都太死板了，偶爾輕鬆一下不會怎麼樣。」

「你真的是瘋了。」露比低聲說。

「貝爾小姐！」雷辛頓校長大喊。「現在還沒輪到妳。」

露比的臉一陣慘白。她緊咬雙唇，把目光移向她腿上的綠色背包。那個背包看起來好像隨時都會裂開。

「布佛特先生，你的所作所為已經越界了，我沒有辦法容忍這些行為在學校出現。」

**……所以我要對你做出警告。要是你再做出這樣的行爲，你就必須面對後果。**

他講的東西我太熟了。我最喜歡跟著他一起朗誦，然後觀察他的反應。

「你是成年人了，這是你的最後一個學年。你必須開始學習承擔責任，並且了解你做的事情都有其後果，」雷辛頓校長接著說。

噢，這部分是新的。

「你毀了本學年的第一場活動，所以如果讓你從現在開始到學期結束前都去支援學校的學生活動委員會，我覺得也是很公平的。我們可以把它稱為在貝爾小姐監督下的公益活動。」

現場沉默了一秒鐘。然後……

「什麼？」露比和我同時叫了出來。

然後我們盯著彼此看。

「絕對不可能，」我說，而露比則是低聲抱怨：「校長，我不知道……」

雷辛頓校長舉起手，示意我們不要說話。他透過他的無框眼鏡看我，彷彿要鑽進我的眼睛。

「布佛特先生，你已經在這所學校五年了。這段期間，你做了許多令人無法想像的事，」他開始說，「我沒有任何一次要你做出解釋。你在校園裡舉辦賽車活動的時候，我睜一隻眼閉一隻眼。你和你朋友出於好玩，幫學校創辦人的雕像穿上啦啦隊服裝、戴假髮的時候，我放任你們。你幫我和其他老師開線上交友檔案的時候。你未經批准在波伊特大廳辦派對的時候。更不用說你無數次酩酊大醉出現在正式派對上，這些我都放任你們。但是你必須知道，你的行為會造成影響。兩百年來，我們學校已經建立起了名聲。我們代表著紀律和卓越，我不能容許你一再用年輕人的輕率魯莽危害學校的名譽。」現在雷辛頓校長看著弗理曼教練，弗里曼教練點了一下頭，然後校長再度看著我。我的胃裡漫開一股不舒服的感覺。「布佛特先生，你這學期都禁止參加袋棍球校隊的任何活動，禁令立即生效。」

一股血液衝進我的腦門。我看到雷辛頓校長張開嘴巴繼續往下說，但是我完全聽不進任何一個字。

上一個球季的時候，一個敵隊球員用他的球棍用力地阻截我的球，力道大到我跟他都重摔在地上，他全身的重量都壓在我身上。在那之前，我從來沒有感受過那麼劇烈的疼痛，有一段時間我完全沒辦法呼吸。

眼前發生的事也讓我有同樣的感受。

「這……您不可以這麼做。」我嘶啞地說。我好討厭自己聽起來這麼可憐。我清了清喉嚨，深呼吸，強迫自己重新戴上那副讓人無法看透的面具，就像我爸教我的一樣。

「可以的，布佛特先生。我可以。」校長鎮定地回答，雙手交疊在肚子前。「在你用你父母威脅我之前——我今天早上已經跟你父親談過了。他向我保證，不管我決定給你什麼懲罰，他都會支持。」

這件事我也沒有預料到。「校長先生，恕我冒犯，這已經是我們的最後一個球季了。我是球隊隊長，我的隊員需要我。」我抬頭看弗里曼教練，希望獲得他的協助。

他遺憾的眼神讓我的腹部彷彿挨了一記重擊。「這是你自己造成的，布佛特。」

「阿里斯戴爾接下來三場被禁賽，如果我不在……」

「希里爾會接任隊長，然後我會讓一個新成員打你的位置。」

我的喉嚨變得好乾。我發現我氣到臉頰發熱，雙手開始顫抖。我緊緊地把手握成拳頭，讓短短的指甲嵌入皮膚，直到開始疼痛，直到指節發出喀喀聲。

「拜託，教練。」從眼角餘光能看到露比在她的椅子上來回滑動。這個情況好像讓她覺得非常不舒服，但是這個時候她怎麼想我對我來說完全不重要。

這是我在學校的最後一年了。我人生完全泡湯之前的最後幾個月。為了袋棍球——為了最後這段和朋友們一起度過的無憂無慮的時光——我願意做任何事。即使這代表我必須在露比面前乞求。

我很驚訝弗理曼教練的態度沒有軟化。他只是搖搖頭，雙手交叉在胸前。

「貝爾小姐，我相信妳會跟布佛特先生講解所有學生活動委員會的事情。」雷辛頓校長繼續說，好像他不是剛把我的人生毀掉一樣。「學期結束前的每次聚會、每次活動，他都必須參加。如果他拒絕或給你們製造麻煩，妳就直接來找我，懂嗎？」

「懂。」露比小聲但堅決地說。

「下一次聚會是什麼時候？這樣布佛特先生可以立刻記到他的行事曆上。」

露比清了清喉嚨，我轉向她，雖然我真的不想這麼做。

她的眼神很強硬。我的有過之而無不及。

「下一次碰面是今天午休之後，地點在圖書館的十一號團體討論室。」

我氣到咬牙切齒。我極力想辦法解決這個情況，但是不可能。而且我完全不知道要怎麼跟我父母解釋這件事。

這次我真的慘了。

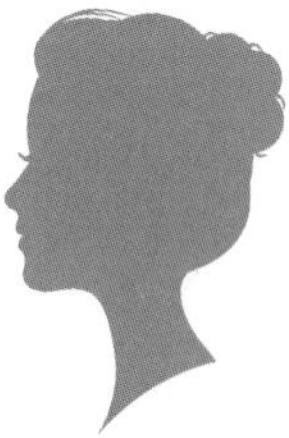

# 露比

「什麼？」

琳在團體室裡叫得超大聲，整間圖書館裡的人應該都聽得到。我宣布完詹姆士的事之後，團隊裡的其他人震驚地盯著我看。

「詹姆士．布佛特從現在開始是活動委員會的一員。」我再說第二次，和第一次一樣保持中立的態度。

琳開始放聲大笑。等她恢復鎮定之後，我重新說：「他待會來的時候，請表現得正常一點。」說到最後這句話時，我看著正在擦唇蜜的潔薩琳．凱瑟克。淡粉紅色使她的黑皮膚看起來美極了，她整體的妝容也是。潔薩琳是一個非常漂亮、具有獨特魅力的人，吸引所有人的注意——包括我在內。我可能可以連續好幾個小時都看著她。

「怎麼了？」她帶著無辜的笑容問。「我只是想要在布佛特到這裡的時候，讓自己呈現最好看的樣子。」她拋了一個飛吻給我。我翻了一個白眼，但還是假裝接到了那個飛吻，然後小心翼翼地放進我的筆袋裡。其他人都笑了。

「雷辛頓校長的期望是什麼？」比我們小一年級的基朗．盧瑟福問。他蒼白的皮膚、瑪瑙色的銳利雙眼和稍長了一點的頭髮讓他看起來像一個吸血鬼——臉部稜角銳利分明的德古拉公爵。他也是拿獎學金進來的，在這個團隊裡，他是除了我和琳以外，工作起來最讓人信賴、最有企圖心的人。「希望我們改變他，引導他向善？」

琳哼了一聲。「相信我，改變也不會有什麼用的。」

這就對了。這就是為什麼琳會是我在這所學校裡最好的朋友。

「嘿！」卡蜜拉插話。我不是很訝異，因為她畢竟是伊蓮．艾靈頓最好的朋友之一，也因此屬於詹姆士那一團。除此之外，她很受不了琳和我，厭惡我們接下了委員會的會長職務。我不知道她為什麼還繼續待下來，但我推測只是跟證書上的評語有關，她工作起來既沒有熱情也不勤奮。

「無論如何，」我迅速地說，因為我看到琳張開嘴想要反駁。「他都會來參加會議，不管我們喜不喜歡。我只是想預先警告你們。另外，接下來這學期他也禁止參加袋棍球校隊。」

潔薩琳認同地吹起口哨。「雷辛頓校長終於硬起來了。」一陣同意的低語聲傳遍整間團體室。「布佛特活該！」琳說。「我們花了假期一半的時間在籌備返校派對，他的行為把一切就這樣毀了。露比今天還聽雷辛頓校長抱怨了半小時。」

「真的嗎？」基朗不可置信地問。

我點點頭，他憤慨地說：「但是布佛特讓那些人滲透進派對，妳也沒辦法啊。」

我不置可否地聳了聳肩。「派對是我們辦的，我和琳就要負責。另外，入口處的控管也做得不夠好。這樣看來，我們也有錯。他希望我們公開在麥斯頓部落格上道歉，讓大家知道當天那個情況不是我們規劃的。」

這讓我對布佛特的憤怒程度越來越高。從我進這間學校以來，從來沒有被警告過──任何一位老師都沒有，更不用說校長本人了。如果希望牛津大學收我，那我在這裡的記錄就必須純白無瑕。而詹姆士幼稚的行為破壞了我的記錄。我絕對不會讓我的未來被一個吃飽太閒、錢太多，不知道可以拿來幹嘛的白痴毀掉。

「這真的超級智障，而且一點道理都沒有。妳是最不需要為這件蠢事負責的人。」基朗生氣地皺起眉頭。

我感謝地對他微笑，故意忽略琳意味深長的眼神。從上學期末開始，她就一直想騙我說基朗已經瘋狂愛上我了。但這根本是胡扯。他只不過是個好人罷了。

我清了清喉嚨。「我們要開始了嗎？」

其他人對我點點頭。我指向白板，琳已經把我們今天要討論的事情寫在上面了。「首先我們要檢討那天的派對——哪裡做得好，哪裡不好？當然不用去管布佛特。卡蜜拉，妳可以做會議紀錄嗎？」

卡蜜拉苛刻地看了我一眼，但還是打開她的筆記本，拿起一支筆。琳開始描述她對派對的印象，我看了一下時鐘。兩點多。午休時間結束了。布佛特隨時都會出現在這裡。一股不舒服的感受在我的胃裡蔓延。躁動不安、頭暈目眩，好像我很……興奮。

我馬上抹去這個念頭，加入討論。我們花了很多時間檢討派對，還有列出未來要做的事情，剩下的東西只好延到星期五再討論。我們又分配了一些工作，會議就到此結束。之後我和琳留在團體室寫道歉信。

這整整兩個半小時，詹姆士·布佛特連個人影都沒看到。

琳和我把道歉信寄給雷辛頓校長之後，我們互相道別離開。琳走去開車。她家雖然離學校不遠，但沒有公車直達，所以她媽媽去年夏天送了她一輛二手車。

我家位在距離學校半小時車程的葛蒙西地區。房子門面龜裂，街道欠缺維護，這個街區一點都不吸引人，但我很喜歡住在那裡，就算每天都要坐公車往返學校所在的潘威克區，我也不介意。相反地，通勤是我一天最放鬆的時光。公車行駛過程中，我不需要扮演那個「不跟任何人談論家裡情況」的露比，也不需要成為「不能跟家人分享學校生活」的露比。我就單純地只是……露比。

走去公車站的途中我經過運動場，袋棍球校隊正在訓練。經過的時候，我看著球員穿戴著裝備在整個球場來回奔跑。

穿著十七號球的球員引起了我的注意。

我突然停下腳步，接著走近圍籬，手指勾在金屬網上。

那個人是想要我吧。

我目瞪口呆地盯著布佛特看。他邊跑邊把球傳給希里爾。他愚蠢的笑聲我在這裡都聽得到。

這個……這個……王八蛋！

就在這個時候，布佛特轉過身來，發現了我。我沒辦法看清頭盔底下他的表情，但是他的姿勢變了，變得僵硬，還近乎倔強地抬起下巴。這個該死的白痴！我聽到公車從我身後轟隆隆地開近。雖然強烈的憤怒感在我胃裡蔓延，我還是把目光從詹姆士身上移開，繼續走向公車站。

他想幹嘛就幹嘛。

# 露比

安柏正在看我申請牛津大學的自傳，而我則用金色的筆幫她在我行事曆裡的紫色名字加上框框。讓安柏看自傳現在看起來正式、隆重許多。

「從哲學理論基礎到經濟面向實務，我對政治有著狂熱的興趣。哲學、政治與經濟系結合了所有我感興趣的領域，對我來說是個完美的科系。只有在牛津大學才能深入學習現代社會最重要的幾個議題，如果我有機會進入牛津大學，我會非常開心。」我妹大聲地念出內容，然後躺著不動。她把她的鉛筆放進嘴巴，在床上翻過身趴著看我。

我屏住呼吸。

安柏開始笑了起來。我從地上撈起她的涼鞋丟她。

「拜託，安柏。」我低聲說。現在已經半夜兩點，我們早就該睡覺了，但一直到幾分鐘前我才修完我的自傳。因為我妹本來就是夜貓子，經常處理她的部落格到大清早，所以我毫不猶豫地溜進她房間，請她幫我看一下。

「有一點囉嗦。」她也一樣小聲地回我。但她的嘴唇間夾著筆，我聽不太懂她在說什麼。

「本來就應該這樣。」

「另外，聽起來不知為何也有一點自誇的感覺。好像妳想炫耀妳的知識和看過的所有專業文獻。」

「這也應該要是這樣。」我起身走向床。

她沉思地咕噥著，然後把紙上幾處用筆圈起來。「這幾個地方我會刪掉。」她邊說邊把紙遞給我。「妳不需要這樣討好他們，一直提妳申請的是哪所大學。就算妳不必重複說二十次，他們也知道他們的名字叫牛津大學。」

我的臉頰變得好燙。「妳說得沒錯。」我接過自傳，把它和行事曆一起放在她的書桌上。「妳真是個大好人，謝謝。」

安柏露出笑容。「沒什麼。而且我已經知道妳可以怎樣報答我了。」

我和安柏之間一直以來都是這樣。一個人為另一個人做某件事，然後就可以說說希望對方為她做什麼事，對方就接著再幫她做一件事。這是一種交易的形式，持續地來回獲益。然而老實說，安柏和我純粹只是享受這種互相幫助的感覺。

「說吧。」

「妳可以帶我去參加你們學校的派對。」她盡量輕鬆地建議。

我全身僵硬。

安柏已經不是第一次對我提出這個要求了，每次我都對於必須讓她失望感到心痛。因為這是唯一一個我永遠無法幫她實現的願望。

我永遠不會忘記那天的家長會。那一天，媽媽和爸爸來到學校向老師們自我介紹，想認識其他同學的父母。那次經驗太可怕了。先不用說學校的主要建築物已有數百年的歷史，完全沒有無障礙設施，人們的眼神也輕蔑到不能再更輕蔑。爸媽把自己打扮得很時髦——但那天我了解到，我們家的時髦，無法和麥斯頓·豪爾高中的時髦相提並論。其他家長穿著套裝和布佛特家的西裝出現，我爸則是穿著牛仔褲和西裝外套。我媽穿了一件洋裝，雖然很漂亮，但是上面還黏著在麵包店沾到的麵粉。這件事還是直到一位老太太對那件洋裝投以鄙視的目光，然後轉身和她朋友抱怨的時候，我們才發現。

直到今天，只要想到媽媽那天試著用佯裝的笑容隱藏痛苦的表情，或者想到爸爸一直沒辦法把輪椅推過門檻，必須靠媽媽幫忙時倔強抬起的下巴，就讓我心碎。他們不想被發現自己看到其他家長皺起的鼻子和轉過身的鄙視心裡很受傷，但他們騙不了我。

就在那一天，我決定，從現在開始，我有兩個世界——我的家庭和學校——我會仔細把兩者分開。我父母不屬於英國的菁英分子，這樣很好。我永遠不會再讓他們處於如此不舒服的處境。爸爸發生船隻意外之後，他們已經經歷太多辛苦的事了，一切就到學校那件爛事為止，他們不需要再面對更多。

這個原則同樣也適用在安柏身上。我妹妹就像一隻螢火蟲，她有趣的個性和坦率的態度總是會吸引別人對她的注意。我明確知道學校裡會發生什麼事，自己也親身體驗過那裡的人會做出什麼事。這兩年來，我在女生廁所裡聽到的故事，讓我的胃在翻攪。這不能發生在安柏身上。

我只想要我妹得到最好的東西。而我的學校和前往參加活動的賓客絕對不是最好的。

「妳知道我們是不能讓外面的人進去派對的。」我過了一會兒才說。

「梅西上個周末有去返校派對。」安柏語氣酸澀地回答。「她說真的很棒。」

「那她就是溜進去的，沒有被安檢人員發現。而且我也告訴過妳派對是一場大失敗。」

安柏皺了皺眉頭。「從梅西嘴裡聽起來不像一場失敗，反而還跟失敗完全相反。」

我緊閉雙唇，把我的行事曆蓋上。

「拜託嘛，露比！妳還要我等多久？我答應妳，我會很有禮貌。真的。我會假裝自己好像也屬於那裡。」

她說的話刺痛了我的心。她覺得我不想帶她一起去，是因為我怕她會讓我丟臉。她用滿懷希望的眼神看著我，讓我喉頭一緊。

「我很抱歉，但是不行。」我小聲地說。

瞬間，原本的希望轉變成怒火。「妳智障，真的。」

「安柏……」

「妳就直接承認：妳不想要我出現在那愚蠢的派對上嘛！」她用指責的語氣說。

我沒辦法回答。我不可能說謊，但實話又會讓她受傷。

「如果妳知道我學校背後的真實情況，就不會一直要我帶妳一起去了。」我低聲說道。

「下次妳半夜的時候需要什麼東西，就去找妳那些愚蠢的同學吧。」她生氣地說。然後她把被子蓋過頭，臉轉向牆壁。

我想忽略在我胸口蔓延開來的痛苦。我一言不發地從她書桌上拿起我的行事曆和自傳，把燈關掉，走出房間。

隔天我整個人疲憊不堪，必須用遮瑕膏蓋我的黑眼圈。和安柏吵架之後我睡不著，整晚都清醒地躺在床上。琳像往常一樣馬上就注意到我不對勁，但是她覺得還是跟布佛特以及周末發生的災難有關，我就讓她這樣相信。

下課後我直接走去圖書館。我想利用下一場會議開始前的半小時還書，還有借一些之前幾次都不在架上的書。

圖書館是我在這所學校裡最喜歡，也是到目前為止最常待的地方。書架是深色木頭製成的，但拱形天花板和開闊的長廊讓圖書館不會顯得陰暗，反而很吸引人。一踏進門就會感覺到這裡的氣氛令人愉快，充滿創造力，供我們借閱的書籍更是多到讓人難以想像。我們家附近的迷你圖書館裡，沒有半本書對我寫自傳有幫助；而在這裡我則是從一開始就難以決定要從哪本開始看起。

有整整好幾天的時間我都待在窗戶邊那個我最喜歡的位子。一方面因為那是這所學校裡唯一一個我覺得自在的地方，另一方面是因為有一些數百年歷史的書不能借回家看。我在這裡的時候，有時候會希望一天能多幾個小時，或者學校關門以後我還可以繼續待著。對我來說，這就像預先體驗在牛津的生活。只是那裡的圖書館更大、設備更好，而且二十四小時都開著——網頁說的。

閱讀大學網站上提到的入門文獻讓我精神極度緊張。很多書的內容都很複雜，段落要讀好幾次才會懂。但是同時也很好玩，我習慣幫每一本書做一本小筆記，寫下摘要，用自己的想法和筆記去理解書的內容。

我很幸運，其中三本必讀的書已經可以外借了。借完以後，我直接走向團體室。雖然我早到了一點，但這樣我可以先把今天要討論的事情寫在白板上，並且整理我的筆記。我們星期一花太多時間在討論返校派對了，今天必須把一些上次沒討論到的東西討論完。

我用一隻手打開門，另一隻手緊緊抱著書。我把這一小堆書放在桌上。在我把背包完全放下之前，我用手指拂過阿倫德．李帕特（Arend Lijphart）《民主類型》（*Patterns of Democracy*）的書封。

「我們這個周末有個約會。」我輕聲向它說道。

有人小聲地哼了一聲。

我猛然轉身。背包同時從手臂上滑下，碰地一聲掉到地上。

詹姆士靠在團體室另一端的窗台上，雙手交叉在胸前，挑眉看著我。「聽了讓人覺得有點遺憾。」他說。

我花了一點時間才回過神。「什麼東西遺憾？」我邊問邊撿起背包，把它放在桌上的書旁邊。背包底部一個破洞被這樣撞了一下之後裂得更大了，我在心裡咒罵了一聲。我得問問安柏能不能幫我縫起來。

「妳要用學校的東西迎接週末。」他慢慢往我這裡移動。「我隨便都想得出更好的事情做。」

「你在這裡做什麼？」我不為所動問他，不對他的暗諷做出反應。

「妳沒在聽雷辛頓校長說話嗎？我必須開始承擔責任，並且了解到我的所作所為都會帶來後果。」他重複校長的話，臉上帶著嘲諷的笑容。

我把背包打開，依序把行事曆、筆袋和裝委員會資料的文件夾拿出來。「現在你突然決定要聽他的話了？」

詹姆士站到我面前，眼神讓人無法看透。這個時候，我根本沒辦法判斷他是個怎麼樣的人。「我好像沒有其他選擇，不是嗎？」

我懷疑地看著他。「前天你顯然已經做出決定了。」

他只是聳了聳肩。可能教練發現詹姆士參加球隊訓練之後警告他了。他活該。

「我既然在這裡，妳就為此感到高興吧。」說的同時他彎下腰，從地上撿起某個東西——一支筆。一定是從我背包裡掉出來的。詹姆士把它遞給我。這舉動讓我覺得好像是個友好的表示，所以我清了清喉嚨，想找一些話來對他說。

「處罰只有一個學期而已，詹姆士。」我說。這是我第一次叫他的名字。

這句話讓他的表情改變了。忽然間，他似乎不再只是看透我——他直接看進我的心。他的眼神裡有火焰在燃燒，我忽然全身一陣悸動，胃裡興奮地發癢。他猛地把視線移開，掉頭往回走。「那也改變不了我討厭這件事的事實。」

他雙手交叉，坐在椅子上往外看，我的心臟狂亂地跳動，我用力嚥了口口水。

我不知道他說的「這件事」是什麼意思。是指他不能打袋棍球，還是指他必須要把時間花在這裡。又或者他就是在指我。但是這我可以接受。

對我來說，跟被一個嬌生慣養的有錢男孩弄糊塗比起來，有很多其他事情更重要。不管想不想，現在我們兩個都要過這一關。越早接受這個事實，就越容易度過這段時間。

我轉向白板，寫上今天的會議議程，一個字也沒再多說。不知道詹姆士有沒有在觀察我，這讓我好緊張，但是我的驕傲不允許我轉身過去看。幸好過了一會兒，團體室的門開了。「對不起，我們家的印表機瘋了，我要再出門一次印自傳，但是現在好了，然後……」就在她發現詹姆士的時候，話停了下來。

「嘿。」詹姆士說。

我懷疑他是不是跟世界上所有人都這樣打招呼。他被邀請去參加牛津大學面試的時候，一定也會跟老師們說「嘿」吧。

「他在這裡幹嘛？」琳問我，目光依舊停留在詹姆士身上。

「履行因受懲罰而來的義務。」我據實地說。

詹姆士什麼都沒說。他彎下腰，打開他的包包，拿出一本筆記本，把它放在前方的桌子上。筆記本是黑色的，外面裹著一層皮革，書皮上還印著一個代表「布佛特」品牌的弧形字母B。這一定很貴。我們去過一次位在倫敦的布佛特時裝店，想幫爸爸買新西裝。因為之前發生的意外，他要經常上法庭。我還清楚記得我們在店裡看到那些四位數英鎊的標價吊牌，就悄悄撤退了，待在店裡的時間兩分鐘都不到。

琳在我旁邊清了清喉嚨。我心虛地把視線從詹姆士身上移開，臉頰又開始發燙。謝天謝地，琳很體貼，沒有多說什麼。

「這裡，」她說，並且把裝著很多張紙的透明文件夾遞給我。「我的自傳。」

我把我的自傳從文件夾撈出來給她。「這裡是我的。但還不是很完美。」

「我的也還不完美，」琳說。「所以我們才互相看啊。妳覺得妳今天晚上有辦法看嗎？」

「一定有。我們可以明天數學課結束之後的那節空堂討論。」我馬上拿出金色的筆，在行事曆裡寫上看、改琳的自傳。

「我的名字是用金色的筆寫的耶，我覺得自己好尊貴。」琳小聲地說，並且對我露出笑容。我回了她一個笑容，然後繼續把剩下的議程寫在白板上，團隊的其他成員一個接著一個出現。所有人都偷偷打量詹姆士，除了卡蜜拉以外。她親了他兩邊的臉頰跟他打招呼。

大家都到了以後，我們開始開會。

「今天的重點是我們這學年的第二個大活動，」琳開始說，她的臉亮了起來。「萬聖節。」基朗發出一陣低聲、鬼魅的「嗚……」，大家都笑了。

「化妝舞會去年很受歡迎，」琳繼續說，並且從她的筆電裡打開一部去年的影片。她把螢幕轉過來舉高，讓其他人也看得到。

「我們不能重複化妝舞會就好嗎？如果那麼受歡迎，」卡蜜拉提議。「這樣會省下很多工作。」

「絕對不行。」琳震驚地看著她，卡蜜拉聳了聳肩。我走到白板還空白的右半部，把萬聖節寫在中間，接著畫了一個圓把字圈住。

「我們今天要決定一個主題，」琳解釋。「先讓我們腦力激盪一下吧，好嗎？」

場面靜默了一會兒。

「我只知道我不想要什麼，」潔瑟琳終於開始說話。

「說吧。這樣我們也可以先把範圍縮小。」我邊說邊示意她開始說話。

「我絕對不要橘色。黑色和橘色裝飾看起來像小孩的生日派對，一點都不適合麥斯頓．豪爾高中。」

我點點頭，並在白板的右上角記下有格調的裝飾。

「黑色和白色怎麼樣？」道格建議。他是我們團隊裡最沉默寡言的成員，幾乎從來不說話，所以我對於他的建議感到很驚喜。我對他微笑，轉向白板。

「黑色和白色很老套。」

團體室裡忽然寂靜無聲。

我慢慢轉過身。詹姆士往後靠著椅背，放鬆的姿勢跟瞬間充斥於空間裡的緊繃氣氛形成強烈對比。

「不好意思，你剛剛說什麼？」琳說出我在想的事情。

「黑色和白色很老套，」詹姆士又說了一遍，跟第一次一樣，冰冷無情。

「我已經聽懂了。」琳生氣地說。

他緊皺眉頭看著她。「那我不懂妳的問題是什麼意思。」

「我們在腦力激盪，布佛特。大家隨意提出想法，把它們通通記下來，不評論，透過這種方式找到答案。」我盡量平靜地解釋。

「我知道腦力激盪是什麼，」他反駁，並用下巴指向白板。「然後我跟妳說，那樣是沒有用的。」

「那是覺得需要脫衣舞孃氣氛才會變好的人說的。」基朗低聲抱怨。

「我那樣做是因為我知道你們的派對會有多無聊。」

沒有人開口說話，但是我可以感覺到這裡的氣氛越來越緊繃。除了卡蜜拉以外，每個人都用憤怒的雙眼看著詹姆士，但是他似乎無關痛癢。他挑眉看著大家。「拜託，你們一定自己也有感覺到。」

「如果你真的這麼以為，那你一定是瘋了。」基朗說，潔瑟琳同意地點頭。

「大家，」我插話。我驚慌失措地看著他們兩個。「克制一下。」詹姆士的嘴角可疑地抽動，我把我手裡的筆指向他，像拿著武器一樣。「你不用笑。我們花了大半個假期在規劃派對。它不無聊。」

詹姆士往前傾，兩隻手臂撐在桌上。「每個人看法不一樣。」

我額頭上的血管感覺彷彿開始跳動。「噢是嗎？」

他點點頭。

「那是為什麼呢？如果我可以問的話。」琳喜憂參半地問。這個語調我很熟悉。它不是一個好的徵兆，讓我起雞皮疙瘩，渾身不舒服。

詹姆士舉起手逐一列舉。「自助吧看起來很廉價、音樂非常糟、沒有服裝規定，而且氣氛太晚才熱起來。」

我感覺到我旁邊的琳開始顫抖。如果只有我和詹姆士單獨在這裡，聽到這麼苛刻的批評，我會扭斷他的脖子。這裡的每一個人都為派對做了那麼多努力，他這樣全盤否定是不公平的。更何況他說的也不是真的。不過身為會長，我的反應必須要謹慎。而且的確有些不太好的地方，我們星期一檢討時也明確指出來了。

「關於音樂的部分，我同意你的說法。」我用平靜的聲音說。「音樂不完美，但大家還是有在跳舞，所以我不認為它是完全的失敗。」

「因為在派對上就是會跳舞啊。但是氣氛非常差，如果有合適的音樂，氣氛不會那麼差。」

三年前，我在我以前那所高中上過一門衝突調解的課。課程一共是五個下午，教我們解決衝突的方法。內容我快忘了，但有件事還留在我的腦中：要讓陷入衝突的各方覺得自己的意見被聽見，並且要把爭吵過程中形成的能量轉移到重要的事情上。

帶著這股決心，我深吸一口氣，然後堅定地看著詹姆士。「我聽見了你的批評，而且也會把它放在心上，但此刻我們還在發想萬聖節派對主題的階段。我覺得道格的建議真的很好，我會把它記下來。所有其他建議我也同樣會記下來，我們可以在最後看看哪個最適合，哪個不適合。」說完這些話，我把黑與白寫在白板上，接著再度轉身。「還有別的建議嗎？」

「好，我有一個想法。」潔瑟琳說。她舉起雙手，好像她想到一個超讚點子似的。「帶點鬼魅氣息的古典時尚。蠟燭、黑色花束。傳統萬聖節派對的進化版本。」

我馬上把她的想法記下來。

「這也很無聊。」

「如果沒有東西可以貢獻就閉上你的嘴，布佛特。」琳發火大喊。

「紅與黑，吸血鬼派對。」基朗提議。

「也很無聊。」詹姆士低聲抱怨。

我會撐過去。我不會拿筆戳他的眼睛。

「你一直說我們的提議不好，這才無聊。」潔瑟琳反擊。「換你自己給一個建議啊，不要在這裡散發負能量。」

詹姆士坐直身體看他的筆記本。我懷疑裡面根本就沒有半個跟籌畫萬聖節派對有關的字眼。

「我的建議是維多利亞式派對。我們學校很適合這個主題。可以去找當時使用的餐盤和餐具、裝潘趣酒的器皿、蕾絲花邊餐巾紙等等。最好是黑色的。主要的光源會是蠟燭——跟當時一樣，製造出鬼魅的氣氛。當然要小心不要把學校燒掉，但如果有做好正確的防火措施，應該就沒問題。服裝主題是頹廢、高貴，符合時代的服裝風格。而且有非常維多利亞時代的人在萬盛節玩的遊戲，可以把它們一併納入派對流程。」

詹姆士說完以後，有那麼一段時間，團體室一片寂靜。

「這個主意……真的很棒。」我遲疑地說。

他看著我的時候，眼睛閃閃發光。「我以為我們只把想法寫下來，不評論？」

我避開他的眼神，把他的提議寫在白板上。

「我看過書上說，十九世紀的時候，人們會為了這類場合烤蛋糕，蛋糕裡面藏五種不一樣的東西，」基朗說。「拿到的蛋糕裡頭有東西的人，會有好運發生。我們可以做一點變化，發獎品給那些拿到東西的人。」

「但是要事先跟大家說，不要到時有人噎到。」卡蜜拉邊說邊皺起鼻子。

「我們要播哪種音樂呢？」潔瑟琳問。

「稍微混音過的古典樂怎麼樣？」我提議。

「但是不要那種奇怪的古典／電子／迴響貝斯混音音樂。」琳抱怨。

「嘿！那很酷耶。而且聽那個我很能專心。」所有人懷疑地看著我。我轉身向基朗求救。在絕大多數情況下，他的音樂品味都跟我一樣。「快啊，基朗。跟他們說。」

「有很棒的維多利亞時代風格混音音樂。我最近就聽到卡普萊（Caplet）有一首很不錯。」

我感激地露出微笑，用唇語說「把連結傳給我」。

「嗯，我會安排一個管弦樂團，」詹姆士插話進來。「然後會為派對開場排練一支舞。」

四週響起一陣同意的低語，聽了讓我有點不舒服。我根本就不會跳舞。

「好，聽起來我們似乎已經差不多決定主題了，」琳說，語氣聽起來跟我此刻的感受一樣驚訝。

她指了指白板。「但我還是想投個票。誰想要黑與白？」

沒人舉手。

「誰想要古典時尚？派對？」

一樣沒人舉手。

「邪惡的吸血鬼派對呢？」

沒有手舉起來。

「維多利亞風格的萬聖節派對怎麼樣？」我問。我話都還沒說完，就有四隻手舉起來。有段時間詹姆士看起來好像覺得舉手很愚蠢一樣，但他最後還是舉了。

我沒預料到會議會出現這樣的轉折。我挑眉看著琳。「那麼，我們今年萬聖節派對的主題就決定了。」

# 9 詹姆士

波西把勞斯萊斯直接停在學校校門口的前庭。他站著，身體斜靠車子，一隻手拿著手機，另一隻手拿著他的帽子。從他黑色髮間透出的銀白髮絲好像每天都會增加一些。他一看到我就立刻把手機收起來，重新戴上帽子，站直身體。其實不需要這樣，他也知道不需要。

我走下階梯，周圍的人都自動避開我，顯然我看起來跟我心裡的感覺一樣悲慘。這都是那該死的活動委員會的錯！我現在就已經在後悔為什麼我不閉嘴就好，反而要提議辦維多利亞派對。一想到後來其他人列出的代辦事項，我就兩腿發軟。如果是在家辦派對，那我可以把所有事情都分派給別人做，自己一根手指都不用動。但是，如同露比挑著眉對我表明的，現在我就是做事的人。

一想到還有一整個學期這樣的會議要面對，我就想要大叫。除此之外，不能再跟球隊一起訓練，也讓我覺得難以忍受。

我真的沒有想到我在學校的最後一年會是這個樣子。

走到車子之後，我其實只想趕快坐進後座，但就在我上車之前，波西抓了一下我的手臂。

「少爺，你看起來好像心情不好。」

「你的觀察力非常敏銳，波西。」

他不安地在我和車門之間來回張望。「也許你要控制一下你的脾氣。布佛特小姐狀態不太好。」

那個愚蠢的活動組瞬間被我拋在腦後。「發生什麼事了？」

波西猶豫了一下，好像他不確定哪些事應該跟我說，哪些事不該跟我說。最後他向我走近一步，小聲地說：「她剛剛在跟一個人說話。一個年輕男子。看起來像是在爭吵。」

我點點頭，波西開門讓我上車。

幸好車窗可以擋光。莉蒂雅看起來糟透了。眼睛和鼻子通紅，眼淚在臉頰上留下深灰色的痕跡。她從來沒像這幾個禮拜一樣哭得這麼慘過。看到她這樣，同時又知道我沒辦法做什麼讓她停止哭泣，讓我非常生氣。

莉蒂雅和我一直形影不離。在我們這種家庭長大的人，無論發生什麼事，唯一能做的就是緊緊相依。在我的記憶裡，人生中只有少數幾天沒看到我的雙胞胎妹妹。每次只要她心情不好，我的胸口就會浮現奇怪的感受——她也是一樣。媽媽跟我們解釋說，雙胞胎經常這樣，她希望我們這一生都要珍惜這個連結，不要輕易破壞。「怎麼了？」波西發動車子以後，我問。

她沒回答。

「莉蒂雅……」

「不關你的事，」她壓低聲音說。

我揚起一邊的眉毛看著她，她把頭轉開，盯著窗外看。我們的對話應該就到此結束了。

我把身體往後靠，看著窗外。色彩繽紛的樹木從旁邊劃過，變成一幅模糊不清楚的畫。我希望波西開慢一點，除了因為我只要一想到家裡就很不舒服以外，也想多爭取一點時間讓莉蒂雅開口說話。

我很想幫她，但是我不知道要怎麼做。過去幾個禮拜我努力想弄清楚她和薩頓老師之間發生了什麼事，但她什麼都不說。其實我不用覺得奇怪。我們雖然形影不離，可是我們從來沒談過各自的感情生活。但是這次不一樣。她傷心欲絕。我至今只看過一次她這個樣子，差不多兩年前。那時候，我們家差點被毀掉。

「葛拉罕瘋了。」就在我已經不抱期待的時候，莉蒂雅忽然輕聲說。

我轉向她，等待她繼續往下說。我對這個混帳老師的憤怒再度在我心裡沸騰，但我先忍住，我不想要莉蒂雅再繼續對我有所隱瞞。

「我好害怕露比去跟雷辛頓校長說。」她帶著鼻音，沙啞地說。

「她不會的。」

「你怎麼知道？」她的眼神裡有股懷疑。我第一次遇到露比時，她的眼神裡有著同樣的懷疑。

「因為我持續監視著她。」過了一會兒後我說。

莉蒂雅看起來沒被說服。「你沒辦法一直跟著她啊，詹姆士。」

「我也不用這麼做啊。她在活動委員會。」

莉蒂雅驚訝地看著我，我露出苦笑。

看到她的焦慮雖然不是完全，但至少減輕一點的感覺真好。過了一會兒，她小聲地說：

「我完全忘了活動組的事。那裡有多可怕？」

我哼了一聲。

「你跟爸談過了嗎？」她小心翼翼地問。

我搖搖頭，看向窗外，這時勞斯萊斯也停了下來。我們家華麗的莊園住宅聳立在我面前，上頭帶著厚重雲層的陰鬱天空是我心情的寫照，也代表我接下來要面對的事。

「你會怎麼用三個詞來形容我？」阿里斯戴爾隔著從音響發出的震耳音樂聲問我。

他坐在沙發上，頭壓得低低地，下方是它的手機。他歪著頭看螢幕的時候，金色捲髮掉落在他的額頭上。

我剛幫我們調了兩杯琴通寧調酒，端著杯子回到沙發。阿里斯戴爾伸手拿走一杯，完全沒抬頭看。

這已經是我們的第三輪酒了，我腦裡漸漸出現茫的感覺，我一直在等這一刻。這感覺能讓我忘記其他人現在正在袋棍球隊訓練，尤其還能驅散過去這兩小時的記憶。我爸的聲音現在在我腦裡只剩下小小的嗡嗡聲。

「『超─屌─床伴』怎麼樣？」

阿里斯戴爾露齒而笑。「是沒錯啦，但是謙虛一點應該會比較好。」

我邊笑邊坐到他旁邊的沙發上。我剛才傳訊息給他，問他要不要過來的時候，他已經在喝了。顯然被袋棍球隊禁賽這件事，對他來說也不是那麼無關緊要。

總之他後來衝進我的客廳，說他從現在開始要仔細看看這個線上交友軟體，不會再碰學校那些男的。他說那句話的時候，臉上帶著大大的笑容，彷彿他不是認真的，只是因為無聊才去開設個人檔案一樣。

但是我太了解他了。我知道這件事對他來說一點都不是無所謂。他受夠了學校那些男的，因為他們只想偷偷地跟他來往。跟他們大多數人相反，阿里斯戴爾兩年前就已經出櫃了——他的王八蛋爸媽非常不高興，從此以後，他就像個被父母遺棄的孩子。

如果他在網路上可以找到一個不會讓他覺得自己是個骯髒的人，我是完全贊成啊。尤其這也可以讓我暫時忘記我自己的問題，來得正是時候。

「一定要剛好三個詞嗎？」我問。他搖搖頭。「那……『好人、袋棍球、喜歡運動、尋找激情約會，之類的』。」

他露出斜笑。「之類的，好。」

我稍微往他身邊挪動，結果酒不小心從玻璃杯溢出來，流到我的手上。我邊咒罵邊用我的褲子把它擦掉，然後看向阿里斯戴爾的手機。我看到他個人檔案草稿的時候，突然放聲大笑。

「什麼？」他用挑釁地語氣問我。

「你又不是一百八十五公分。你這個騙子。」

他哼了一聲。「有。」

「我一百八十四公分，你矮我至少半個頭耶拜託，應該要減十公分才對吧。」

他用手肘推我，酒又灑到我的手指上。「不要這麼掃興嘛。」

「好啦，好啦。」我喝了三大口之後，把杯子放在桌子上，然後伸手從茶几上把我的筆電拿過來，打開，開始搜尋一些聽起來稍微合理一點的個人檔案敘述。

問阿里斯戴爾要不要過來，真的是正確的決定。他馬上就讓司機載他過來，而且從那時候開始就盡力轉移我的注意力，而且一個問題都沒問。

「噢天啊。」我低聲說。

阿里斯戴爾發出疑問的聲音，朝我的方向彎下身子，這樣才看得到我的筆電螢幕。

我把筆電轉向他。「我本來想看看能不能得到一些寫自介的靈感，但是現在我希望我沒點這個連結。有人竟然在自介裡寫：『理想的情況下我會跟我雙胞胎兄弟姊妹做，但因為我是獨生子，你必須要滿足我。』」

阿里斯戴爾噗哧了一聲。「我已經不想想了。我就寫十八歲、袋棍球、對所有事物抱持開放態度。」

「拜託，不行，」我邊搖頭邊說。「『對所有事物抱持開放態度』簡直就是在招惹大家提出奇怪的詢問。」

他只是聳了聳肩。幾分鐘以後，他說：「伊蓮有問起你。」他的視線沒有離開手機。

我揚起一邊的眉毛，但是沒有回答。這是雷恩的派對結束之後，他第一次提到這件事。我沒辦法從他的聲音聽出這個問題會不會演變成一場嚴肅的對話。

「她擔心你幼小、脆弱的心，然後想要知道你是不是還經常想起她。」

好，她絕對不是認真的。

「講得跟真的一樣。」我懷疑伊蓮根本沒花過半點心思在那個夜晚。放不下這件事的應該是阿里斯戴爾，因為我喚醒了他保護姐姐的本能。

「我還是沒辦法相信你跟我姐上床。」他搖搖頭，發出脖子被掐住的聲音。「你就不能真的跟她訂婚嗎？我想，這樣我就比較能接受。」

我笑著打了他肩膀一下。「我如果跟某個人訂婚，絕對不是為了要讓你比較好睡。」

阿里斯戴爾假裝很絕望地嘆氣，然後把他的手機遞給我：「那你至少可以幫我想一下要放哪張照片？」

他給我看了兩張。一張他躺在躺椅上，上半身沒穿衣服，雙手交疊在腦後。另一張是黑白照，他穿西裝在鏡子前面自拍。

「躺在躺椅上的那張，」我說。「另一張穿太多了。」

「我喜歡你的團隊精神，布佛特。」

幸好伊蓮的話題終於結束了，我幫我們拿來第四回合的琴通寧。我們互相碰杯，阿里斯戴爾再度投入他的新興趣，我則是心不在焉地滾動我的電子郵件頁面。

這時我看到一封來自「布佛特辦公室」的邀請信，頓時全身僵硬。我心不甘情不願地打開郵件，裡面只有寫著：**下星期五晚上七點，和倫敦行銷部門一起用餐。請準時。**

我的好心情瞬間消失得無影無蹤。今天下午和我爸爭吵的記憶回到我腦中，讓我背脊發涼。

你讓我們蒙羞。

我們的名聲要毀了。

幼稚、愚蠢。

我很氣我自己在他舉起手朝我打過來的時候縮了一下，因為我不至於不知道：在莫帝默・布佛特面前，不可以表現出軟弱或懼怕。

這個行程就是一個懲罰。他很清楚，跟他的言語或肢體比起來，這樣更能打擊到我。其實我們有個協議：只要我去上麥斯頓・豪爾高中，公司的事情我就都不用碰。現在我必須去參加這個飯局，他就是在告訴我：「你的人生我由我決定，如果你不規矩一點，好日子會結束得比你想的還要快。」

我沮喪地把筆電從我腿上移開，走去吧台。我倒了滿滿一杯威士忌，盯著咖啡色液體看了一會兒，然後轉身，拿著威士忌走向沙發。

阿里斯戴爾看著我。在他的臉上已經看不到任何一點剛才的笑容。「還好嗎？」

我聳了聳肩。

我找阿里斯戴爾過來是想忘掉跟我爸之間的事，不是想討論。

阿里斯戴爾沒繼續追問，而是把他的手機遞給我。「我有一個成功的配對。」畫面上是一張黑髮男子的照片，肌肉很大。

我往下坐一點，讓頭可以靠著沙發。「他簡介寫什麼？」

「他需要有人照顧他的心。還有他的老二。」

「真有創意。」

「噢。然後他剛……傳了一張他的屌的照片給我。給我看生殖器之前，先跟我說一下你的名字好不好？」阿里斯戴爾抱怨。我忍不住大笑了起來。

這是阿里斯戴爾會成為我最好朋友之一的其中一個原因。如果我想，我可以跟他說在我腦中重複出現的這件事。我可以跟他說所有事——但是我不用。我們當朋友那麼久了，在這過程中互相磨合，清楚也尊重彼此的界線，即使有時候會想測試一下。我懷疑我是否還能夠再跟其他人建立起這樣的友誼。

「你肚子餓不餓？」過了一會兒之後我問。

阿里斯戴爾說餓了，我打電話給樓下的廚房。剛跟我爸吵完架之後，我完全沒有食慾，所以現在覺得快餓死了。

等廚師把食物端上來的時候，阿里斯戴爾繼續看半裸男子的照片，我則是在筆電上看我的部落格清單。除了一些袋棍球網頁和朋友的部落格以外，我這幾個月以來主要都是在追蹤旅行部落格。幾乎沒有什麼其他東西能像這些異國遊記和照片一樣讓我如此放鬆。我把一些新文章標上記號，之後再看。現在太醉了，腦袋沒辦法吸收。

學校的部落格我也有儲存在我的清單上。其實我只是想要取笑部落格的內容，但是我看到時間軸裡的字樣時，露比的臉突然出現在我腦海中。我的胃輕微地抖動了一下，我不知道是因為餓，還是酒精，或者也許是因為其他東西。

我的食指不受控制，點開了部落格。

我逐一點開學校的活動——通通都很無聊——瀏覽文章——無趣到讓人難以忍受——看照片，尋找露比的臉。雖然她的名字出現在很多文章頂端的撰文者欄位，學校活動也會提到她的名字，但沒有一張照片上面有她。莉蒂雅跟我說她跟薩頓老師被露比看到之後，我就開始搜尋她，想要透過網路盡可能知道有關她的事。但是什麼都沒有。她連個人帳戶都沒有，Facebook沒有Twitter沒有Instagram也沒有——至少如果用她的真名去查，什麼都查不到。

露比・貝爾是一個幽靈。

我繼續滑。過去一整年的文章我都找遍了，還是沒找到。什麼都沒有。我越看越生氣。為什麼都找不到關於她的東西？

「你在看學校的部落格？」阿里斯戴爾突然問。

我心虛地抬頭看。阿里斯戴爾用嫌惡的表情看著我的筆電。當他看到我在網頁搜尋欄位輸入的搜尋詞時，他的臉龐亮了起來。「噢，原來是這樣。」

「哪樣？」

他笑得越來越開。「如果我跟其他人說……」

我把筆電蓋上。「沒什麼好說的。」

阿里斯戴爾的回答被管家瑪麗的敲門聲打斷，她幫我們送食物過來了。她把小餐車推進我房間的時候，我搖搖晃晃地站起來，想再去倒一杯酒。現在除了我爸的聲音以外，我還需要努力忘卻露比自以為是的臉。

# 10

# 露比

我行事曆裡的粉紅色筆跡在嘲笑我。它說，我要去問布佛特維多利亞服飾的事。可是我怎麼樣都不想做。

我這星期跟詹姆士．布佛特的接觸已經太多了，現在只想迎接周末的到來。自從萬聖節派對的主題確定之後，開會時他的行為舉止就非常無禮。不是對其他人說出惡意的評論，就是完全忽略我們。我們昨天決定派對海報上要有一對穿著道地維多利亞風格服飾的情侶，而想要快速，尤其是免費取得這類服裝最簡單的方式，就是透過布佛特家以及他們的大型產品展示室。

會議結束後，琳和我抽籤決定我和她是誰要去詢問詹姆士能不能幫忙——當然是我輸了。從那之後我就一直在想要怎麼有技巧地跟他提這件事。也許我寫封郵件給他就好。這樣我就不用在大庭廣眾之下問他，然後還有很大的可能會被嘲弄。

我砰地一聲蓋上我的行事曆，然後把它放進背包。

「我們可以交換啊，」琳邊提議邊把她的包包背上。然後她拿起她的托盤，把它疊在我的上面，兩個一起拿去還餐盤的地方。

我思考了一下另一個選項——聽雷辛頓校長關於防火安全規章的說教——有沒有比較好。

「等一下，」我們從學生餐廳走出來，往學習中心方向前進的時候，琳說。「我收回剛才說的話，我不想換。」

「好可惜，我應該要立刻換的。」

校園沉浸在一片金紅色的秋光裡，橡樹的葉子已經逐漸開始從飽滿的綠轉變成淺黃或暗紅。

「哎呀，也沒有那麼嚴重好嗎。」

「那是抽籤抽到防火演講時，大喊『中獎了』的人才會這麼說。」我苦澀地說。

她心虛地笑了。「我真的覺得他好傲慢。我的意思是，這學期結束以前，他都是我們團隊的成員，那麼他也可以貢獻一點東西啊，不是嗎？更何況這整件事還是他提議的。」

「對啊。可惜這個提議真的很好。」我把學生證放在學習中心的門前面，等到旋鈕上的光變成綠色。我打開門，讓琳先走。

學習中心是一座小型的建築物，只有高年級的學生才能用。要討論報告或需要一個安靜的地方準備期末考的時候，就可以在這裡碰面。今天這裡的其中一間輔導教室會舉行第一次的讀書會，助教會告訴我們應該如何準備接下來的牛津大學申請流程。

「噢，」我們一踏進輔導教室，琳小聲地說，與此同時，我全身僵硬。說鬼鬼到。

輔導教室有二十個座位，而在這裡的人，有凱許、莉蒂雅、阿里斯戴爾、希里爾和……詹姆士。另外還有兩個女的和一個男的，我都只是看過而已，還有一個年輕的女生。我覺得她是我們的助教。她是唯一一個跟我們打招呼的人。

我走到離詹姆士那群最遠的幾個位子。琳跟著我，坐在我旁邊。我機械性地拿出我的行事曆、筆和我額外為了這個讀書會買的筆記本。在我把所有東西在桌上擺好的時候——必須要跟桌子邊緣平行——我竭盡所能地假裝沒有其他人。我不想跟詹姆士有任何關係，跟他的朋友們也絕對不想。一想到我要在申請過程中跟像他一樣的人較量、跟出身極度富有家庭、家族每一代都在牛津大學念書的人較量，我就渾身不舒服。

我不知道琳怎麼想。她以前雖然不是詹姆士那一群的人，但她跟他的朋友圈有來往，因為她跟伊蓮．艾靈頓和其他一些比我們高一年級的女生是朋友。但是後來她爸爸為了另一個女人離開她媽媽——那個女的後來被發現是仙人跳。一年之內，她爸就把他所有財產都敗光在那個女人身上。這在當時是個天大的醜聞，也是為什麼沒人想再跟她家有任何關係的原因，不管商業來往或者社交互動或者在學校這裡都是。

為了讓琳可以繼續在我們學校讀書，她媽媽把他們的莊園賣掉，搬進潘威克附近的一間小房子。雖然他們住的地方還是有我們家的四倍大，但對琳來說，這一定是個非常巨大的轉變。她瞬間失去了她的家庭、她熟悉的生活，還有她所有的朋友。

大多數時候琳都假裝這些事沒發生過，假裝現在跟以前的生活並無差別。但是有時候我會在她的眼睛裡看到一絲渴望，讓我覺得，她的確是想念以前的生活的。尤其剛才我看到她還很感傷地看著希里爾旁邊的空位。我一直以來都有在懷疑他們兩個之前是不是有過什麼，但是每次我只要稍微把對話引導到這個方向，琳就會馬上換話題。我不能怪她，因為畢竟我自己也幾乎不會講我私人的事情。但是即使如此，有時候我還是蠻好奇的。

我的目光不自覺地飄向詹姆士。他朋友們動來動去地跟彼此聊天，他則是僵硬地坐在椅子上，一動也不動。雷恩在跟他說話，但是我很確定他沒在聽。我很納悶他在想什麼，臉部表情才會那麼陰鬱。

「很高興你們來參加。」助教開始說話，我把目光從詹姆士身上移開。「我的名字叫菲莉帕．溫菲爾德。我目前是牛津大學大一下學期的學生，之前也經歷過申請流程，所以我知道你們的情況。」

雷恩低聲地說了一些話，希里爾聽到之後笑了起來。他用清喉嚨的聲音把剛才的笑掩蓋掉。他們可能是在說菲莉帕很漂亮。深黃色的頭髮、卷曲的鮑伯頭以及陶瓷般的肌膚，她看起來就像一個洋娃娃。非常漂亮、昂貴的洋娃娃。

「接下來幾週，我會協助你們準備思維能力評估測驗（Thinking Skills Assessment）和面試。TSA是一個兩小時的考試，申請牛津某些科系一定要考。這個考試可以讓學校了解你們是否擁有在那裡念書的能力和所需的批判性思維。」

根據我的行事曆，考試是在萬聖節過後不久舉行，只要想到我們即將面對的任務就好緊張。接下來的三十分鐘，菲莉帕為我們講解考試的架構，還有題型會有哪些，每個題型的答題時間又有多久——這些我早就都知道了。我不想知道考試的流程，我想學習怎麼樣才能通過考試。菲莉帕彷彿讀到了我的想法，拍了拍手。「我們最好直接來看一個寫作題的範例。和其他申請者一起討論問題，很有幫助，因為我們每個人的思維都不同，某種程度上，互相討論真的能幫你釐清一些想法。所以我想，我們最好也這樣做。」她打開她的文件夾，拿出一疊紙發給我們。「第一個問題在第二頁。你，」她邊說邊用手指著剛才又在竊竊私語的雷恩。「請念一下問題。」

「樂意至極。」他帶著無恥的笑容回答，然後拿起他的紙念：「如果你可以為你的行為舉出理由，就代表你的行為是理性的嗎？」

琳舉起手。

「不用舉手，我讓大家一起討論。」菲莉帕說，並向琳點點頭。

「所有行為的源頭都是情緒，」我朋友開始說。「雖然大家總是說，不要跟著心走，而是要思考，做出有智慧的決定，但是所有決定最終還是會受到感覺所引導，因此也不會是理性的。」

「那會是一篇很短的文章。」阿里斯戴爾說，然後他的朋友都笑了。除了詹姆士以外。他眨了好多次眼睛，好像剛從睡夢中醒過來。

「這是一個命題，現在她還需要深入闡述，或者你們誰可以出來反駁。」菲莉帕說。

「要回答這個問題，首先要先定義這裡的『理性』是什麼意思。」莉蒂雅突然說。她的耳朵後面夾著一支筆，手裡拿著寫有問題的紙。她會是申請哪個科系呢？

「理性就是指具有理智特徵的思考或行為。」凱許低聲說。

「在這個情況下，理性就代表理智，」我說。「但是理智是主觀的東西。如果每個人都有自己的一套規則、原則和價值，要怎麼定義理智？」

「但是我會說，每個人或多或少都擁有一些相同的基本價值。」雷恩插話進來。

我不置可否地聳了聳肩。「我認為，這就要看教育你的人是誰，還有在你周圍走動的人是誰了。」

「所有人都從小就知道不能殺人之類的原則。如果根據這些原則去做出某些行為，那麼那些行為從客觀的角度來看就是理性的。」

「但是不是每個行為都可以歸因於這些原則。」琳提醒我們思考。

「所以如果我做了某件把自己毀掉的事，但是我又知道這個行為遵循著某個特定原則，那這就是一個理性的決定嗎？」莉蒂雅問。我困惑地看著她，但是她的目光緊緊地盯著題目紙。

「如果那符合妳對理智的基本理解，那就是。」停頓了一會兒後我回答。「由此可以清楚看到不同人的原則是多麼不一樣。像我就絕對不會自願去做會毀掉自己的事。」

「所以我對理智的基本理解，比妳的還沒有價值囉？」莉蒂雅忽然看起來非常生氣。她蒼白的臉頰出現紅色的斑點。

「我的意思是，我認為，如果某個行為會傷害到某個人，那這個行為就不能說是理性的。

不管被傷害的是自己還是別人。但這只是我的主張。」

「而妳的主張比其他人的還要高等，對嗎？」

我驚訝地看著詹姆士。他說話的聲音小到我幾乎聽不見。他看起來不再心不在焉。現在他確確實實地在這裡，在這間輔導教室裡，用冷酷的眼神盯著我看。

我緊緊抓住我的筆。「我不是把那個問題套在自己身上，而是概括地說，每個人的思考和行為模式都不一樣。」

「假設我把脫衣舞孃偷偷帶進派對，想炒熱氣氛，讓所有到場的人都能有一個美好的夜晚，」詹姆士慢慢地說。「那麼根據妳對問題的理解，這就明顯是個理性的決定囉。」

我的筆隨時會被我捏斷。「那不是一個理性的決定，那單純就是不道德的垃圾行為。」

「『垃圾』這類的詞，寫文章或面試的時候最好不要用。」菲莉帕插話。

詹姆士不帶感情地反駁。「比如說，現在有兩種工作可以選擇。一種賺比較多錢，但另一種賺比較少的會讓你比較快樂，那麼理性的決定會是，選擇薪水較高的那份工作。」

「如果一個人的行為原則是金錢的話，那的確是這樣。這對你來說應該是一件很習慣的事吧。」我的身體充滿能量，而且感覺好像這間房間裡，除了詹姆士和我以外，沒有其他人存在。

他抬起一側的眉毛。「第一：妳根本不認識我。第二：選擇薪水比較高的工作，是理性的決定。」

「為什麼？我可以問嗎？」

他直視我的眼睛。「因為如果妳沒錢，這個世界上沒人會對妳有興趣。」

他說的話，讓我想起我脫落的鞋底和破洞的背包。心中猛地燃起一股熊熊怒火。「從你這句話，就可以看出你是被什麼樣的人養大。」

「妳這話是什麼意思？」他問。他的聲音冷靜得讓人害怕。

我聳了聳肩。「如果你從小就被灌輸沒錢就沒人會對你有興趣的觀念，那當然你在做事的時候，就沒有什麼其他東西會比金錢還重要。把金錢當作行為原則對你來說才是理智的。其實這樣真的很可悲。」

他下顎的一條肌肉開始抽動。「妳現在最好立刻停止，露比。」

「在牛津大學你也不會有辦法禁止別人開口說話。也許你應該要習慣一下別人反抗你，或者你被別人拒絕。但是你也不會發生什麼事啦，因為畢竟你還是很有錢，全世界都對你有興趣。」

詹姆士蜷縮了一下，像被我打了一個耳光。空間裡一片死寂，我唯一聽到的只有我自己劇烈的心跳和耳裡嗡嗡作響的聲音。詹姆士猛地站起來，力道之大，導致他的椅子整個往後翻到地上。他大步離開讀書室，門砰地一聲關上。我屏住呼吸。

突然間，我再度意識到周圍有其他人。詹姆士的朋友們不知所措地眨了眨眼，彷彿在問自己剛才到底發生了什麼事。莉蒂雅的臉上只剩下無法用言語形容的震驚。我背脊發涼。我慢慢地從剛才腎上腺素爆發的狀態回復，並且意識到我剛才說了什麼。

我想「保持隱形」，結果竟然演變成這樣。詹姆士惹我生氣，所以我把個人情緒帶進來，而非專業地進行討論。他說的沒錯。我真的不認識他。而且我也沒有權利只因為他的行為舉止像個無腦的敗類，就尖銳地當面批評他。這樣我也沒比他好到哪裡去。

我到底是怎麼了？

# 11 詹姆士

我在紙上畫的圖案看起來真的很讚：黑色尖角、小小的螺旋和混亂的圓圈，往橫向延伸，幾乎像是立體的，彷彿只要伸出手，就會被拉進去。我每次都對於我隨意亂畫畫出的東西感到很驚奇。另一個讓我驚奇的是：塗鴉總是很能成功讓一個人忘記某件事——例如我的隊員正在幾百公尺外的球場，為了這個週末的比賽訓練；或者我還得在這間房間裡度過整整一個小時又十一分鐘。

「詹姆士！」

我抬頭看。所有活動組的人都在看我。「什麼？」

「他完全沒在聽！」潔瑟琳一邊叫喊，一邊生氣地看著露比，好像我對這些沒用的會議沒興趣是她的錯一樣。

「那我再說一次。」露比一邊平靜地說，一邊從桌子對面看我。「我們要拍海報照片，需要服飾。葛蒙西區有一家店可以租，但是那裡的服裝看起來像是塑膠做的，不真實。」

「葛蒙西區？」我困惑地問。

「我住的地方。」她慢慢地說。

從來沒聽過的地區。

我突然發現，我想知道露比住在什麼樣的房子裡。她父母長什麼樣子。她有沒有兄弟姊妹。

這些是我原先不應該感興趣的事情。

「上次我們說過想讓照片越真實越好，但是好的服裝不容易找。布佛特公司已經有超過一百五十年歷史了對吧？」

她已經很努力用和善的語調跟我說話了，但熟悉的寒冷感受還是向我襲來。

我已經料到接下來會是什麼。

「你要不要問問看你父母，是否能借我們一些時代服裝嗎？」

真希望我可以繼續在我的筆記本上亂畫。或者在別的地方——比如說打袋棍球。那裡不會有人對我提出要求，我可以單純地奔跑、衝撞、射門，自由自在。在球場上，我可以忘記一切事情。這裡讓我想起我是誰，還有什麼樣的未來在等著我。

我清了清喉嚨。「恐怕不行。」

露比彷彿早已預料到這個答案。「可以請問為什麼嗎？」

「不可以。」

「所以換句話說，意思就是你不想幫我們。」她盡力平靜地說。

「沒差，我的答案還是一樣。」

她努力保持鎮定，鼻翼輕微鼓起。她的努力不是很成功，而不知道為什麼，看她這樣還蠻有趣的。我不想承認「她真的很漂亮」這個事實。我從來沒看過像她這樣的臉：短而寬的鼻子跟嘴巴驕傲的線條不搭，貓一般的雙眼跟鼻子上的雀斑不搭，筆直的瀏海也跟她的瓜子臉不搭。但是很奇怪，所有東西湊在一起卻又很完美。而且隨著我看到她的次數越多，就覺得越吸引人。

我沒辦法解釋為什麼我昨天會那樣失控。不是第一次有人批評我是一個有錢、被寵壞的敗類，也不是露比第一次批評我，我不知道為什麼她說的話會在我腦海中縈繞不去。我不喜歡這樣，我不認識那樣的我，我朋友們也不認識。今天他們沒人跟我提那件事。我希望他們會開這件事的玩笑，取笑我的反應，讓這件事顯得不那麼嚴肅。但是他們的沉默和意味深長的眼神只是讓我越來越在意露比的話。

我在心裡抱怨著。我原本想要好好享受在學校的最後這一年，開心過生活，不必擔心任何事情、任何人。但現在我不能打袋棍球，必須坐在這間空氣糟透了的爛團體室，聽露比說我……

露比在我眼前彈了一下手指。

「不好意思，」我邊說邊用雙手抹過我的臉。「什麼？」

「大家，我們可以放棄他了。」基朗不爽地說。

「我本來也可以放棄你們啊，可惜我必須忍受你們到學期末。」我冷酷地看著他。

「詹姆士！」露比憤怒地大叫。

「怎麼了？我只是說實話。」

「人生中有些時候說實話是不適當的。」

我已經準備要回：「說得沒錯。」但是我忍了下來。不知道為什麼，她這樣嚴厲地跟我說話，讓我覺得很性感。可能是因為我已經兩個禮拜沒和朋友們狂歡，體內累積太多精力。我必須趕快想別的事情。我悄悄從褲子口袋裡拿出手機，在我們的群組裡傳了一則訊息。**今天晚上來我家開趴。**

「我們就直接去店裡租衣服吧，」琳建議。「用修圖軟體稍微修一下，還是可以看起來有幾分真實。」

基朗嗤之以鼻地說。「這樣真的太智障了。詹姆士．布佛特就在我們團隊裡。」

「如果詹姆士不想幫忙，那我就要自己向布佛特公司提出詢問了。」露比突然說。

「妳不必了，」我心不在焉地說，目光繼續盯著我的手機。阿里斯戴爾正在寫說新球員的表現有多差，教練快瘋掉。

「你不能阻止我做這件事吧？」

我一點都不想要她跟我父母說話。我不想要任何人靠近我父母。不過這幾乎不可能，因為他們的捐款是學校重要的經費來源，每場派對都看得到他們的身影。但光是想到露比靠近我父母就讓我的胃一陣翻攪。

「你真的想要我在跟雷辛頓校長開會的時候，告訴他說你的貢獻有多少嗎？」

我慢慢地抬起頭，用瞇起的雙眼看著露比。真不敢相信她剛剛真的想威脅我。

「妳就去說啊。」我嘀咕著。

接下來的時間我都忽視她，也沒有人再多跟我說話。我在我的筆記本裡畫出憤怒的圖案，圓圈和帶有鋒利稜角的物品，尖牙小怪獸從中出現，用利爪抓著袋棍球球棍。露比宣布會議結束之後，我迅速地站了起來，害坐在我旁邊的卡蜜拉嚇了一跳。我快要走出門的時候，露比忽然擋住我的去路。

「你可以等一下嗎？」

「我趕時間。」我咬牙切齒地說。

我想繞過她，但她同樣也向旁邊移動。「拜託。」

她的語氣不像幾分鐘前那麼生氣。她現在聽起來很累，彷彿跟我一樣等不及要離開這裡。也許這是我點頭、讓路給其他人先過的原因。但也許也是因為想到雷辛頓校長，還有我想竭盡所能地避免讓自己必須參加這些會議的時間被拉長。基朗是最後一個走的人，在他把門關上之前，他用一個奇怪的眼神看我。如果要我猜，我會說，他在嫉妒我。很有趣。

露比清了清喉嚨。她的屁股靠在其中一張桌子旁，雙手交叉在胸前。「如果你生我的氣，請不要發洩在團隊身上，這不是他們的錯，而且會讓他們很難做事，真的很過分。」

一想到昨天，就讓我不太舒服。我還記得她批評我的每一個字眼。但是我一點都不想讓她知道她成功打擊到我。

所以我冷冷地回她。「我沒在生妳的氣。」

「但你也沒讓人覺得特別平靜。」

我揚起眉毛看著她。「我們在讀書會裡進行了一場愚蠢的辯論，露比。某個時候開始變得很愚蠢的辯論。妳想要我怎樣？」

「我只是想道歉。我的行為對你是不公平的，我把個人情緒帶進去，我很抱歉。」

好，這不是我預期會聽到的東西。我需要一點時間找找正確的用詞。「如果妳以為我還在想那件事，那妳就把自己想得太重要了。」

她連續眨了很多次眼睛，明顯被我尖酸刻薄的回答激怒。「我告訴你，算了。」

「妳不需要再因為想要從我這裡得到什麼而跟我道歉。」

「我跟你道歉不是因為我想從你那裡得到什麼，詹姆士。」她反駁。「而是因為我真的覺得很抱歉。我昨天真的……很糟糕。」

我們對看了一會兒，我在她眼神裡尋找隱藏的意圖。但是我什麼都沒找到。她的表情誠實、坦率。我斟酌了一下我能怎麼做。我可以繼續冷淡對待她，假裝我不在乎她剛才說的話。但是這樣我就要冒著她真的去跟雷辛頓校長告狀、延長我在這個委員會的時間的風險。我確定我完全不想要這樣。跟露比．貝爾吵架真他媽的好累。我覺得，如果我在這裡向她妥協，會讓我的人生好過一點。

「好，我接受。」我直接了當地說。

忽然間，我們之間的氛圍已經不像幾分鐘前那樣充滿憤怒。我感覺我有辦法呼吸了，露比的肩膀也突然看起來放鬆很多。

「很好，」她回答。她遲疑了一會兒，彷彿不知道接下來該做什麼。然後她點點頭，走回她的桌子。

她拿起她的行事曆，打開，在某個東西上打勾。我懷疑跟我道歉這件事是不是真的是她代辦清單上的其中一項。是的話我也不會覺得奇怪。

其實我現在可以走了，該說的我們都說完了，但不知道為什麼我還不離開，反而繼續看著她收東西。每樣東西好像都在她那難看的背包裡有自己的位置。資料夾、筆記本、筆、水瓶，最後是行事曆，一樣一樣逐漸消失在背包裡，給人某種平靜、近乎催眠的感受。

「妳海報需要幾套衣服？」我突然聽到自己在問。

露比僵住不動。她緩慢地轉過頭看我。「兩套，」她小心地說。「一套男的一套女的。」

我看到她努力不要讓自己顯得太滿懷希望，但又做不到，所以我決定不要再繼續折磨她。

「我會去問問我父母。」停頓一下之後，我說。

露比的雙眼亮了起來，而且顯然要花很大力氣才能把光芒壓下去。「真的嗎？」

我點頭。「現在妳滿意了嗎？」

露比把她背包拉上，往上拉到肩膀。然後她朝我走近幾步：「謝謝。你真的幫了我們一個大忙。」

我聳了聳肩，然後我們一起並肩走出團體室。自從我開始參加活動組的會議之後，這是第一次。

「計劃進行得應該還順利吧？萬聖節派對。」

她驚訝地從側面看我。我也同樣對我的問題感到驚訝。我到底為什麼不直接走人？

「其實是順利的。但是我想我只有派對成功舉辦完之後才能再睡個好覺。」

「為什麼妳那麼重視這個派對？」

她思考了一陣子才回答。「我想要證明我很有能力領導這個團隊，證明我能勝任這個任務。我非常非常努力，好不容易才進來這個團隊，然後我也非常非常努力，不讓自己屈服於伊蓮。」她向我投以一個歉疚的眼神。「我知道你們是朋友，但她真的不是一個好的團隊領導人，我不想讓我從以前到現在投入的心力和熱情都白費了。」

我沉思著，她對我投以一個疑惑的目光。

「我只是在想，有沒有哪樣東西會讓我這麼渴望。」

「袋棍球？」她問。

我輕微地聳了聳肩。「也許吧。」

我們往樓下走，穿過圖書館到外面。我第一次真正意識到，讓我覺得很沒意義、很惱人的事情，在其他人的人生裡，卻是很重要的一部分。

「現在幾點？」露比忽然問。

我看了看我的手表。「快四點。」

她低聲咒罵了一下，開始跑了起來。「我會錯過公車！」

她衝向公車站，綠色的背包一路在她背上彈跳，褐色的頭髮在空中飛舞。

我走向我的司機，他在停車場，坐在我們的勞斯萊斯裡等我。突然間，問我爸媽感覺起來不再是那麼重的負擔了。

# 露比

我跟爸媽還有安柏一起看電視歌唱選秀的時候，我的手機震動了。解鎖鍵已經卡了一段時間了，我覺得我每天按它的力道都需要再更重一點才。手機終於解鎖之後，我忽然愣住。

一個不認識的號碼傳了一則訊息給我。海報拍攝用的服裝已經準備好了。明天可以去倫敦領。——」

「不敢相信，這個小女孩才八歲。」媽媽驚訝不已的聲音傳進我的耳朵·

「為什麼妳們兩個不會唱歌？」爸爸問。「不然我也會把妳們送去參加這種節目。」

「爸，我們的才能在別的地方。」安柏回答。

「噢真的嗎？妳會什麼呢？」我聽見一個悶悶的聲響。我抬起頭看，安柏用一個抱枕丟爸爸。他狂笑不已。

「爸，我的部落格有超過五百位追蹤者。我會縫紉，我能讓人們知道，身材像我一樣的人，可以想穿什麼就穿什麼——這確實是有點本事吧？」

「妳人數破五百了？」我驚訝地問。

她微微點頭。我們上次吵完架之後就很少跟對方說話了。安柏還是在生氣我不肯帶她去參加我們學校的派對，所以我完全不知道她達到了這個重要的里程碑。

「太棒了。恭喜。」我說。我不知道為什麼我的話會聽起來這麼勉強，因為我真的是真心的。她的部落格「鈴鳥」已經開設一年多了，她投入了非常多心力與愛，所以成功是她應得的。

「謝謝。」她把目光往下移到遙控器上，開始來回擺弄。

「你們覺得安柏可以去報名參加試鏡嗎，她的專長是縫紉機。」爸爸突然問。「或者也許她可以演講。你可以講妳的努力，我會覺得超棒的！」

安柏發出嗤之以鼻的笑聲。「爸，不行啦，人家是歌唱節目。」

「啊，對。有道理。那〈英國達人秀〉怎麼樣？才藝節目。如果妳做的事情不適合那裡，那我就不知道還能去哪了。必要時我們就邀請妳的五百位追蹤者去當觀眾，我們一起幫妳加油。」

「沒錯！」我同意。「帶著妳的草圖去報名才藝節目。我會做彩色的牌子發給五百位追蹤者。」

安柏做了一個鬼臉。我向她吐了舌頭。她的雙眼出現了亮光，唇上也漾開笑容。我感覺我們之間沒事了，默默地和解了，跟往常一樣。我的肩膀放鬆了下來。

爸還說了一些話，但是我被我手機上再度亮起的訊息分散了注意力。我先打出回覆的內容，但馬上又把它刪掉。我不知道應該要怎麼反應。想到要和詹姆士一起去倫敦，在學校以外的地方跟他度過一天，就覺得好奇怪，我們的接觸通常只在學校裡。但是，如果仔細去想，也覺得……很興奮。我又打了幾個字。

忽然有一個抱枕落在我臉上。

「欸！」我大喊。

「我們的討論還沒結束，露比。」我爸極度嚴肅地說。「參與我們。」

「爸，不要，我不會唱歌，不要，我不會去參加才藝節目，讓你們有取笑我的機會。」

「嗯……」他若有所思地看著我，媽則是發出沉醉的聲音。「年紀這麼小的女生，嗓音這麼美。」

「還有其他在才藝節目獲勝的辦法。如果縫紉機贏不了，那妳們也可以學雜耍。」

「如果你那麼想去才藝節目，你也許應該自己去報名。」我冷冷地說。

「我告訴你們，說不定我真的會去報名。」爸爸假裝用倔強的語調回答。

「你想上台表演什麼呢？」媽心不在焉地問。她的眼睛沒離開電視。

「如果是……」

電視裡一位評審按下按鈕，他的椅子開始旋轉。媽媽爆出歡呼聲，爸爸也狂喜地舉起雙臂。

安柏和我互看了一下，然後同時笑了出來。

「我們明天有要幹嘛嗎？」在那個小女生下了台、氣氛稍微平靜下來以後，我問。

爸搖搖頭。「沒有，為什麼這麼問？」

「學校正在籌備萬聖節派對，需要服裝。我一個同學可以弄到幾件，現在他在問要不要明天去倫敦拿。」

「車程要兩個小時耶。你同學會開車還是要坐火車？」媽媽問。

我舉起手指示意她等一下。我打出回覆。

好。我們要怎麼去倫敦？——R.B.

我希望他懂我最後的縮寫只是在開玩笑。

我司機明天早上十點左右去接妳。好嗎？——J.M.B.

我哼了一聲，然後馬上就發現安柏在用疑惑的眼神看我。

有那麼一瞬間，我差點要去搜尋詹姆士，想查出M代表什麼，但我阻止了我自己。搜尋他，就是超越了我自己設下的界線。我不想知道網路上有什麼關於他的事情。光在學校就已經有上百種謠言在傳了。詹姆士．布佛特的八卦夠我用到人生最後一刻。

「看來我同學家裡有司機。」我晚了一會兒說。

「司機？」安柏懷疑地問。「所以是學校裡其中一個勢利的人。」

「布佛特公司是他們家開的。」

「妳要跟布佛特家的少爺去倫敦？」爸爸問。他的語調混合了驚訝與懷疑。

我緩慢地點頭。「對啊。我們要去拿陳列室的衣服。」

爸眉頭一緊。「然後你們要……兩個人一起去？」

「噢拜託，安柏，」媽插話。「不要煩露比。」

「怎麼了？如果露比有約會，我要知道啊。」

我發覺我的臉變紅了。「爸，這不是約會。我們在處理學校的事情。」

他嘀咕了幾聲。安柏則是用睜大的雙眼盯著我看。「真不可思議。」她陷進沙發，雙手在胸前交叉。「這真的太……噢天啊。這是個天大的機會，露比。」

「我再幫妳拍照。」我說，想藉此平息這件事，但安柏還是直盯著電視看。

「所以我可以去嗎？」我朝著媽問。對我來說，她似乎是這間客廳裡唯一一個理智的人。

「當然，」她迅速地說，同時在爸再度開口說話以前，拋給他一個警告的眼神。「妳夠大了，可以自己決定什麼時候要跟誰去哪裡。」

她說的話讓我的臉莫名奇妙又變得更紅了。我沒太理會，打了回覆：

好。對了：我想要吃 Ben&Jerry's 冰淇淋，不要香檳。——R. J. B. PS: 你如果再多列一個縮寫我會瘋掉。

我猶豫了一會兒，不知道是不是真的可以傳這樣的訊息。詹姆士和我不是那種會用訊息互相開玩笑的人。嗯……還是，其實可以？

明天見，露比。

不，我們應該不是那種人。

# 12 露比

第二天早上，我整個人快瘋了，因為我不知道我去布佛特店裡該穿什麼。不知道去那裡有沒有服裝規定，如果有的話，我要把自己弄得多時髦。除此之外，我也不知道詹姆士會不會穿西裝。我們從來沒有在學校以外的地方見過面，意思就是，我們只知道彼此穿制服的樣子。

最後我決定穿一件黑色裙子搭配過膝襪、一件帶有鉤針白色領口的芥末色針織毛衣搭配黑色蝴蝶結，另外我還穿上幾個月前在葛蒙西二手商店買的黑色牛津鞋。

流行時尚這部分，我遠不及安柏那麼願意大膽。我最喜歡買的東西是讓我覺得有安全感，然後很耐穿的。但是即使如此，我還是喜歡打扮，花時間讓自己的外表看起來是好的——可能也是因為我喜歡事情整齊有條理。

謹慎起見，我穿好衣服之後，又走去找我妹。我從她的房門探頭一看，她已經醒了，正坐在窗邊的小書桌旁。

「幹嘛？」她問，沒回頭看。

「妳覺得我這身打扮怎麼樣？」她從她的椅子上轉身。我把門完全推開，讓她可以看我。

「很漂亮。」從頭到腳把我仔細看過一遍後，她這麼說。

「真的嗎？」我問，同時自己轉了一圈。我看向安柏的時候，她瞇起雙眼。

「妳說不是約會嘛？」她的語氣裡帶有一點逗弄的成分。

我翻了一個白眼。「安柏，我沒辦法忍受那個男的。」

「好……知道了。」她邊回答邊站起身，朝她的櫃子走去。那是一個嵌進牆壁裡的小貯藏室，她打開門，幾乎半個人消失在櫃子裡，開始東翻西找。我心地走到她後面觀察她。三十秒後她再度出現，把一個酒紅色的小包包遞給我。

「這是我的包包！」

「不用那麼生氣，反正妳也只會背著妳的背包走來走去而已。」她防衛地說。她指了指我的服裝。「但是真的很搭。」

「我應該跟妳收利息的，因為妳那麼久都沒還我。」我把在包包的人造皮革上積起的薄薄的一層灰塵拍掉。這個包我也是在市中心的二手商店買的。我很驕傲地背了它兩個禮拜，直到有一天，被我們的鄰居菲爾頓太太在媽媽的麵包店裡發現，她大聲地吹噓說，那個包包本來是她的——五十年前。從那之後，我就欣然把那個包包借給安柏，而且也不急著要回來。但是現在，它在我的手裡。能夠重新擁有它，我還是很開心。

「為了這種妳連它還在我這都不知道的東西，我才不會付利息勒。」安柏回答。

大門門鈴忽然響了，讓我身體一僵。我看了時鐘一眼，現在是九點四十五分。「他太早了。」我邊抱怨邊跑進我房間，匆忙地把我的手機和錢包從一個包包移到另一個。

「露比！」我媽的聲音響起。

下樓的時候，我告誡我自己要保持鎮定。根本沒有任何興奮的理由。這不過就是為了學校事情而出的一次遠門，琳和我已經一起做過無數次了，和詹姆士也不會有什麼不同。

我深呼吸，走下最後幾階階梯。媽媽已經把門打開了，我走進走廊的時候，她正在跟一個男的聊天。我目瞪口呆。

第一：詹姆士沒說謊。他家真的有司機，穿著制服、戴著帽子，以及其他該有的配件。第二：那個司機長得很像安東尼奧．班德拉斯，黝黑的皮膚，深褐色的眼睛，還有一張表情豐富，幾乎可以用性感來形容的嘴。他大概是四十多歲，極度迷人。媽媽的臉頰上一片緋紅，如果我的理解正確，她的想法跟我一模一樣。

「早安，小姐。」司機蒙面俠蘇洛說，同時抬了一下帽子表示問候。

「早安……」

「他叫波西。」媽媽救了我，然後滿臉笑容地看著我。

「……波西。」我以一個微笑作結，然後從衣帽架上取下我的大衣。「那，媽，我們晚點見。」

「祝妳玩得開心，寶貝。要拍照給我們看喔。」媽在我臉頰上親了一下，我朝外走向波西。下一秒，他像變魔術般，在我頭上撐開一把巨大的黑傘。

「非常感謝。」我說。

我跟著他的手勢往前看，驚訝到差點停下來。我家前面的馬路上停了一輛超大的勞斯萊斯，顏色黑得發亮，跟其他路邊的車輛停在一起顯得格格不入。

波西打開後門，幫我撐著傘，等我上車。我向他道謝，他點點頭，把我身後的門小心地關上。不到三十秒的時間，車子就發動了。我緊張地把我的裙子撫平，然後檢查坐進來的時候身上有沒有什麼東西移位了。

之後，我才能看詹姆士。

他坐在側面的長椅上，臉上表情深不可測，看起來好像他自己也不知道，對於我剛上他車這件事，應該要抱有什麼樣的想法。他穿著一件工法細緻的深灰色西裝、一件白色襯衫，打著一條深色的絲質領帶，上面別著一個領帶別針。他手裡拿著一個玻璃杯，我極度希望裡面裝的是蘋果汁。他左手手指上一個我從來沒看過的銀色印章戒指引起了我的注意。上面畫著一個徽章圖案，一定是他們家的家徽。

看他越久，越覺得自己一身拼拼湊湊的古拙打扮好不合適。相較於我，詹姆士全身上下，從頭頂到他黑得發亮的皮鞋鞋尖，都是錢錢錢錢。我努力讓自己不要被他的樣子打動——畢竟我知道我來這裡是為了什麼。

直到第二眼，我才注意到詹姆士看起來有多累。他土耳其藍的眼睛布滿血絲，下方還有很深的黑眼圈。

「早安。」他沙啞地說。

也許他才剛睡醒。或者他徹夜狂歡，完全沒睡。

「早安。」我回。「謝謝你來接我。」

他什麼也沒回，只是跟我之前看他一樣，仔細地端詳我。我環顧了一下車子內部。座椅是皮製的，詹姆士對面是一個吧台。吧台上有玻璃杯和一個有門的隔層，我猜那是冰箱吧。我們所在的區塊和司機所在的那一側之間有一片深色的隔屏。

就在我們之間的寂靜快要變成尷尬的時候，我朝波西的方向點頭：「對了，你的司機可以去當好萊塢明星了。我從來沒看過有人四十多歲了還那麼有魅力。」

「小姐您過獎了。我五十二歲了。」波西的聲音從車頂的擴音器傳出來。

我驚訝地看著詹姆士。他笑得合不攏嘴。我的臉頰忽然一陣發燙。

「妳說這種事情的時候，也許應該把對講機關掉，露比・貝爾。」詹姆士邊說邊指向上方。我跟著他的目光，看到一個亮著的紅色小燈。

「噢。」

「我處理，少爺。」波西說。一秒鐘以後，燈就熄滅了。

我把臉埋進雙手裡，搖搖頭。「電影裡都只有隔屏升起來，我怎麼知道還要按按鈕啊？」

「不用擔心。波西很少從我這裡聽到那樣的讚美。他一定很高興。」

我搖搖頭。「我覺得我必須下車了。」

「已經太遲了。接下來的兩小時妳要跟我一起被關在這裡。」我聽到玻璃杯輕輕碰撞的聲音。「這裡，給妳。」

我慢慢把手從臉上放下來。詹姆士遞給我一個藍色小杯子。

「不要告訴我你真的幫我買冰淇淋了。」我不可置信地說。

「我們家裡本來就還有。」他坦率地說。「拿去，不然我就要吃囉。」

我二話不說從他手上接下杯子。詹姆士再次彎下腰去開冰箱，下一秒，他手裡拿著第二杯Ben&Jerry冰淇淋。我專心看著他把包裝箔紙撕開，再把蓋子掀起來。他穿著西裝，腿上卻放著冰淇淋，這個景象讓我覺得好不真實，我因此還納悶了一下我到底是醒著還是仍在睡夢當中。

我手中的冰上凝結了一層水氣，一滴冰冷的水滴到我腿上。我四處張望著找指巾。

「前面右手邊。」詹姆士邊說邊朝吧台方向點頭。

我伸手從一疊土黃色的紙巾中拿了一張，把它鋪在我的大腿上，然後把杯蓋掀開，吃了第一匙。我享受地閉上眼睛。「嗯……餅乾麵糰口味。」

「我猜了妳最喜歡哪一種，」詹姆士說。「我猜對了嗎？」

「猜對了。絕對是餅乾麵糰。」我深信不疑地說，但下一秒又忽然停了下來。「但是，新的鹽味焦糖口味也很棒。你吃過嗎？」

詹姆士搖搖頭。

沉默在我們之間蔓延了一陣子。然後他說：「這是我這麼久以來吃過最棒的消宿醉早餐。」

所以他昨天的確是在狂歡。「你玩到很晚嗎？」

他不正經地對著他的冰淇淋微笑，我馬上後悔問出這個問題。「可以這麼說。」

「那惡名昭彰的詹姆士・布佛特謠言的這部分就是真的了。」

「惡名昭彰的詹姆士・布佛特謠言？」他被逗樂地問。

我挑起一邊的眉毛。「拜託，別裝了。」

「我不知道妳在說什麼。」

「難道你不知道外面有一大堆關於你和你那群朋友的謠言？」

「像是什麼？」

「像是你吃魚子醬當早餐、用香檳泡澡、做愛的時候弄壞了一張水床……之類的。」

他忽然愣住，手拿著湯匙停在半空中。一秒鐘過去，然後又過去一秒。最後他還是把湯匙送進嘴巴了。他一邊緩慢地吃著冰淇淋，一邊彷彿在聚精會神地思考。他似乎漸漸醒過來了，混濁的薄霧已經從他眼裡消失。

「好吧，那我們來破除一下謠言。」他說：「我根本就不喜歡魚子醬，想到要吃魚卵，就讓我覺得很噁心。我吃早餐的時候會喝一杯思慕雪，通常還會搭配水波蛋或麥片。」

「放到思慕雪裡？」我反感地皺起臉。

「不是放到思慕雪裡。搭配。」

「喔。」

他又想了一下。「香檳的部分也不對。我是指，不完全對。我有一次不小心把雷恩父母的一瓶超貴香檳掉進游泳池裡，然後我就在裡面游泳。不過那不是故意的。」

「雷恩的父母一定是你的大粉絲。」

「你知道就好。」他微微一笑，繼續挖冰淇淋吃。

「那……水床是怎麼樣？」我遲疑地問。

詹姆士停下動作，用閃閃發光的雙眼看我。「妳對那件事有興趣對吧？」

「老實說，對。」我坦承地回答，沒迴避他的目光。「我的意思是，水床不會那麼快壞沒錯吧？我聽說超級牢固。」

「那不是水床，只是一組普通的床架。」

我嚥了口口水。詹姆士的眼睛裡有某種我之前從來沒看過的東西。某種引起我胃裡一陣酥麻感的黑暗、沉重的東西。

「好無聊喔。」我嘶啞地說，但我的聲音證明了我在說謊。

我不想要去想像詹姆士做愛的樣子。

真的不想。

但是我現在正在思考他是做了什麼事把床毀了。還有他那時候看起來是什麼樣子。我知道他的身材很好。而且我也很常注意到，他運動的時候動作非常敏捷。他一定讓那些在他床上的女人很快樂。

這一刻，我很感謝我手裡的冰淇淋。我很想把臉埋進去，讓自己冷靜下來。

「謠言通常都完全不是事實，或只有一小部分是事實。」他意有所指的笑容讓我好怕他其實清楚知道我剛剛在想什麼。

我決定是時候結束水床的話題了。「那我很高興沒有關於我的謠言。」

詹姆士把他的冰淇淋放回冰箱，湯匙放在吧台上。然後他靠回椅子上，若有所思地看著我。「莉蒂雅那件事情之後，我打聽了關於妳的事。」

「我不知道我想不想知道別人說了我什麼。」我小聲地說。

「大部分的人完全不認識妳。如果有說什麼，也都不是不好的事情。」

我鬆了一口氣。「真的嗎？」

詹姆士點點頭。「這也是我為什麼會這麼懷疑妳的原因。名聲這麼好的人，一定有不可告人的秘密。」

我做了一個鬼臉。「我沒有不可告人的秘密。」

「當然沒有。」他帶著頑皮的眼神，身體向前傾。「來嘛，露比。告訴我一些其他同學都不知道、關於妳的事。」

我自動地搖了搖頭。不。我絕對不會玩這個遊戲。「你來告訴我一些沒人知道的關於你的事。」

我本來預期他會抗議，但他似乎真的在思考這個問題。

「如果我沒申請上牛津大學，我爸會殺了我。」他說得很輕鬆，好像早就已經接受這件事情。但是他的眼睛卻流露出實情。

「因為他以前也在那裡念書嗎？」我小心地問。

「我父母都是牛津畢業的。他們的父母也是。」

我一直很羨慕詹姆士和他朋友因為家庭背景的關係，擁有被牛津這樣的大學錄取的最佳先決條件。但現在我發現，事情還有另一面：他們需要承受極大的壓力。這讓我稍微比較能理解讀書會那天詹姆士為什麼會那麼激動，我說的話一定真的讓他受傷了。

「我一直以來都想去牛津大學讀書。從我會思考的時候開始。」過了一會兒，我開始說。我突然覺得向他吐露我的這一部分沒有關係。畢竟他剛剛也這麼做了，而那也幫助我更理解他一些。我們從第一次見面開始就都在吵架，如果可以試著至少消除一點我們對彼此的偏見，那也無妨。「我爸媽總是鼓勵我，即使他們很清楚這可能只會是個夢想。我的成績雖然一直都很好，但光是成績好並不能讓我取得進牛津的資格。後來他們聽說我們學校每年都有提供獎學金給少數資優生，就幫我申請了。我們都沒有想到真的會成功，或許是我在面試的時候做對了某些事情。從那之後，我的想法就不再顯得那麼荒唐，而且我也發誓一定會全力以赴，讓自己成功進入牛津大學。我想讓我父母感到驕傲。也想讓我自己感到驕傲。」

詹姆士沉默了一會兒。他看著我，藍綠色眼睛裡忽然出現的強烈情緒讓我倒吸了一口涼氣。「妳來學校多久了？」

「兩年了。」

他哼了一聲。

「有什麼好哼的？」我問。

他不置可否地聳了聳肩。「我只是在納悶，我怎麼可能從來都沒注意到妳。」

我的心臟差點要跳出來。同時我也暗自拍拍自己的肩膀——看來我的「就是不要引人注目」原則運作得完美無瑕。「像個影子一樣穿過走廊、和牆壁融合在一起，是我的天分。」

他的嘴角輕微失守。「聽起來好像妳是麥斯頓．豪爾高中專屬的幽靈一樣。或者變色龍。」

但我們回到原來的話題：換妳了。」

「換我幹嘛？」我不知所措地看著他。

「換妳說一些沒有其他人知道的事。」

「我剛才說了啊！」

他搖搖頭。「那個不算。妳剛才只是在回應我跟你說的東西而已。」

我深呼吸，然後慢慢地吐氣，同時一邊在思考我可以透露什麼讓他知道。他用清醒專注的眼神看著我，讓我更難思考。

我無可奈何地搖搖頭。「沒什麼好說的。」

「我不相信。」他往後靠，雙手交叉在胸前。「說嘛。妳又不是只會念書。」

**我是啊**，這個答案在我腦中閃過。**我只會念書啊**。但是謝天謝地，這時我想到了另一個回答。「我有在看漫畫。」

詹姆士盯著我看了一會兒，好像他聽錯了一樣。然後他露出笑容。「這就對了嘛。雖然我可能不會把它稱為『不可告人的秘密』，但是沒關係。妳最喜歡的漫畫是什麼？」

我不知所措地對他眨眼。我沒有預料到他會問這個問題。

「死亡筆記本。」我遲疑地回答。

「好看嗎？妳會推薦我看嗎？」

我不知道我們是怎麼從「詹姆士做愛的時候把床毀掉」這個話題，跳到「這是露比最喜歡的漫畫」。真的完全不知道。然而我緩慢地點點頭。「我認為，沒看過死亡筆記本，就等於缺少了重要的一部分基本知識。」

詹姆士看起來被嚇到。「好可怕。」

我的嘴角不自覺上揚。

我忍不住笑了。

詹姆士讓我笑了。

我意識到這件事之後，迅速把身體轉到另一邊，眼睛往窗外看，但是我很確定他有看到。他眼睛裡明顯有某種像是勝利的喜悅的東西閃過。

我想知道為什麼。

# 13 露比

布佛特

詹姆士他們家的姓氏，以雄偉的字體醒目地刻在企業總部的門面上。他走下車，堅定地往大門走去時，我停住不動，先是目瞪口呆地盯著招牌看，再來是眼前這棟龐大、新穎的建築物。建築物裡——如同詹姆士剛剛在路上講解給我聽的——有一半樓層是全英國最大的服裝門市，上半部樓層則是設計、銷售、客服等部門的辦公室，當然還有最重要的裁縫工作室。建築物一共六層樓，每層都設有展示櫥窗。櫥窗後方陳列著人體模型，身上穿著令這個品牌一舉成名的經典款式。

「妳要過來嗎？」詹姆士在大門口朝我喊。

剛才剩下的車程我們都在聊天。聊得不多，但已經比我預期的多了。我是在睡夢中的感覺依舊存在。

我在倫敦。跟詹姆士．布佛特一起。

真不敢相信。

「露比！」詹姆士邊叫邊抬起眉毛，指向他的手錶。

我回過神，匆忙走向他。他幫我拉著門，我遲疑地踏進門市，環顧了一下四周。

這個門市明顯比我當時跟我爸媽一起去的那間大很多。雖然家具全部都是黑色的，但挑高的天花板、白色牆壁和保養得宜的硬木地板，讓這間銷售中心顯得寬敞迷人。後方那面牆整面都是層架，一直延伸到天花板，架上放著數不清的襯衫。層架上方裝有一根黃銅杆，竿子的左端靠著一個梯子。入口處後方就是一張大圓桌，正中央立著一座黃銅製的鹿雕像，周圍擺放著小堆小堆的褲子，摺得整整齊齊。桌子的上方掛著一個水晶吊燈，柔和的光線為空間注入溫暖的感覺。店裡的香味很獨特——辛辣，但不討厭，綜合了衣料天然的味道和可能是從空氣清淨機散發出來的馨香。

詹姆士輕輕碰了我的手臂。我抬起頭看他，他把頭朝店面後半部的方向擺動。我慢慢跟著他。我們右手邊又有另一座層架牆，中間空出一小塊，掛著身穿不同西裝的男士照片，兩盞黃銅燈在側面打著光。正下方是一張擺著格紋抱枕的深綠色天鵝絨沙發、一張鋪上皮草的日式床墊和一張玻璃桌，上面放著水晶杯和裝了水的玻璃水瓶。

我們周圍所見之處都是硬挺的花呢格布、昂貴的絲綢和精緻的皮革——這個品牌使用的料子是最好的，這是他們的品質保證。難怪我身處的這間店會有貴族和政治人物進進出出。而且雖然我不想，我還是覺得有一點格格不入。

但這也許只是因為這裡似乎只有男性會停留。在銷售的男人、後方站在鏡前凳子上的男人、站在那些男人腳邊幫他們量尺寸的男人，然後還有站在我身邊的男人。

突然間，其中一位剛剛提過的男人從地上站起來。他剛幫一位客戶用別針別住褲子摺邊，接著跟他說了些話，然後他的目光落在我們身上。他認出詹姆士之後，全身僵硬。「布佛特先生！」他臉色蒼白地看了看他的手錶。

「不用擔心，特里斯坦，我們有時間。」詹姆士回答。

他的語氣讓我完全認不出來他是誰。他說話的方式像變了個人。崇高又權威。我從側面看他的時候，他筆直的姿勢引起我的注意。即使他雙手放鬆地插在他西裝褲的口袋，還是看得出來：他在這家店裡不是等閒之輩。我納悶他是怎麼辦到的。他似乎有能力把每一個他去的地方都變成他的王國。學校、袋棍球球場、這家店。他去冰淇淋店的時候也會這樣嗎？也許有機會時我得測試看看。

特里斯坦招手叫另一位裁縫師過來，把皮尺遞給他。下一秒他急忙過來我們這裡，然後跟詹姆士握手。「不好意思，我沒有接待您。」

「沒事，特里斯坦。」詹姆士回答。「你有時間陪我們嗎？還是很忙？」

他驚恐地看著詹姆士。「我當然有時間，先生。」

詹姆士轉向我。「露比，這位是特里斯坦．麥金泰爾，布佛特的首席訂作裁縫師。特里斯坦，這位是露比．貝爾。她是麥斯頓．豪爾活動委員會的會長。」

我揚起眉毛看著詹姆士。我很驚訝他這樣介紹我。他其實可以說我是他同學，或者單純說我的名字就好。

特里斯坦調整了一下他的西裝外套，就在他看向我之後，他的身體稍微放鬆了一點。他露出熟練的微笑。「布佛特先生很少帶學校的朋友來這裡，所以我非常榮幸能認識妳，貝爾小姐。」

我抱以微笑，並對他伸出手。他握住我的手，但接下來並非如我預期的跟我握手，而是把我的手背翻過來，做出一個古典的親吻我手背的動作。我忽然覺得，搞不好我應該回應他一個屈膝禮才對，幸好我忍了下來，取而代之地說：「這是我的榮幸，麥金泰爾先生。」

「叫我特里斯坦就好。」

「那你也要叫我露比。」

他的笑容更加明顯，同時帶著意味深長的眼神轉向詹姆士說：「我們從陳列室調來了一些服飾，現在放在樓上的裁縫工作室，請跟著我走。」

他轉身，帶著我們穿過店面，往後走到一扇深色木門。穿過木門後，我們來到了樓梯間。

「希望你們會喜歡我們挑的衣服。」上樓的途中，特里斯坦說。「它們是由您的曾曾曾祖父親手設計的，布佛特先生。」

我驚訝地看著詹姆士，然而他臉上沒有流露出任何情緒。「我相信那些服飾能滿足我們的需求。」

「是曾曾曾祖父創立布佛特公司的嗎？」我好奇地問。

特里斯坦點點頭。「沒錯，一八五七年，跟夫人共同創立。您知道布佛特原本是個男裝、女裝都有的時裝公司嗎？直到二十世紀初期才決定要仔細思考我們的核心競爭力。」

這件事從那次琳提議向詹姆士詢問服裝之後，我就知道了。她那時說完以後，我反駁說問他沒有用，因為我們還是要借女生穿的衣服。接著她就跟我說了布佛特時裝的起源，還讓我看了當時這個品牌下華麗服裝的照片。

「知道，」我過了一會兒後說。「但是我不知道為什麼。」

「當年本公司的財務狀況很糟。」詹姆士說。「我曾曾祖父做了一些錯誤的決策，我們瀕臨破產，讓自己專業化是唯一的出路。」

「後來，布佛特就變成如今的這個品牌了。」特里斯坦解釋，彷佛他當時自己也在場一樣。「製作西裝的工藝，沒人能比得上我們。從日常穿搭用的西裝到晚宴正式款西裝，所有人們內心渴望的，我們這裡都有。市售成衣西裝的製作方式沒辦法跟我們相比，更不用說我們還會為每套西裝客製化繡出客人的名字。布佛特先生，展示一下您的大名吧。」

我停下來，轉向詹姆士，他站在比我低一階的地方。我們的眼睛現在在同樣的高度。我的目光在他的雙眼停留了一陣子，又是我不太能理解是什麼含意的眼神。然後我把視線往下移到他深灰色西裝胸口的口袋，上面繡著他名字的字首JMB。

「我從昨天開始就在納悶M代表什麼。」我承認。我再度抬頭看，忽然間靠他好近，可以清楚看到之前還沒注意到的臉部細節。比如說，相對於他的髮色，他眼睫毛的顏色非常深。或者散布在他雙頰的淺色雀斑。

「莫帝默，我的中名。」他輕聲回答。

「跟你爸的名字一樣？」

他點點頭，然後越過我，看向特里斯坦。這個動作明顯表示出，他不想讓對話繼續往這個方向深入。

我們繼續沿著階梯往上走，特里斯坦告訴我布佛特裁縫師使用的特殊衣料，以及他們可以選用的袖扣數量有何其多。

在此之前，西裝對我來說就只是……西裝。我從來就看不出有多大的差別，更不可能知道一套西裝完成前，有多少決定要做了。

「每個方格紋我們都會測量，每個細節都不放過。」我們離開樓梯間，走進一道明亮長廊的時候，特里斯坦說。「這是布佛特一直以來的要求。我們用最細緻謹慎的精神製作服裝，提供客戶最好的品質，因為如此，我們甚至可以為皇室提供衣服。」他在一張掛在牆上的照片旁邊停了下來。我走近一看，驚訝得合不攏嘴。

牆上掛的是一張王子殿下的照片。

「天哪，不要告訴我，他的衣服是你們為他做的。」我崇敬地說。

詹姆士什麼都沒說，不過特里斯坦露出驕傲的笑容。「不只有他。」

我們繼續沿著走廊往下走，從開頭到底部的牆上都掛著名人、政治人物和上流社會成員的照片——所有人都穿著布佛特牌子的西裝。我看到皮爾斯・布洛斯南、披頭四，甚至還有首相的照片。除此之外，還有許許多多其他男人。我不知道他們是誰，但光從他們在照片上的態度就能看出他們有權有勢，而且很富有。

「這些人你都認識嗎？」我朝著詹姆士問。

詹姆士聳了聳肩。「認識一些。」

「真的好酷喔。」我低聲說。特里斯坦在走廊盡頭打開一扇門，帶我們走進裁縫工作室的時候，我甚至還有點難過。

我好奇地四處張望。這裡的空間很寬敞，看起來就是一個宏偉明亮的大廳。雖然今天是星期六，但絕對有五十個人在這裡工作，埋首於人體模型和堆滿衣料的桌子之間。

「走吧，衣服在後面那邊。」特里斯坦走在前面，我們跟著他穿過整個工作室。經過員工身邊時，他們禮貌但僵硬地跟詹姆士打招呼。我放眼望過去，可以看到他們交頭接耳地在竊竊私語。我皺著眉頭觀察詹姆士。他戴上了一副驕傲自負的面具，表現出對什麼事都不在乎的樣子，跟我在學校認識的他，是同一個表情。我不知道他現在腦中在想什麼。他看起來不像在享受這裡的人似乎對他有恐懼這件事。

我突然發現，我想知道更多關於他的事。關於詹姆士，關於布佛特公司，以及這個富有家族背後的真實情況。

特里斯坦忽然停下來，讓我回過神。「看！」他邊說邊指向旁邊的一個人體模型。

我驚訝到無法言語。

那個人體模型身上穿著一套維多利亞時代服飾。由綠色絲綢所組成，短袖，黑色荷葉邊，分成兩部分。上半部緊貼著身體，心形領口點綴著黑色玻璃石。裙身奢華高貴，在襯裙的襯托下顯得更加巨大厚重。綠色皺摺衣料與蕾絲交錯，裙襬一直延伸到地面。這絕對是我此生看過最美的衣服。

我不知道要怎麼把它帶回家或帶去學校。我甚至連碰都不敢碰，怕把它弄髒。

在身穿裙子的人體模型後面似乎還有一個穿著男性服飾的人體模型。那套男性服飾由一件長禮服大衣、馬甲背心、襯衫和褲子所組成。長禮服大衣有微微收窄的腰線剪裁，看起來好像是由柔軟的毛料所製成。黑色的馬甲背心上有很多口袋，越下方越緊。白色襯衫的狹小領口別著一條黑色領帶，比我熟悉的領帶看起來還要寬，樣式也不太一樣。

「當時的紳士著裝的時候，是不馬虎的。每個細節都要完美。」特里斯坦一邊解釋，一邊開始把男性服飾從模型上拿下來。成功取下之後，他示意詹姆士跟著他去隔牆後面。「走吧，布佛特先生。我們看一下適不適合你。」

詹姆士跟著特里斯坦走到隔牆後面之前，沒有再多看我。他看上去比較像是處於待機狀態，心不是真的在這裡。從我們離開勞斯萊斯以後，我就再也沒在他臉上看到任何情緒。彷彿他的最高目標就是不要讓這裡的任何人分享他的想法或感受。

特里斯坦的低語聲，還有衣料摩擦窸窸窣窣的聲音傳進我的耳朵，此時我鼓起勇氣往那件洋裝走近一步。不知道之前穿過這件衣服的人是哪一種類型的女性，她過的是哪一種生活，是不是有夢想，夢想又是否能夠實現。

大約過了五分鐘之後，特里斯坦再度出現，往我走過來。「非常適合他。」他得意地說。

「你知道我的尺寸，特里斯坦。」詹姆士面無表情地說。「你一定動了手腳。」然後他也從隔牆後面走出來。

我口乾舌燥。

詹姆士看上去簡直就像一個十九世紀的人。西裝穿在他身上非常合適，特里斯坦甚至還幫他把頭髮梳到側面，然後讓他拿著一支手杖。我的目光在他身上遊移，從上到下。

詹姆士看起來真的太棒了。

直到我重新抬頭看向他的臉，我才發現我一定是出神地呆望著他。而根據他下流的笑容來推斷，詹姆士完全知道我剛剛心裡在想什麼。我的臉頰變得好燙。

「換妳了，露比。」特里斯坦突然對我說。

「什麼？」我困惑地看著他。「換我幹嘛？」

「當然是換衣服啊。」他指了指那件裙子。我先目瞪口呆地看著他，然後是詹姆士。他忍不住笑了出來。這時我才意識到他們要我做什麼。

「不可能！」我說，聲音裡帶著驚恐。我是要來這裡拿衣服的，從來沒說我要來穿衣服。

「妳覺得我是唯一一個穿越時空的人嗎？絕對不是。」詹姆士朝我伸出手杖，稍微用力地敲了敲我的脛骨。「所以麻煩妳去換衣服吧。」

「真正的紳士絕對不會用手杖打女士，布佛特先生。」特里斯坦插話說。

詹姆士哼了一聲。「特里斯坦，露比不是女士，她是暴君。」

「你根本還沒見識過我像暴君的那一面。但我很樂意展示給你看。」我用瞇起的雙眼看著詹姆士。「特里斯坦，你有沒有手杖？」

「恐怕沒有。但是穿著這件美麗的裙子，妳也完全不需要手杖。來吧。」特里斯坦說。他看起來好期待，讓我捨不得繼續抗拒。我跟著他走到隔牆後面，然後他就消失了。過了一會兒，他跟一位女士一起回來。他跟我介紹說那位女士是他的助理，來幫我穿這套兩件式的裙子。這表示我絕對沒辦法自己一個人把它穿上。光是要把這麼多細小的壓扣扣上就需要技巧，更何況上衣和裙子裡面都還用金屬細杆做支撐。我得歪扭身體，才能讓衣服穿過我的頭和臀部。穿好以後，裙襬之巨大，讓我幾乎過不去隔牆和真實牆壁之間的狹窄區域。

「好了，老闆。」特里斯坦的助理喊道。他走來我們這裡。一看見我，他高興地雙手合十，臉龐亮了起來。「真棒！只需要再做一點微調……」他彷彿憑空取出一個髮夾，走到我後面。他抓起我頭髮的上半部分——至少感覺起來是這樣——往後拉，用髮夾固定。接著他站到我前方，繼續撥了幾縷髮絲，直到他的臉上漾開滿意的表情。現在我終於可以轉身去照掛在我後方牆上的鏡子。

我無法呼吸。

我從來不知道我可以是這個樣子。衣服緊貼著我的身材曲線，就像為我量身訂做。我感覺好像可以體現當時穿這套服裝的淑女精神。我覺得自己好美，有權有勢，整個世界彷彿臣服在我的腳下，只需要彈彈手指就能得到想要的東西。我一邊慢慢轉向特里斯坦，一邊微笑。「謝謝您逼我穿這件洋裝。」

他略微擺出一個鞠躬的動作。「布佛特先生，」他隆重地說：「現在為您介紹露比・貝爾小姐。」

我小心邁出步伐。一步，兩步，繞過隔牆，四步，五步……直到我停下來，鼓起勇氣抬頭看。

詹姆士在跟特里斯坦的助理聊天，但他一看見我，話就突然停住了。他的眉毛上揚，嘴唇微張。他將我從頭到腳打量了一遍，彷彿他有的是時間。我緊張地嚥了嚥口水。

然後他低聲說了一些我聽不懂的東西。

「什麼？」

他清了清喉嚨。「妳……看起來好漂亮。」

我的心顫動了一下。這不是第一次有男生讚美我，但不知為何他的話讓我很有感覺。我也不認為詹姆士經常說這類東西。他說的話讓我覺得……很真誠。而且沒有帶著面具。

「這件裙子就像是為她做的一樣。」特里斯坦附和。他把我往詹姆士的方向推了一點，然後取出他的手機。「請看這裡，兩位來自十九世紀的淑女和紳士。」

詹姆士在我旁邊用幾乎聽不見的音量哼了一聲，但是就在我鼓起勇氣看他的時候，他直視相機，彷彿他這輩子就只做這件事一樣。我想去年在學校裡流傳的那組照片。他和莉蒂雅幫他父母的新服裝系列擔任模特兒，也跟現在一樣擺出一張熟練的撲克臉。我把頭轉向特里斯坦，試著擺出崇高、嚴肅的表情。我不知道我做得對不對，但他一張接著一張地幫我們拍。

「您再換一下姿勢。您也許可以鞠躬，向她伸出手，讓畫面看起來好像您要邀她共舞一樣。」他這麼提議。

詹姆士照著特里斯坦的要求做，看起來非常專業。我懷疑有多少十八歲的男生鞠躬的時候會像他一樣看起來那麼優雅——不管有沒有穿著時代服飾。但是詹姆士似乎真的很認真看待這件事。他突然抓住我的手，從下方往上看我。他的皮膚很溫暖，而且雖然他只是輕輕觸碰到我的手指，還是讓我整隻手臂感到一陣酥麻。

當他這樣看著我，我好像真的能夠想像：一座大廳裡滿是身穿華美服飾的人們、很有氣氛的管弦樂，以及詹姆士，和我。他把手放在我的背上，領我走上木地板。他一定很懂得怎麼擺動身體。我想像自己在跟他跳舞的時候，放下一切，讓自己放鬆。

我嚥了嚥口水。我比原本預計的還更喜歡這個念頭。

「現在也許再來一張你們面對面站著的照片？」特里斯坦說。詹姆士重新站起身。他胸口口袋裡的絲巾有點滑掉了，我不自覺地伸手幫他調整。

某個東西在詹姆士的眼睛裡閃爍。我迅速把手拿開，然後我就不知道手到底要幹嘛，所以就無力地垂在身體兩側。

詹姆士忽然又抓住我的手。他另一隻手放在我的腰上，我屏住呼吸。我的心臟開始劇烈跳動，我不知道為什麼，但是被他觸碰的感覺好得不可思議。此刻我再也想不起來為什麼我會沒辦法忍受他了。

*他在對我做什麼？*

詹姆士對上我的目光。他的眼神同樣混合了驚訝以及警覺。我們看著彼此的時間越長，我們周圍的聲響就漸漸消失。放在我腰上、輕微移動的他的手指、緊握住我的手的他的手。他的眼神讓我覺得就像一個我想不計代價接受的挑戰。

「詹姆士。」一股低沉的聲音在我們後方響起。

他眼神裡的火光熄滅了。就在這麼一瞬間。他放鬆的姿勢也是。突然間，他站得筆直，然後像被我燙到一般把我放開。

一秒。就這樣一秒鐘的時間，他又變回我認識的那個詹姆士·布佛特。他嘴邊自負的弧線和眼睛裡的冷酷，讓穿著這身衣服的他忽然顯得讓人害怕。

「媽，爸。我不知道你們今天會在這裡。」

噢天啊。我開始帶著這身笨重的裙子轉身。最終成功之後，我突然感到非常害怕。

莫蒂默·布佛特和科迪莉亞·布佛特站在我面前。詹姆士和莉蒂雅的父母。全英國最成功企業之一的總裁。忽然間，穿著這身打扮的我，不再覺得自己像稍早前那麼有權有勢——尤其是跟科迪莉亞·布佛特比起來。她身上的所有東西都很有品味、典雅又高貴。她有一張細窄的臉龐，和像詹姆士一樣自負的嘴，只不過擦著暗紅色唇膏。她的膚色像陶瓷一般，身上穿著一件一定是出自高價設計師之手的白色緊身連衣裙。她紅褐色的閃亮秀髮長度到肩膀左右，有著完美的捲度，好像她剛從髮型師那回來一樣。

詹姆士的爸爸有著黃褐色的頭髮、水藍色的眼睛和微微下垂的嘴角。他的站姿筆直、驕傲，身上那套量身訂做的布佛特西裝，讓他看起來就像要去出席一場重要的商業場合。

他從頭到腳把我看過一遍，臉上沒有流露出任何情緒。

現在我知道詹姆士讓人無法看透的面具是遺傳誰了。

「我們剛剛跟中國方面的代表開會，所以在公司。」詹姆士的媽媽解釋。她走向前，在她兒子的臉頰上親了一下。她身上的香水味撲鼻而來，聞起來淡淡的，就像一束剛採下的玫瑰。

「波西跟我們說，他載你和你的……」她看了我一下，「……學校同學來這裡。」

詹姆士沒有回答。他沒打算要向他父母介紹我，所以我雙頰發燙地走向前，向她媽媽伸出手。「我是露比．貝爾。很高興認識您，布佛特女士。」

她看我的手看了一段時間，之後才伸手回握。「這是我的榮幸。」她對我微笑，露出一整排潔白的牙齒。

我想要像她一樣。我腦中忽然閃過這個念頭。我想要像她一樣，走進一個空間，就馬上因為身上散發出的光芒，被周遭的人視為一名強大的女性，並且受到他們的尊敬。

我不想要的是，光是我在場，就讓人們陷入恐懼與害怕，布佛特先生似乎就是這樣。我跟他握手的時候，他向我微微點頭，然後就繼續環顧整個裁縫工作室，好像已經受夠我了一樣。

「我看到你們從陳列室訂了一些服飾，」布佛特女士邊說，邊歪著頭看我們。她往前走一步，撥了撥我的裙子。她皺起眉頭。「裙子太長了。麥金泰爾先生，請您修改一下。」

從布佛特夫婦到這裡以後就沒再說過半個字的特里斯坦迅速地點頭。「當然，夫人。」

現在布佛特女士用手示意我轉身。我照著她的要求做，肚子裡有股不舒服的感受。「你們要衣服做什麼？」

「十月底維多利亞派對需要。」詹姆士回答。他像換了一個人，沒有抑揚頓挫的語調讓人想到機器人。

「他指的是他要舉辦的派對，因為他之前的行為舉止像個失敗的青少年。」布佛特先生說。

布佛特女士用舌頭發出嘖嘖聲。穿著這件洋裝轉身很不容易，我回到正面，然後悄悄來回看著他們三個。詹姆士沒對他爸爸的話表現出任何反應。布佛特女士用告誡的眼神看了她丈夫一會兒。

然後她又轉向我。她把她的雙手放在洋裝的袖子上，來回撥弄，最後跟特里斯坦說：「這前面要再寬一點，特里斯坦。現在這樣太窄了……」她疑惑地看著我的臉。

「露比。」我協助她。

「……露比沒辦法順暢呼吸。」她把話說完。

特里斯坦點點頭，然後把我和他助理拉回隔牆後面。我看了詹姆士一眼，但他沒在看我，注意力放在他父母身上。他爸爸在跟他說話，眼神盯著我。他的聲音含糊不清，聽起來很生氣，但我聽不懂他在跟詹姆士說什麼。

我把目光移開，轉向特里斯坦。「他們兩位看起來很……重要。」直到最後一刻我才成功用正面一點的詞彙來取代「引起恐懼」。特里斯坦已經在用從他手腕上針包取出的針，小心別住洋裝的摺邊。

「妳說的沒錯。」他沒再多說什麼。

自從布佛特夫婦踏進裁縫工作室以後，這個巨大的空間就變得一片死寂。似乎沒人在聊天，連特里斯坦也只是短暫對我露出微笑，然後委託他助理協助我換衣服，自己就消失了。不到十分鐘，我穿好自己的衣服，走回前面。

我站到詹姆士身邊。他已經脫下長禮服大衣，把它披在手臂上。

布佛特女士的眼神在我身上游移，接著把手放在她兒子的手臂上。「我們樓下見。」

詹姆士點了點頭。

她轉向我。「很高興認識妳，貝爾小姐。」

詹姆士的爸爸沒說半句話。他們兩位轉過身，離開工作室。直到他們身後的門鎖上，我才能重新吸到空氣。

「你知道嗎，你其實可以預先警告我。」我小聲地說。

詹姆士僵硬地轉向我。我希望我能夠從他的眼神裡讀出什麼，但裡面除了冷冰冰的土耳其藍，其他什麼都沒有。「波西在樓下等妳。」

「噢，我好了啊。你才是那個還停留在十九世紀的人。」我小心地對他微笑。

他沒有回答。「我們的郊遊結束了，」他開始說，他的聲音聽起來就跟他的外表一樣。冷淡、遙遠。「妳最好現在離開。」

我皺起眉頭。「什麼？」

「妳必須現在就走，露比。」他說得很慢，而且還用重音讀出每個音節，好像我理解能力有問題一樣。「我們學校見。」

他轉身走到隔牆後面換衣服。有那麼一段時間，我只能從後方盯著他看。後來我才了解他剛才做了什麼。又是用什麼方式跟我說話。

一股怒火在我心中蔓延。我往前走一步想去質問他，但我動彈不得。特里斯坦抓住我的手臂阻攔我。他看著我的時候，眼神很遺憾，但也很嚴厲。「來吧，露比。我帶妳下去。」

他輕輕拉住我的手臂。我心不甘情不願地讓他把我帶開。我們穿過裁縫工作室的時候，我能感覺到所有員工都在用同情的眼神看我。

# 14 露比

我的隱形斗篷滑落了。

我周末跟詹姆士一起在倫敦的事，已經傳開了。看來是有一些拍到我們一起走進店裡的照片。突然間，學校裡的人都知道我的名字，而那些人的臉，我連看都還沒看過。有些人在走廊上友善地跟我打招呼，其他人——大部分人——則是在我背後竊竊私語。最嚴重的是在上課的時候。我根本就沒辦法專心，因為我同學不斷盯著我看，好像覺得我可能會隨時站起來，詳細說明周末我和詹姆士之間發生了什麼事一樣。

然而我想盡快忘記上個星期六的事情，覺得自己被侮辱的感受依舊存在，而且越去想詹姆士不可思議的舉動，就越對他感到憤怒。

午休鐘聲響起時，我非常認真地考慮不要去吃飯，但是我太餓了，不去這個選項太不切實際。除此之外，琳也答應我會像個屏障一樣陪在我身邊——還有跟我說她爸爸的最新八卦。

「他又交一個新女朋友了。」我們沉默地吃了一會兒東西之後，她這麼說。

我抬頭看，本來低著頭在吃烏龍麵。「但這次不是來詐婚了吧？」我問，嘴巴裡塞滿食物。

「不是。」她做了一個鬼臉。「意思是，至少我希望不是。」

「然後呢？」我小心地追問。

琳聳了聳肩。她把吃了一半的三明治移開，在餐巾紙上擦了擦手指。「我不知道耶。我覺得他跟上一個女人失敗之後，可以先暫停約會一下啊。」

琳和她爸爸為了維持父女之間的聯繫，每個月會見一次面。我很佩服她能這麼務實理性地處理整個情況。如果我爸這樣糟糕地對待我和我媽，我不知道我還有沒有辦法直視他的眼睛。

「她對妳好嗎？」我最後問。

琳聳肩。「是好的。也許有一點太好。」

「什麼意思？」

「我也不知道耶。我們好像不太合拍。」她開始把餐巾紙撕成一小塊一小塊。「但也沒關係啦，我們不可能跟每個人都合得來。」

我想了一會兒。「跟某些人過了一段時間以後會驚訝地發現其實合得來。」我不自覺地看向詹姆士和他的朋友們。他們佔到了高聳窗戶旁的其中幾個好位子，正熱絡地在聊天。詹姆士說了某個東西，讓雷恩笑到不行，還需要凱許幫他拍背，因為他噎到了。

「聽起來好像妳有經驗一樣。」琳一邊說，一邊用意味深長的眼神看向詹姆士。

我搖搖頭，繼續盯著我的麵。

「噢拜託，妳不想告訴我發生了什麼事嗎？」

「我已經說了。」

琳揚起一邊的眉毛。「妳說的只有『我們領到衣服了』。但我又不是笨蛋。」
我深吸一口氣。「那天還可以啦。甚至比還可以好一點。直到他父母忽然出現。」
琳吸了一口氣，發出嘶嘶聲。「妳見到布佛特夫婦了？」
我緩慢地點點頭。「他們……讓人印象非常深刻。尤其是他媽媽。」我開始說。「我沒有跟他們聊天太多，因為他們只待了一下。後來詹姆士就變回他那個樣子。」
「他做了什麼？」琳問。她似乎想起來她面前還有一個盛著食物的托盤。她一邊緊張地看著我，一邊咬了一口她的三明治。
「他把我趕出去。我被護送到外面。」
她嚼到一半突然停住，然後盯著我看。
我無可奈何地聳了聳肩。我真的不想再多想星期六那趟可怕的回程。當時我必須強迫自己深呼吸，才能讓自己平靜下來。
「那是我經歷過最丟臉的事情。」我低聲抱怨，同時又鼓起勇氣看了詹姆士一眼。
就在這個時候，他剛好也看向我。我們視線交會的時候，我內心的憤怒再度沸騰，差點就要起身去用托盤打他一頓。
然而他眨了一下眼睛之後，就把眼神移開，把注意力重新放回他朋友身上。
「他為什麼要把妳趕出去？」琳問。
就是這件事讓我整個周末想破頭。最後我只想到一個對我來說聽起來比較合理的原因。

「我覺得，他為我感到丟臉。妳應該要看看他爸爸是怎麼看我的，我就像黏在他鞋底的髒東西。」我把盛著點心的小碟子拉過來：巧克力奶油搭鮮奶油，佐草莓和薄荷葉。至少今天有一件好事在等我。

「胡說八道。面對任何人，妳都不能讓自己有這樣的感覺。」琳的語氣好憤怒，我忍不住抬頭看。

「這是事實啊，」我反駁。「如果不是妳父母出事，妳也一定看都不會看我一眼。」

琳抖了一下，好像被我用巧克力奶油往臉上砸一樣，皮膚變成死灰色。直到這個時候，我才意識到我剛才說了什麼。我馬上想開口道歉，但她猛然站起身。

「謝謝妳對我的評價。」她發火地說，同時拿起她的托盤，雖然還沒吃完。她離開學生餐廳，完全沒有回頭看我。

我呆望著我的點心，發現食慾全沒了。這是什麼糟糕的一天。

下午走去圖書館的路上，我差不多已經習慣同學們在走廊上的竊竊私語和目光了，即使他們的聲音還是在縈繞在我耳裡。我之前完全沒想到跟詹姆士出去會為我在這間學校的生活帶來這樣的影響。我到底在想什麼？詹姆士是這間學校的王——大家當然會想知道他放假時間跟誰度過。上他的車是一個天大的錯誤。而我得付出的代價，就是不能再繼續隱形。

活動組開會是一場折磨。琳不看我，我不能看詹姆士。我花了極大力氣告訴其他人服裝的事，同時又不讓他們看出我有多受傷和憤怒。我的努力是有用的，因為我說完以後，大家似乎都很期待看到拍出來的照片。卡蜜拉接著跟我們說，她父母認識一位大型餐具製造商的老闆，可以提供我們所有派對需要的東西；潔瑟琳蒐集了關於布景、裝飾租借的方案，提出來跟我們討論；基朗則是把他挑選出的音樂用他的筆電播給我們聽。

我只聽懂一半。

就在我們分配完工作、宣布會議結束之後，我拉住琳的手臂攔住她。她依舊避開我的目光，但她還是有停下來等其他人離開團體室。我把門關上，轉向我的朋友。

「我不是那個意思，」我開始說。「對於我說的話，我感到很抱歉。我只是想說……妳之前交的朋友都跟我完全不一樣，我不知道如果不是妳父母的事，我們還會不會認識。」

琳看了我一會兒。最後她嘆了口氣，低聲說道：「妳說的沒錯。」

我愣住。「沒錯嗎？」

她點頭。「如果那天妳沒接近我，我們絕對不可能像現在這麼好。」她直視著我的眼睛說，這是今天中午以後的第一次。「我很感謝妳當時在廁所裡有來跟我說話。」

她嚥了口口水，聲音變得沙啞。我還清楚一年半前的那天，我走進一樓廁所的時候，聽到有人在啜泣。我不知道是誰，只知道她的心情一定很糟。所以我小心地問還好嗎，琳聽到之後只說不要理她。我沒有照著她的話做。我對坐在那間廁所前面的地板上，把面紙從門下方遞給她，然後在那裡等到她願意出來的時候。這是我們友誼的開始。

「我也很感謝當時有去跟妳說話。我真的很抱歉。」

「我也是。我不想像個潑婦一樣對妳。」

「今天就是一個愚蠢的日子。」我無奈地說。我從背包裡拿出手機，把我們開會時寫在白板上的東西拍下來，然後坐到我的筆電前，把這張照片和琳做的會議記錄一起寄給其他人。與此同時，琳開始擦起白板。

「布佛特整場會議都在看妳。」她突然說。

我哼了一聲。「我站在前面，大家都在看我。」

「不對。他看的方法不一樣。他就像在用他的雙眼乞求妳回頭看他一樣。」

「胡說八道。」

琳聳了聳肩。「隨便妳怎麼說啦。不管怎樣，妳對他那樣冷淡，真的是做得太好了。他活該。」

我蓋上筆電，把它裝進背包。「我只希望一切回到跟之前一樣。」我們把燈關掉的時候，我這麼說。「大家現在看我的樣子，就好像我們星期六另外還做了什麼一樣。他們都不知道真實的情況。真的一點都不知道。」

她若有所思地咕噥。「我懂。但是妳也了解這裡的人啊，他們看到每件小事都會像禿鷹一樣撲上去，尤其是跟詹姆士．布佛特有關的事。」

我悶悶不樂地看著她。「嗯。」

她用手肘輕輕推了我，幫我拉著門。「哎呀，等到下一個謠言開始流傳，大家就會忘記這件事了。」

我們踏上走廊。我正想回答的時候，看到有人靠在門的旁邊。

詹姆士。

我目瞪口呆地看著他。我差點就要開口問他到底在這裡幹嘛，但就在最後一秒，我想起來我要忽略他。所以我把視線移開，繼續往前走。

他離開牆壁，往我走過來。

「妳有一點時間嗎？」他問。他溫柔的語調把我弄糊塗了。這不是那個四十八小時前，把我像個垃圾一樣對待的詹姆士。

**妳必須現在就走，露比。**

我非常想直接對他大吼出我的感受。「沒有，我沒有時間。」所以我簡短地說。我很驕傲我成功讓聲音保持平靜，但又賦予它強調的語氣。他應該要知道，我不會讓這件事發生在我身上。

「我們必須談一談。」詹姆士繼續說，同時看了一下琳。「單獨。」

我搖搖頭。「沒有必要，詹姆士。」

琳摸了摸我的手臂，表示她支持我，我不是一個人。

突然間，我就只是覺得好累。「你知道嗎？」我堅定地看著詹姆士的眼睛說。「也許我們回到之前那樣會比較好。」

詹姆士皺起眉頭。「之前那樣？」

我得先清清喉嚨。剛才有東西卡住的感覺，而且感覺還越來越明顯。「我指的是你不知道有我這個人的那段時間。也許我們回到那個時候會比較好，當時我過得比現在好很多。」

他開口想回些什麼，然後又閉上。他額頭上的皺紋變得更深了。最後他緩緩地點點頭。

「我明白了。」

很好啊。他明白我的問題是什麼了。將來我再也不用繼續跟他糾纏不清了。

但是當我轉過身，跟琳一起往出口方向走的時候，心還是好痛。

# 15 露比

「妳怎麼了？」安柏問。我嚇了超大一跳。

我一邊攪拌果醬，一邊專心在想事情，沒注意到安柏悄悄走到我後面，從後面看著盛著果醬的鍋子。

「沒有啊。」我遲了一下說。

爸爸拿著一包還沒開封的凝膠砂糖，手指向我。「有點可疑，我同意妳妹妹說的話。」

我翻了個白眼。「你們讓我覺得很煩，就是這樣。」我攪拌得有一點太大力，滾燙的蘋果果醬濺到我的手上。我吸氣，發出嘶的聲音。

「馬上沖冷水。」媽媽邊說，邊把勺子從我手中拿走。她把勺子塞進安柏手裡，然後把我推向洗水槽，轉開冷水。

「就讓我行屍走肉一下嘛。」我咕噥說道。

「我沒意見啊。」爸爸說。「只是妳從星期六那個可疑的郊遊之後就都是這樣了，我想知道為什麼。」

我不滿地哼了一聲。連在家也不得安寧。

一直以來，我都不懂為什麼所有人都在抱怨星期一。對我來說，每個星期一都象徵著一個新的開始，一個美好的星期等在前方。我通常是很愛星期一的，但今天就是每件事情都讓我不爽。學校裡的人、星期六的記憶、安柏好奇的眼神。連這一小點濺出來的滾燙東西也惹到我。智障蘋果果醬。

我非常想把自己關進房間，把接下來三個月要學的東西背起來，但我家人逼我幫忙熬煮果醬。然而我很確定煮果醬只是藉口，他們的目的是要讓我開口說話。

「為什麼妳就不乾脆告訴我們發生了什麼事？」下一秒安柏就證實了我的猜測。

「因為妳不是真的想知道我怎麼了。」我回答。「妳會問我，只是因為你想獲取關於布佛特公司的資訊。」

「才不是！」

「不是嗎？」我挑釁地問。「所以妳不想知道那裡怎麼樣嗎？」

此刻她不安地把身體重心從一隻腳換到另一隻腳。「想知道啊，但這兩件事並不互斥啊。我可以對英國最大的男裝供應商有興趣，但同時也關心妳的幸福啊，親愛的姐姐。」

「真貼心。」爸爸邊說邊把推著輪椅從我們身邊經過，再繼續推到爐灶那裡。他拿了一支乾淨的勺子，把它伸進正在燜的果醬裡。每次看他嚐味道都覺得很吸引人。我試吃食物的時候，看起來就……很普通。爸爸的話，馬上就能看出他是專業的。他的表情會變化，就像他在腦中把所有配料一樣一樣分開，然後思考有沒有少放到什麼，如果有，那又可能會是什麼。

就像現在這樣。他歪著頭，我們緊張地看著他。下一秒，他的臉亮了，他稍微往後滑到裝著他所有調味料的金屬推車那裡。他伸手拿了肉桂綜合香料，往鑄鐵鍋裡加了少許。味道讓我想到聖誕節，我最喜歡的節日。

「沒什麼好說的，安柏。」我遲了一會兒後說，然後我妹妹發出沮喪的抱怨聲。「關於布佛特公司，所有能知道的妳都已經知道了。」

「我也好想看看他們的裁縫工作室。」她邊嘆氣邊用雙手托住下巴。

「妳不會覺得無聊嗎？妳是想要專做女裝耶。」爸插話。

門鈴響了。我們驚訝地互看。

「會是誰啊？」媽媽問，然後離開廚房，往走廊方向走去。

「重點是去感受那個氛圍，爸。去看看那裡的人是怎麼工作的，用哪些材料和剪裁，一定還是很有趣。」安柏這麼渴望的樣子刺痛了我。我可以理解，對於我可以就這樣去參觀大設計師的總部，她會覺得很不公平——她沒有這個機會。另一方面，我也想到那次出遊結束的方式。我真的不想要我妹妹去承受那種被侮辱的感覺，就像我現在一樣。

「我想到一個主意。妳幫我問一下妳朋友，可不可以也幫我做個導覽？」安柏問。想到有一半是玩笑話，讓我心安不少。

「妳可以自己問他，安柏。」媽突然說。

我皺著眉頭轉身。「什麼？」

「那個男生現在就站在我們家門口。」她邊解釋，邊用大拇指朝後指了指。「妳完全沒告訴我們他有多帥。」

我目瞪口呆地看著她，防禦本能瞬間從零衝到一百。「妳沒有讓他進來吧？」

「當然沒有。這件事由妳來做——或是由妳來請別人做，如果妳想這樣的話。」媽走到我這裡，在我頭上親了一下。我穿過廚房、踏上走廊的時候，可以感受到背後全家人好奇的目光。我恍恍惚惚地走向大門。

詹姆士站在通往我們家的階梯上。這是我第一次看到他穿休閒服。深色牛仔褲和白色T恤讓他看起來就像一個再普通不過的年輕人。如果我在路上遇到這身打扮的他，我可能根本認不出來。

他的手臂上掛著一個黑色的大防塵套，上面有布佛特的商標。我盯著那個弧形的B看了好久，然後突然一股無法用言語形容的憤怒向我襲來。

這裡沒有他要找的東西。我不想要他接近我的家人，連接近都不行。我在這裡的生活跟我在學校裡的生活沒有任何一點關係，現在他站在我面前，把我幾年前就劃出的界線就這樣抹去，我沒辦法接受——經過上星期六的事情之後，更是完全不能接受。

就在我正要開口質問他的時候，他的視線從我們的玫瑰花從移開，發現我站在門口。他的眼睛裡閃爍著一種我無法解釋的情緒——我一直以來都沒辦法解釋——然後他往上走一階，我們兩個的眼睛現在處於平行高度。他清了清喉嚨，把防塵套遞給我。

「我想把衣服拿過來給妳。特里斯坦改過了，現在應該百分之百合身。」

我沒打算從他手中接過衣服。「你為了這件事跑來我家找我？」

他深吸了一口氣之後猛地吐氣，然後用手搔了搔後腦勺。「我還想跟妳談談星期六的事。我那天的行為舉止像個王八蛋，我很抱歉。」

有那麼一段時間，我目瞪口呆地盯著他看。

這是我第一次聽到他這樣說話，我也免不了要納悶，他這一輩子到現在道歉過幾次。他這幾年光是在學校就這麼無法無天，他的道德界線一定比我的還要模糊非常多。

但是現在，他看起來真的很抱歉。「我不懂你為什麼要那樣。」我低聲說道。

在他握住我的手之後，我更不懂為什麼了。我清楚看到他的眼神變得好溫暖，同時也明確感覺到我們之前的火花劈啪作響。我沒有想過會這樣。

他嚥了口口水。整整一分鐘的時間，他什麼話都沒說，只用他深不可測的雙眼看著我。然後他很小聲地說了一些話，小聲到我幾乎聽不見：「有時候我也不懂我自己，露比．貝爾。」

我開口想回他一些什麼，但又再度閉上。我覺得，這是他第一次對我誠實，我不想拒絕他的道歉，然後把這個情況毀掉。所以我保持沉默。我安靜了好長一段時間，如果是其他人，一定會覺得很不舒服，但詹姆士和我——我覺得，我們可能可以什麼話都不說地看著彼此好幾個小時，只為了想捕捉到對方藏在心牆背後的東西。「你來這裡的真正原因是什麼？」最後我問。

「妳今天中午說的……」他遲疑了一下。「如果我不想回到之前那樣呢？」

我發出一陣無聲的笑。「你把我趕出去。在那之前，你讓我在你父母面前難堪。你那樣做，好像就是我不夠好，沒有資格認識他們一樣。」

他搖搖頭。「我不是那個意思。」

我看到他的腳微微地來回擺動，看起來幾乎就像他在緊張一樣。「我星期六很開心，一直到……我父母來。」他清了清喉嚨。「如果我們現在突然要裝作不認識，我覺得得很可惜。對我而言，妳不再是個隱形的人，而我也不想假裝我看不見妳。」

雖然星期六留下的苦澀後勁還是存在，但他說的話讓某種東西在我充滿酥麻興奮感的心裡開始滋生。「我不知道你現在想要我怎樣，詹姆士。」我小聲地說。

「我沒有想要妳怎樣，我只是不想讓情況變成以前那樣。我們不能從現在開始就是……認識了嗎？」

我瞠目結舌地看著他。

**他不是認真的。**我腦中突然閃過這個念頭。**他不可能是認真的。**我不是笨蛋。我知道詹姆士沒辦法忍受我——即使我們上星期六真的一起度過了美好的時光。就是因為我，他被逐出袋棍球校隊，而且我還知道他妹妹的一個大秘密。無論是對他還是對他家人來說，我都是一個風險。

「如果這又是你在耍的手段……」我懷疑地開始說，但是詹姆士打斷我。

「不是的。」他邊說邊往上踏到最後一階階梯。

我不能把他的話看得太重要，這我完全知道。我沒辦法判斷他是個什麼樣的人——我懷疑這世上是否有人可以判斷。然而此刻他的眼神裡有某種東西，某種誠懇和遺憾的東西，讓我瞬間無法呼吸。

這是怎麼發生的？我們是怎麼在一個月之內，就從不認識、收買、憎恨，走到現在這個樣子？

我身後的門開了。「露比？還好嗎？」

我全身僵住。我前面站著手裡拿著一百五十年歷史的衣服、眼神讓我膝蓋發軟的詹姆士，後面站著我幾分鐘前還在跟她為了爸爸的果醬打架的妹妹。我的兩個世界砰地一聲撞在一起，我緊張了起來。我不知道要怎麼反應，所以我帶著勉強的微笑，向安柏點點頭，努力不靠言語讓她知道她應該離開這裡。她來回看著詹姆士和我，眼神同時帶著好奇與懷疑，但是她就真的退回去，把門靠上了。

這時我才有辦法再度轉向詹姆士。我需要先深呼吸兩次，才有辦法集中精神。然後我想起來，我還欠他一個答覆。「我不確定。」我誠實地說。

詹姆士緩慢地點頭。「好吧。我其實也只是來向妳道歉星期六的事。」

「只是為了星期六的事？」

他現在調皮地微笑著。「我絕對不會為了慷慨送妳膝上脫衣舞的事道歉。」

他說這些，我真不知道要不要接受他的道歉。

我不知道他是認真的還是只是想讓事件平息，我才不會跟任何人說莉蒂雅的事。但是如果我不用一直生他的氣，我的人生會好過一點。或者甚至可以偶爾跟他聊一些學校的事。星期六的時候我發現，他除了反應很快以外，也非常聰明，跟他聊天很好玩。然後還有那個某樣的感覺，在我內心引起一陣酥麻感，讓我好奇地想知道更多。

我知道這麼做很不理智，也知道我不應該信任他，但是我越想越發現，我其實也不想回到之前那樣。

我堅定地看著他的眼睛，讓他知道我是很認真的，我說：「這種事情我不會再容忍第二次。」

「了解。」他低聲回答，同時把衣服遞給我。

就在這個時候，開始下雨了。雨勢不大，但我還是很怕衣服會淋濕，雖然外面有一層防護套。我迅速把衣服從詹姆士手上接過來，拿進我們家的衣帽架上。

我回到門口的時候，詹姆士的頭髮上已經聚集了無數的水珠，正從他的臉上流下。他用手背擦了擦臉頰，接著滑過頭髮，視線從頭到尾都沒有從我身上離開。從禮貌上來說，我應該要在他全身濕透之前請他進來，但我就是做不到。感覺很不對勁。我沒辦法向他介紹我的父母和妹妹。也許我永遠都沒辦法。

「我接受你的道歉。」最後我說。

他的眼睛亮了。這是我第一次在他臉上看到這種表情。

我們就這樣站在雨中，他在我家的階梯上，我在門口，不願意請他進來。

但這只是一個開始。

# 16 詹姆士

袋棍球比賽正在進行，但我只能在旁邊看，不能下場打，感覺真的爛透了。

我們隊走出更衣室、球員一一跟我擊掌時，已經充滿腎上腺素。我像個觀眾一樣，在看台之間的球場邊緣站著。我接受這個痛苦，但是此刻我就是對一切都感到懊悔，尤其是決定要小小地擾亂返校派對這件事。

最嚴重的是，羅傑．克瑞，一名新加入的隊員，取代了我的位置，而且打得超好，變成我一個很大的競爭對手。如果他很糟，那我在球隊裡的位子就很安全。但是他打得這麼好，我怎麼知道教練在我的處罰結束後會不會想繼續把他留在隊上？尤其他最近似乎看起來也跟希里爾還有其他人處得蠻好的。

當他走過來，把拳頭伸向我的時候，我心不甘情不願地用我的跟他對碰，然後就走到球場邊的板凳，跟候補球員坐在一起。我把兩手的手指交叉，觀察敵隊是如何在場上奔跑，又是如何在我們的隊員面前鼓舞士氣。那一隊蠻好的，我認出很多上個球季也有上場的球員。尤其一個前鋒非常難以捉摸，速度又快到不可思議，希望希里爾會盯好他。

「嘿，布佛特。好可惜你不能上場。」一位候補球員突然對我說。他的名字叫馬修，但是我懷疑我們根本從來沒跟彼此講過話。

「對啊，天啊，糟透了。」另一位候補球員附和。

「我完全不懂這個處罰是想怎樣，你做的那件事超棒的啊。」

「尤其今年又是你在學校的最後一年。最後一個球季要在板凳上度過，真的是爛透了。」

好了，夠了。我猛地站起身，往前走向球場邊界，沒回他們半句話。我很開心我戴著太陽眼鏡。除了因為今天的太陽對十月來說大到不行以外，主要也因為，這樣就沒人看得到我有多慘。

我站到離弗里曼教練有一點距離的地方，雙手交叉在胸前，俯視整個球場。必須在旁邊看著我的球隊，但又不能做任何事，真的很殘酷。比賽開始的哨音響起後，不到五分鐘，敵隊就進了一球。

忽然間，我背後響起了腳步聲。我轉身看到露比和她朋友琳正往球場跑來。她們滿臉通紅，頭髮凌亂。站定以後，露比大聲咒罵了起來。她還沒發現我，所以我可以偷偷地打量她。

她穿著學校制服，雖然我們同學大部分都穿著休閒服或球隊T恤來看比賽。她一隻手拿著一個腳架，另一隻手拿著一本筆記本，背上則像往常一樣，背著她那看起來隨時會瓦解的難看背包。背包完全就是嘔吐物的顏色，但不知道為什麼，她背著的時候看起來就很可愛。像忍者龜。一隻頭髮亂七八糟、滿臉通紅的忍者龜。

我慢慢晃過去她們兩個那裡，在旁邊觀察她怎麼把腳架和一台看起來很昂貴的相機架起來。

「需要幫忙嗎？」我問。

露比猛地轉身，用瞪大的眼睛看我。顯然她對於我試著跟她交朋友這件事，還是沒有習慣。我整個星期在走廊上遇到她的時候，都跟她打招呼，但每次她都嚇一跳，好像她就是不習慣有人在課堂以外的地方跟她說話。

「我們錯過了什麼嗎？」她急促地問。她迅速掃視了球場，然後是弗里曼教練。但教練沉浸在比賽裡，沒發現露比和琳遲到了。

「里奇維尤高中射進一球。」我回答。

露比點點頭，潦草地在筆記本裡寫上某些東西。「太好了，謝謝。」

同時琳已經把相機裝好，然後在開始拍照之前，檢查相機裡的設定是否正確。

接著她們兩個就埋頭記錄比賽了。

我發現，跟我的球隊比起來，我其實更喜歡看露比。看她，至少痛苦的感覺少很多。我們早就追上落後的分數，準備要來把里奇維尤高中幹掉了——但我真的就是沒辦法為此感到高興。在克瑞傳了兩次助攻，下半場甚至自己射進一球之後，我就明白，我的隊員根本就不需要我。我非常想當場就消失，但我不知道為什麼我不這麼做。

相反地，我繼續面無表情地站在球場邊緣忍受這一切。進球的時候，鼓掌；對手採取不利於我們的行動的時候，咒罵；在這期間，還回答所有露比和琳提出的問題。

球賽進行了一個半小時，我不覺得我征服了世界，就像平常我們贏球時一樣。我只覺得筋疲力盡，在這裡多待一秒我都無法忍受。一想到今天晚上要去希里爾的派對，在那裡聽所有今天看到我站在場邊的人對我發表同情的言論，我就想吐。我在球隊下場之前，不發一語地轉身，往學校方向走去。我從口袋裡翻出手機，按下快速撥號鍵打給波西，請他來接我。

「詹姆士！」

我回過頭看。

露比跑在我後面。她的瀏海和強風配合得不太好，有幾撮垂直地立著。她注意到我的目光，就把那些立起來的頭髮往額頭上壓平。這是她上星期特別引起我注意的怪癖之一。我還知道她那把放在筆袋裡、隨身攜帶的小梳子。覺得沒人在看她的時候，她就會拿出來用。

「怎麼了？」我問。

「你還好嗎？」

她為什麼要問我這個？沒人會問我這些東西——因為沒人想知道我好不好。要不然就是，大多數人都怕我，所以不會問我這個問題。

「看其他人上場比賽，感覺一定很難受吧？」她溫柔地問。

「是的。」

她把身體重心從一隻腳換到另一隻腳。「你比較想要一個人獨處嗎？」

我摸摸脖子，聳了聳肩，不確定要怎麼回答。幸好阿里斯戴爾讓我不用回答這個問題。他滿臉通紅地跑過草坪來到我們面前。「布佛特！要去哪裡啊？我的朋友。」

好，這個問題比露比的更糟。「回家。」

「你忘了嗎？今天要在希里爾家慶祝。」

我沒忘，只是希里爾的派對是我現在最不想做的事情。但這我不能跟阿里斯戴爾說。球隊贏了，而且，我還是隊長，雖然暫時被免除職務，若我不跟隊員一起慶祝，這場勝利不太好。更何況，如果我今晚沒出現，一定會有很多人問我怎麼了，我沒興趣回答這些問題。

「沒忘，我會去。」從眼角餘光我可以看到，露比的表情變了。我避免直視她。

「真是的，不要擺那個臉嘛，會很好玩的。一整棟房子都是我們的。」

我咕噥了一下。

「嘿，露比，妳怎麼不一起來？」我用警告的眼神看著阿里斯戴爾，但他只是笑著來回看露比和我。

「妳不一定要去，」我迅速說。希里爾的派對絕對不是露比這種人該去的地方。「我不覺得妳會喜歡。」

露比皺起眉頭。我發現我說錯話了。她的表情就好像我說的話是在對她挑釁一樣——但這跟我的原意完全相反。「你又知道我喜歡什麼、不喜歡什麼了？」

阿里斯戴爾壓低聲音咳嗽，我用一個想殺了他的眼神看他。他根本是故意那樣問的。他知道在那些派對上會發生什麼事，會去那裡的又是什麼樣的人。

「我很樂意去，阿里斯戴爾。謝謝你的邀請，」露比微笑著說。她的笑容過度迷人，不可能是真心的。「我要幾點在哪裡出現？」

阿里斯戴爾正要開口回答，我趕緊接話。

「我去接妳。」

露比的肩膀僵住不動。

「真的不用，詹姆士。」

「沒關係啊，我順路。」

她揚起眉毛。「你真的有駕照嗎？」

阿里斯戴爾發出讚許的口哨聲。顯然他很喜歡看我被洗臉。我看著露比搖搖頭。

「波西會載我們，如果妳覺得可以的話。」

她露出大大的笑容。「我覺得非常可以。」

「波西是吧？我也覺得他蠻好的，有點安東尼奧・班德拉斯的感覺。」阿里斯戴爾說。

「這個我也有說過！」露比笑了——我開始發熱。

真是該死。為什麼只要她在場我就無法保持冷靜？我答應莉蒂雅會盯好她——我和露比兩個人之間，就只是這種關係而已。我得經常提醒自己這件事。

「好，波西八點到妳家。」

露比點點頭。「太好了。」

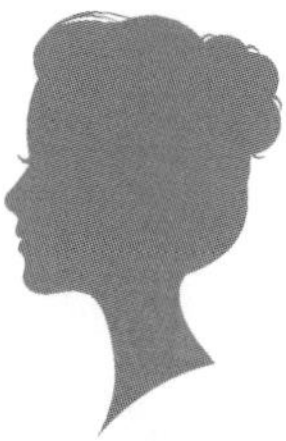

# 露比

希里爾・維加的家是我這輩子看過最大、最富麗堂皇的房子。我甚至不確定用「房子」來稱呼我眼前的這棟建築物是否正確。保全透過攝影機確認波西的車牌之後，我們抵達的這個地方，大到看不見盡頭。左右兩邊映入眼簾的盡是細心維護的草坪和對稱種植的灌木叢與樹木。

詹姆士和我下車以後，我停了一下腳步，把頭往後仰，震懾於這令人讚嘆的建築物外觀。大門左右兩側的高聳柱子和正上方突出的陽台，讓這棟房子看起來像來自另一個時代。

詹姆士和我踏上白色石階、往大門方向前進的時候，走在我旁邊的他看起來完全不覺得這有什麼了不起。不過這也不奇怪。一方面，希里爾是他最好的朋友之一。另一方面，他住的房子肯定至少跟這棟一樣大。我發現我的手掌先是變得冰冷，然後開始冒汗。

我到底在這裡幹嘛？

我對自己發誓過絕對不會參加任何一場這類奇怪的派對，但詹姆士的一個愚蠢評論竟然就激起我的鬥志。我就是不想如他所願，但事後想來真的只有智障兩個字可以形容我。從星期一開始我就在氣跟詹姆士去倫敦讓我沒辦法繼續在學校當隱形人——然後現在我竟然陪他參加我大部分同學都會來的派對。我今天下午完全沒思考這對我來說意味著什麼。他們一定會談論我們——可能還甚至有更多其他反應。

在外面就能聽到音樂和賓客的喧嘩聲。有那麼一瞬間，我想說要不要假裝身體不舒服離開這裡。但我不想讓詹姆士稱心如意，所以我只是在裙子上擦一擦雙手，然後清了清喉嚨。詹姆士瞥了我一眼，但我忽略他的目光，接著他用鑰匙打開大門。那把鑰匙竟然被他串在他自己的鑰匙串上。

進門之後，雄偉的入口大廳短暫轉移了我的緊張感。地面鋪設著大理石，空間布置得金碧輝煌。除了家具淡雅的色系以外，到處都以金色和白色為主。天花板上懸掛著水晶吊燈，左右兩側的樓梯以不對稱角度向上通往露台。

乍看之下會覺得派對好像是在整棟房子舉行。音樂似乎是從另一個房間傳過來，但前廳這裡也有一些客人在嬉笑。沒有任何人在注意我們。我鬆了一口氣。

「他們在那上面做什麼？」我邊問詹姆士，邊用手指向那些站在露台上的男女，至少二十個人。

「在玩一種奇怪的投杯球遊戲，只有希里爾家才有。」他回答。

我看到一個男的從樓上投下某些東西——桌球，我後來發現。那些球往下方前廳裡放著一排杯子的地方飛去，一些直接進到杯子裡，但大部分都沒進。接著，男孩們歡呼，一些女生尖叫，然後感覺他們所有人都拿起酒來喝。

「我不懂。」

「我也不懂。」他回答。

「你來了！」忽然有人在我們上方鬼吼鬼叫。我抬頭往上看，剛好看到希里爾在樓梯扶手上搖晃。他緊緊抱住扶手，然後快速地往下滑。光看到這個景象就讓我想要反胃。雷恩出現在他後面，但他選擇了比較安全的方式，走樓梯下來，一邊走，一邊仰頭把他杯子裡的酒喝光。

希里爾第一個來到我們這裡。他給了詹姆士一個擁抱，手還在背上拍了拍。「希望我們今天有讓你驕傲。」

我可以感覺到身旁的詹姆士全身緊繃。「你們有。」他用感覺不出情緒的語氣說。既沒有洋溢著喜悅，也沒有流露出今天不能自己上場這件事讓他很沮喪。

希里爾的目光落在我身上。「妳是……？」他問，他水藍色的雙眼同時從頭到腳把我掃過一遍。他打量著我的藍白條紋襯衫和黑色百褶裙，看起來彷彿隨時都會皺起鼻子。

王八蛋。只因為他的黑色襯衫比我全身打扮加起來還要貴，難道因此他就比較好看似的。

「露比。」詹姆士跳進來幫我們介紹。「露比，這是希里爾。」

「露比！阿里斯戴爾說過他邀請了妳。」雷恩笑著朝我們走過來。我忍住把目光移開的衝動。

「嗨。」我回。同時逼自己面帶微笑。

他簡短問候了一下詹姆士，然後再度看向我。他用他那猥褻、傲慢的微笑傳遞出來的訊息非常明確：這是我的王國。這裡我說了算。

下一秒，詹姆士把他的手放在我背上。「希里爾，當個好主人，幫我們拿杯喝的。」

他用他那種「我．是．詹姆士．布佛特」的語調說。雖然我絕對不可能讓他這樣發號施令，但他的朋友們似乎都不太介意。他們只是笑了笑，然後就帶我們經過樓梯走向前廳後側。希里爾一邊走，一邊撿起一些球往上丟，接著他打開一扇通往一間大客廳的門。

客廳比前廳小，但一定至少有五十個人在裡面聊天或跳舞。音樂聲震耳欲聾，煙味竄進我的鼻子，讓我直流眼淚。

我到目前為止參加過的派對數量五根手指都數得出來。其中一些是在葛蒙西公園裡舉辦的小型聚會，還有我班上同學的十五歲生日派對——唯一的一次。她出於虛假的禮貌邀請我，我去了，因為媽媽堅持要我嘗試跟同學們接觸。結果，我整個晚上有一半的時間都站在角落，怪異地跟著品味很差的音樂擺動，心中同時一直在想我到底什麼時候可以回家。

眼前的景象跟那場生日派對完全不同。客人們喝的不再是裝在塑膠杯裡的便宜啤酒，而是用玻璃杯盛著的昂貴烈酒。音樂不再是從手提式音箱中播放，而是音箱分別嵌在牆壁不同處的音響設備。除此之外，我還看得到很多赤裸的肌膚。

這是屬於菁英分子的派對。

我環顧四周，試著理解一切看到的東西。音樂的重低音好大聲，我腳下的地板都在震動。

直到第二眼，我才發現那間緊臨著這間客廳的玻璃溫室。溫室裡有一個打著光、我看到絕對會遠遠避開的超大游泳池。

一些賓客穿著內衣褲在裡面游泳、對泳池邊的人潑水，其他人則坐在天鵝絨沙發上抽煙喝酒。沙發看起來很古典，而且一定要價不斐。

我完全沉浸在眼前這個情況，過了一會兒才意識到詹姆士剛才問了我一些話。「什麼？」

詹姆士朝我的方向微微彎腰，讓他的嘴巴跟我的耳朵同樣高度。「我問妳想喝什麼，露比．貝爾。」

我全身突然一股悸動，兩隻手臂都起了雞皮疙瘩。我不去理會。「一杯可樂，如果有。不然就水。」

詹姆士稍微往回靠，然後直視我的眼睛。「我喝酒會讓妳覺得不舒服嗎？」

我搖搖頭。「不會。」

「很好。我馬上回來。」

下一秒，他和希里爾就消失了。雷恩留下來，繼續帶著那個知道些什麼的笑容看我。

「妳什麼酒都不喝嗎？」他的語氣完完全全就是在挑釁。

我用了非常大的意志力克制自己，才沒有當場轉身離開，把他留在原地，或者在所有人面前怒罵他。這兩年來，我都成功忽略他——現在我不會讓自己因為一些愚蠢的言語失去理智。

「都不喝。」我簡短地回答。

雷恩又更靠近一點。我馬上往後退。

「為什麼不喝呢，露比？」他問，同時又再往我走近一步。我感覺到我的背已經碰到牆壁。「妳有過什麼不好的經驗嗎？」

我可以聞到他氣息裡的酒味，而且我發現他的瞳孔好大，我懷疑他是不是除了威士忌以外還嗑了什麼毒品。

「你知道我為什麼不喝酒，雷恩。」我繃緊肩膀，冷冷地回他。如果他再繼續煩我，我真的會讓他好看。我從眼角餘光發現左手邊有一個深色的木頭矮櫃，上面擺著很多雕像和一盞燈。

我知道可以怎麼保護自己了。

「那個晚上給我留下美好的回憶。」他回答。他舉起左手，撐在我頭旁邊的牆壁上。

「但我沒有。」我咬牙切齒地說。今天以前，他在學校裡都沒有打攪我，從來不曾提及兩年前那個晚上發生的事——為什麼偏偏今天要提起？

「真的沒有？」他低聲說，同時靠得更近。

理智線斷裂。我伸出雙手用力把他推開。「我沒有興趣再回憶一次，雷恩。」

他抓住我的手，讓我們十指交扣。我驚恐地四處張望。「我還清楚記得妳當時在我耳邊的呢喃。」

「那只是因為你灌我酒。」

「哦，真的嗎？」那猥褻的笑容又出現在他臉上。「酒後吐真言，露比。妳至少跟我一樣都很想要。」

我僵住，那個晚上的記憶最終還是浮現在我腦海：雷恩的喘息聲、在我全身上下不停游移的雙手。一想到就讓我熱了起來。一方面是因為羞愧，另一方面是因為當時我真的很享受。只是事情發生的方式，到今天都還讓我覺得心煩意亂。

雷恩正準備再度開口說話的時候，一股聽起來既嚴厲又厭煩的聲音在我們背後響起。「不要煩她，費茲傑羅。」

他瞪大眼睛，我驚訝地從他身邊看過去，莉蒂雅正往我們走過來。她用疲憊的眼神看了雷恩一眼，之後什麼話也沒說就抓住我的手，把我拉離雷恩身邊，往客廳裡面走。確保我們互相聽不到彼此的聲音後，她揚起眉毛看著我。

「誰會想到，像妳這樣的人，身上竟然背負著不可告人的秘密？」

驚恐淹沒了我。我把放在身體兩側的手握成拳頭。然而在我開口說話之前，她先舉起手，一抹被逗樂的笑容在她唇邊漾開，然後說：「不用擔心，我不會跟任何人說的。」

我目瞪口呆地盯著她看。過了一會兒，我才清楚意識到她說了什麼。「誰知道我都沒差。」我倔強地說，即使我們兩個都知道這明顯是謊話。

如果可以，我非常想把那天晚上從我記憶中抹去。我當時十五歲，剛進麥斯頓．豪爾高中。那是我參加的第一場活動，我好興奮、好緊張，把所有雷恩拿給我的潘趣酒都開心地接下了。我不知道他把他酒瓶裡的烈酒加進去，想讓我喝醉。當他把我拉到走廊上吻我的時候，我欣喜若狂。他是我見過最迷人的男生之一。他想要我。初吻對象是他，讓我神魂顛倒。

到了隔天早上，我才發現我前一晚有多天真，在不知情的情況下被他灌醉。從此之後，我再也沒碰過一滴酒。

站在我對面的莉蒂雅揚起一邊的眉毛。「真的嗎？我以為，妳的名聲對妳來說比較重要。」

「我被灌醉然後跟別人上床的這件事，並不會破壞我的名譽，我又不是跟老師有一腿。」話從我口中說出的那一刻，我就後悔了。莉蒂雅臉色一片蒼白。下一秒，她威脅地朝我走近一步。「妳說過妳會閉嘴的。我……」她突然停了下來，重新跟我拉開距離。

「你們在這裡。」詹姆士走到我們旁邊，遞給我一個裝著可樂、冰塊和檸檬片的杯子。他自己手裡拿著一個盛著褐色液體、看起來很昂貴的水晶玻璃杯。

他慢慢地來回看著我和莉蒂雅。「妳們還好嗎？」

「親愛的哥哥，你可以也幫我拿點喝的嗎？我的杯子空了。」莉蒂雅邊說邊誇張地做了好幾次拋媚眼的動作。

詹姆士翻了一個白眼，但還是接過她的杯子，再度轉身往吧台的方向走去。他一離開，莉蒂雅的笑容就又漸漸消失。她用冷酷的雙眼看著我，我嚥了口口水。我好希望我沒來。我想待在家裡，那個讓我有安全感的地方。這裡給我的感覺完全相反——一場我應付不來的冒險。

「聽著，」在她再次威脅我之前，我說。「我很抱歉剛才說了那件事。」

她的嘴巴張開之後又閉上，然後她懷疑地看著我。「妳說什麼？」

「我不是妳的敵人，」我接下去說。「而且我不在乎妳跟薩頓老師之間發生了什麼事。我不會洩露妳的秘密。」

她雙唇緊閉。

「我只想要平靜的生活。」我繼續。

「為什麼我要相信妳？」她瞇著眼睛問。「我根本不認識妳。」

「是沒錯，」我說。「但詹姆士認識我。而且我答應他了。」

「妳答應他了。」她重說一遍，好像她不懂這句話的意思一樣。

「對。」我遲疑地說。

有那麼一段時間，她沉默不語，用不信任的眼神打量著我。但後來她的表情改變了。忽然間，她看起來不再充滿懷疑，腦裡的幾塊拼圖好像拼湊起來了。她的目光從我的臉移動到我肩膀上的一個點。「原來是這樣。」她最後說。

我困惑地轉身，想找出她指的是什麼。我看到站在吧台旁的詹姆士。他把酒一瓶接著一瓶取出來，舉高，仔細閱讀上面的酒標。

「什麼怎樣？」我問。

她對我露出微笑，像在安撫我。「不用擔心，妳不是第一個。」

我不知道她在說什麼。

「很多女生臣服於他魅力的速度，比妳快得多。」

我懂了。然後我忍不住噗哧一聲笑了出來。

莉蒂雅愣住。「什麼東西這麼好笑？」

「我不知道這有沒有人跟妳說過，但妳哥跟魅力一點都扯不上邊。」她目瞪口呆地盯著我看，好像不知道是該斥責我還是笑我。詹姆士幫她免了做決定的義務，因為他選在這個時候回到我們身邊。

「這裡。」他邊說邊把酒遞給莉蒂雅。「給妳的，親愛的妹妹。」她看了一眼，然後又看回我身上。「我會盯著妳，露比。」說完這些之後，她轉身消失在人群之中。

「剛才是怎樣？」詹姆士困惑地問，同時看向莉蒂雅的金紅色頭髮。頭髮漸漸在人群間隱沒不見。

我只是聳了聳肩。他皺起眉頭。

「她說了什麼？」

「沒有。她就是不信任我，不相信我真的會閉嘴。」

詹姆士環顧了一下四周，彷彿他必須先思考接下來要說什麼，彷彿他不確定可以跟我說什麼、不可以跟我說什麼。「信任別人，對她來說是一件很困難的事情。」

我疑惑地看著他。

「很少人願意保守這樣的秘密，露比。」他聳了聳肩。「相反地，百分之九十的人會把這件事賣給媒體，或想藉此勒索我們。有很多人花時間跟我們相處，只是為了挖到我們家族的秘密。」他說這些話的時候，雙眼看著客廳中央跳舞的人們，避開我的目光。

「聽起來糟透了。」

他的嘴角微微揚起。「事實上也真的是糟透了。」

我還沒有想過這些事情。這不能為詹姆士的行為辯解，但這些資訊讓我可以更了解他——和莉蒂雅——一點。

「我不知道我在這裡幹嘛，如果大家都那麼不信任我。」

他若有所思的眼神掠過我的臉。他舉起手，像是想碰我，但又再度放下，喝了一口本來其實是要給莉蒂雅的那杯酒。他的第二杯。「妳在這裡，是因為阿里斯戴爾邀請了妳。」他最後說。

「是吼。」我低聲說，同時把一撮不停搔著我下巴的頭髮塞到耳後。「阿里斯戴爾。如果照你的意思做，我現在就不會在這裡了。」

「不是妳想的那樣。」

「那是怎樣？」我不知道為什麼一想到他不希望我在這裡，就讓我如此心煩。

「妳就是不屬於這個地方，露比。」

我感覺像被他用某個東西刺了一下——也許是一把小刀吧。我費了很大力氣不讓他看出我的痛。

「我……我不是那個意思。」他馬上說。顯然「不表現出痛苦」這件事，我做得沒有我以為的那麼好。

「明白了。」我轉過身，透過那一大片玻璃窗看向游泳池，有人剛穿著全身完整的衣服跳進去。幾秒鐘以後，詹姆士緊緊往我面前貼過來，占據了我的所有視線。

「嘿，不要這樣嘛。我只是想說，讓妳靠近某些人，會使我感覺不太好。他們會硬要妳接受一些妳不想要的東西。我覺得我對妳有責任。」

「我可以自己照顧自己，萬分感謝。」我尖銳地回。

他又開始用熾熱的目光打量我，為了避開跟他的眼神接觸，我低頭喝了一小口可樂。他那樣看我讓我變得好熱，而這裡面本來就已經悶到讓人快要窒息。

「我不想成為你的負擔，你就做你平常會做的事就好。」我最後說，伴隨著一個把整個客廳都包含進來的手勢。詹姆士會在這類派對上做什麼——他就該做什麼。我不想要他表現得像個保姆一樣。

他點點頭，乾了他第二杯酒，接著他從我手裡把我的杯子拿走，跟他的一起放在高腳桌上。下一秒他回到我身邊，抓住我的手，把我遠遠地拉到客廳正中央跳舞的人群中。他把我拉近他身旁，我的心臟狂亂地跳著，我不知道他想做什麼。他的胸口磨蹭著我的，他握了一下我的手，然後把它放開，開始隨著音樂的節奏擺動。

詹姆士對著我跳舞。他微笑著低頭看我，用他的臀部做出旋轉的動作。

「你在幹嘛？」我困惑地問。我是唯一一個全身僵硬地站在舞池裡的人。

「我在做我平常在派對上會做的事啊。」詹姆士回答。

他的眼神又讓我覺得像一項我必須接下的挑戰。我試著像他那樣擺動身體。這時有人從後面撞我，我踉蹌了一下，跌到詹姆士身上，他把一隻手放到我的腰上撐住我。我口乾舌燥，心臟跳得更快。我抬起頭看他的時候，身體突然熱得發燙。我們貼得好近，彼此之間的距離連一張紙都放不進去。

有人在我們旁邊歡呼。我把視線從詹姆士身上移開，張望了四周。至少有五對眼睛盯著我們看。

我一定是瘋了。詹姆士和我現在也許是處於和平共處的狀態沒錯，但眼前這個情況又是另一回事了。如果不想要關於我們的謠言如同野火燎原般在學校傳開，那我現在就必須盡快離開舞池。

「我要去上廁所。」我說。詹姆士馬上往後退開。他的雙眼閃爍著，彷彿知道些什麼。此刻的我太混亂了，不懂那代表什麼。他往客廳左邊的轉角處點點頭，高聳的牆拱下方穿進去有一條走廊。「第一個叉路右轉，左手邊的第二扇門。」

我從跳舞的人群中間鑽出去，然後沿著走廊走。維加家族成員的油畫畫像掛在牆上，在燈光的照射下，壁紙漾著綠色和金色的微光。我腳下的暗紅色地毯有著美麗別緻的圖樣，上面的抽象形體讓人聯想到動物。我往右轉，跟詹姆士說的一樣。走廊這個區塊什麼都沒有，我先讓自己靠在牆壁上。

我真的不知道我在這裡做什麼。先不說我覺得自己完全格格不入，詹姆士也讓我不知所措。他的觸碰、他的眼神、他的低聲耳語——很顯然他在跟我調情。

星期一他站在我家門前，說他不想回到過去的時候，我沒有預料到會有這樣的結果。他跟所有他認識的人都這樣跳舞嗎？可能吧。

也許我就把這個情況看成一項任務就好。那些人是我的同學，不管我喜不喜歡。而且如果我成功錄取牛津大學，那我也必須要跟他們當中的一些人，以及許多其他出身富裕家庭的子女和睦共處。

我深吸一口氣，雙手握拳，鼓起勇氣離開牆壁。我要去洗洗臉，然後我會回到客廳、把我的可樂喝完、跟詹姆士跳舞。有什麼關係？反正他們現在本來就在談論我了，那我至少可以好好玩一下。

帶著這股決心，我走向幾公尺以外、位在走廊左側的那扇門，把它打開，希望門的背後就是化妝室。除了從走廊照進來的光之外，這個房間一片漆黑。我的眼睛需要一點時間適應，但之後就可以看出一張古典寫字桌的輪廓、由幾張鋪上軟墊的椅子組成的座位區以及……很多書架。

這絕對不是化妝室——這是藏書室！我只遲疑了一會兒，之後就好奇地往裡面踏一步，四處張望。光是第一個書架上的書就比我們家整間房子裡的還要多。我的臉上漾開一抹微笑，勇敢地再往前踏一步……然後我聽到了。

沉重的呼吸。還有低聲的嘆息。

轉身離開，我腦中一股尖銳的聲音喊著，但已經太遲了。我看到阿里斯戴爾靠在後方深處的一個書架上。他仰著頭，然後就在這一秒，他大聲呻吟。

一陣小聲的親吻聲響起。「你再這麼大聲，我就不繼續了。」

我全身僵掉。這個聲音聽起來好熟悉。小聲、深沉，有一點煙嗓的感覺。

「不要停。」阿里斯戴爾說，頭往前傾。

跪在他前面的那個男的站起身。「那你要乖乖求我。」

阿里斯戴爾抓著他的頭髮把他往下拉，然後吻他。那個男的兩隻手撐在阿里斯戴爾頭兩側的書架上，回吻他。我認出他是誰了。

凱許。

凱許的嘴從阿里斯戴爾的臉游移到他的脖子時，我深吸了一口氣。

這個時候，阿里斯戴爾發現我站在門邊。

「凱許，等一下。」他驚恐地低聲說道，同時猛地把他朋友推開。

我立刻轉身逃離藏書室，回到走廊上。我驚恐地環顧兩側，決定回去客廳。我擠過跳舞的人群，他們的臉看起來是模糊的，然後尋找詹姆士的身影。

我發現他跟他妹妹、希里爾還有雷恩一起在游泳池附近。他們在聊某件事情，雷恩的手在空中瘋狂揮動。

我需要一點時間恢復鎮定。

為什麼我一直看到別人搞在一起？他們顯然不想要有觀眾啊。我什麼時候開始變成在蒐集陌生人的秘密了？這不正常。

我花了非常大的力氣才讓自己至少稍微平靜下來。我決定要收回剛才的決心。在這裡我沒辦法玩得開心，我也絕對不可能習慣這些人。

我想去找詹姆士，請他帶我回家，但他站得離游泳池好近，讓我遲疑了一陣子。看到水讓我的胃好不舒服。最後我還是鼓起我所有的勇氣，謹慎地踏進溫室。我在離他們一小段距離的牆邊停下來。雷恩第一個發現了我。「她在那裡。」

我輕輕地向他點了點頭，詹姆士走過我們之間的兩步距離，來到我身邊的時候，我幾乎鬆了一口氣。我從來沒想過，參加派對時待在他身邊，會讓我覺得最自在，但今天真的是這樣。而且我必須忍耐，才能不伸手握他的手。

「還好嗎？」詹姆士問。他手裡拿了新的一杯，這次又是褐色的內容物。他的臉頰微微泛紅。

「我想趕快回家。」我低聲說道，依舊上氣不接下氣。

詹姆士皺起眉頭，但馬上就點頭。顯然看得出來我快瘋了。他把他杯子裡的東西喝光，然後把杯子放到最近的桌子上。「沒問題。」

「噢，拜託。你什麼時候開始會在早上四點以前離開我的派對的？」希里爾惱火地問。

「從我有了必須護送他回家的人開始。」詹姆士回答，同時面無表情地看著他的朋友。又出現了。那道無法跨越的高傲的牆。

「拜託嘛，露比，不要那麼掃興，把我們的朋友留給我們。」雷恩一邊說，一邊蹲下，用手把水從游泳池裡往上潑。有幾滴潑到我的脖子，感覺好像我肺裡的每寸空氣都被擠了出去。

「不要潑。」我大叫。我幾乎認不出我的聲音，因為聽起來好尖銳。

「妳是糖做的還是怎樣？」希里爾笑著問。他的襯衫已經脫掉了，現在穿著一件黑色泳褲。因為游泳的關係，他的頭髮還是濕的。他往前走近一步。我往後退，緊緊抓住詹姆士的手臂。其他人怎麼想我都不在乎。

「不要這樣，希里爾，不要煩她。」詹姆士說，但現在連他的權威口氣也沒用了。希里爾像隻猛獸一樣對著我笑。下一秒，他跳向我，抓住我的包包，把它交給也正在笑的莉蒂雅。

「希里爾，我警告你……」我喘不過氣地說——已經太遲了。他把我拉進他沒有半點愛的懷中，然後把我跟他一起拖進游泳池裡。我大聲尖叫，同時用盡全力地拍著水，用手臂和腿驚恐地掙扎。

然後我們往下沉，有那麼一秒鐘，我的心臟停止跳動。忽然間，我不再是在維加家，而是在一座藍綠色的混濁的湖。我不再是十七歲，而是八歲。我不再會游泳，而是無助地任憑寒冷的水擺布。

我沒辦法呼吸。

藻類把我拉往更深的地方，我動彈不得。我的手臂起不了作用，我的腿也失去行動能力，我完全控制不了我的身體。

我胸口的壓力越來越大。然後我別無選擇，開始吸進水。

# 17 詹姆士

雷恩和我妹放聲大笑，希里爾浮出水面，往我們身上潑水的時候，我盯著露比看。她變成了水面下一塊暗暗的模糊斑點。一開始她發瘋般地掙扎，但現在她再也不動了。

有什麼事情不太對勁。

「如果她知道我們已經很了解裝死是什麼樣子，她就不會那樣做了。」雷恩邊說邊向希里爾伸出手，協助他從游泳池出來。

露比還是沒有浮出水面。我內心深處知道一定出問題了。我的心瘋狂地跳著，然後我開始助跑。

「詹姆士，我不覺得她真的需要……」莉蒂雅剩下的句子我聽不見了，因為我頭朝下跳進水裡。我憋著長長的一口氣游向露比，一隻手臂環抱著她的上半身，把她往上拉。

她動也不動。

「露比。」我們回到水面上之後，我氣喘吁吁地說。我搖動她的身體。「露比！」

忽然間，她揮動著手臂掙扎。她咳嗽，奮力地想吸到空氣。我把她往我的身體抱緊，以防她又沉下去。

她整個六神無主。「帶我出去。」她用尖銳地聲音要求。「我要出去！」

我點點頭，和她一起游向泳池邊。我就著臀部把她往上撐，讓她坐在池邊。她又開始大聲、激烈地咳嗽，想把她在那麼短時間之間吸進去的水咳出來。我也把自己往上撐，坐到她旁邊，在她嗆到的時候扶住她。

「帶我離開這裡。」她的聲音嘶啞，讓我內心深處的某個東西為之震動。我直起身，協助露比站起來。她低下頭，但即使如此我還是看得出她臉上和水滴混雜在一起的眼淚。她站起來之後，身體失去平衡，往旁邊倒。我發現她全身都在劇烈地顫抖。我稍微往下蹲，把她往上撐起來。她沒有反抗，而是把臉埋進我的頸間，這樣就沒人看得到她在哭。

我憤怒地轉向希里爾。他臉上的笑容已經消失不見。

「你這個混蛋。」我小聲地說。我其實比較想要直接對著他的臉大吼，但我不想嚇到露比。

我用手臂撐住她，轉身穿過溫室後門，走到外面。

波西過了一會兒才到，但他帶了毛巾和更換的衣物。我用幾條大毛巾把她裹起來，幫她擦乾身體的時候，她避開我的眼神。她還是全身都在顫抖。波西不發一語遞給我另一條毛巾，我把它蓋在她的頭上，擠出她頭髮裡的水。我可能有點誇張了，但我願意就這樣一直幫她擦到她不再顫抖為止。即使要花上一整夜的時間。

突然間，她的身體因為啜泣而開始顫動。我全身僵住。看到她這麼強硬的人在哭，讓我心好痛。而且我不知道該做什麼。我只能繼續幫她擦乾身體，溫柔地輕撫她的背，接著請波西把麥斯頓．豪爾的帽T拿給我，他也一併帶來了。

「妳可以解開襯衫的釦子嗎？」我謹慎地問。

露比不像是有聽到我說話的樣子。反正我也懷疑她劇烈顫抖的手指根本沒辦法做任何事，所以我不假思索地把帽T套進她的頭，往下拉，然後開始在什麼都看不見的情況下解開她襯衫的釦子。解開以後，我小心地把襯衫從肩膀脫下來，接著幫她把手伸進帽T的袖子。我正想幫她戴上帽兜的時候，她舉起雙手，抓住我的手臂。她的手指還是很冰。

下一秒，她把頭往前靠在我的胸口，然後深呼吸。她的呼吸跟她的身體一樣在顫抖。看到她這樣，讓我非常難受。

「都是我的錯。」我喃喃說道。

露比從我的胸口抬起頭看我。她的眼神還是帶有戒心，但現在我覺得她稍微可以控制自己了。她又回到露比的樣子。那個倔強、隨時處於戰備狀態的露比。我心中的一塊大石落下，一股又沉重又輕鬆的感覺在我胸口蔓延。

我轉到旁邊，解開我自己襯衫的釦子，把波西帶來的第二件帽T穿上。

「走，我們帶妳回家。」我最後說，同時幫她開著勞斯萊斯的門。

她上車，我坐到她旁邊，一起坐在長椅上。波西開動以後，我把頭往下靠在座椅靠背上。突然間又感覺到酒精在作用了，世界比一般情況下旋轉得還要快一點。

露比移到我身旁，我看了她一下。她把我藍色帽T的袖子往下拉到手指，所以她的手完全消失在衣料下。我突然覺得好想牽她的手。我迅速把視線移開。

「我非常怕水。」露比劃破寂靜，輕聲地說。

我必須盡量控制自己不要看她。我覺得如果我繼續往窗外看，而不是看向她，她會比較有安全感。「為什麼？」

她過了一段時間以後才回答。「我爸爸很喜歡釣魚。以前常帶我坐船出去，整個周末就在不同的湖上度過。我八歲那年，出了一個意外。」

她的身體緊繃了起來。她一定陷入了可怕的回憶，沒有辦法順暢呼吸。我還是抓住了她的手，用手指握住她手上的衣料。

她感覺起來好渺小、好脆弱。雖然我很確定，露比完全跟脆弱相反。

「發生了什麼事？」

「一艘大船沒看到我們，撞了上來。我們的小艇完全毀了，我爸遭受猛力撞擊，頭部挫傷，脊椎粉碎。」

我緊握了一下她的手。

「他一輩子必須坐輪椅。而我則是非常怕水。」她很快地做結。

我覺得這個故事還有很多細節，但我沒繼續追問。她告訴我的這些，已經足夠讓我了解，希里爾把她拉進游泳池裡的時候，她心裡在想什麼。

「對不起。」我說，同時覺得自己好智障。她剛跟我分享了一個讓她受到這麼大創傷的經歷，而我說出來的唯一一句話就是這個虛弱的道歉。

「沒關係啦。你又不像你朋友。」她的手從帽T下伸出來，小心地摸索著我的手。我讓我們的手指交疊在一起，遲疑地用大拇指輕輕摸著她的手背。

「不對。」我搖搖頭，低聲說道。「我跟我朋友一模一樣。甚至還更糟。」

她搖搖頭，動作輕到幾乎讓人無法察覺。「現在的你不是那樣。」

接下來我們都沉默不語。我反覆想著她剛才打開心房跟我說的事。露比不知道什麼時候睡著了，她的頭滑到我的肩膀上，她的手依舊握著我的手不放。我若有所思地繼續用大拇指輕輕摸著她的肌膚，幸好已經重新溫暖起來了。

二十分鐘以後，我們到了露比家。家裡面還亮著燈，我其實應該要把她叫醒。但我還做不到，她現在看起來這麼平靜，我做不到。

「她是個好女孩。」波西的聲音突然從我頭上的擴音器響起。我往前看，雖然隔屏是升起來的。「不要搞砸了。」

「我不知道你在說什麼。」我回答。

但是我緊緊抓住露比的手。

# 18
## 露比

星期六一整天，安柏和我都穿著睡衣度過。媽媽和爸爸在朋友家，我們利用這個機會獨占廚房烤巧克力脆片餅乾。我們正在察看和麵團的大碗，這時門鈴突然響起。安柏和我嚇了一大跳，盯著彼此看，接著安柏拖著步伐往大門的方向走去。

過了一會兒，我聽到一個我很熟悉、精力充沛的聲音。「嗨，妳是安柏嗎？你姐姐在哪裡？我有急事要找她。」

我還來不及眨眼，琳就已經站在我面前，把她的手機遞給我。「不要跟我說這真的是妳。」有那麼一段時間，我只能目瞪口呆地看著她。這是琳第一次進來我家。到目前為止她只有來接過我幾次，而且都只是把車停在路邊，坐在車子裡等我。她在這裡其實應該會讓我覺得緊張，畢竟她也是在麥斯頓．豪爾高中上學，我也不想讓她跟我家庭接觸。但現在看著她站在我們家廚房，我明白其實我很開心她來這裡。我們不久前的那次爭吵讓我清楚知道，我們不只是同學而已，我們之間的連結可能比同學還要更深。也許是時候了，我該勇敢打開心房。

我故意再把麵團刮刀往嘴裡送，這樣就不用回答。琳不以為意，繼續往我走近，一直到她就站在我正對面，手裡的手機離我的鼻子超近，我必須要往後仰才看得見那張暗暗的照片上有什麼東西。
照片是從詹姆士背後拍到的。他抱著一個人，那個人的手臂緊緊環繞著他的脖子，臉埋在他的頸間。照片上看不出來那個人是我，但我的臉頰還是開始發燙。不知道還有多少張拍到這個時刻的照片，又有誰看過這些照片。
「露比？」琳問，她的語調突然間沒有那麼精力充沛了。「昨天發生了什麼事？」
「我去參加希里爾的派對。」我最後說。「這我跟妳講過了啊。」
「是講過沒錯。我想知道的，是這裡發生了什麼事。」
「哪裡發生了什麼事？」安柏邊問，邊從琳手中拿走手機。她看照片的時候，驚訝到張開嘴。「這真的是妳嗎？」
「是。」我嚥了口口水承認。跟安柏待在家的這一天，應該是要用來讓我轉移注意力的，別讓我想起昨晚，別讓我的腦裡亂哄哄的。昨天發生的事……連我自己都不知道那是什麼，更不可能知道要怎麼用言語表達，或要怎麼面對了。
「現在立刻告訴我們昨天怎麼了。」我妹用她那顯然是遺傳自媽媽的「不容反駁」語氣要求我。
我彎腰下去看烤箱裡的餅乾。可惜它們還沒好，沒辦法幫我避掉琳和安柏疑惑的眼神。我輕聲嘆了口氣，把麵團刮刀放回碗裡，然後往飯廳的方向點點頭。我們坐下以後，我開始娓娓道來。

故事講完之後，他們兩個用完全不同的表情看著我。琳主要是懷疑，安柏則是用一隻手撐住下巴，露出夢幻的神情對我微笑。

「這個布佛特似乎真的是個好人。」她嘆息著說。

「他不是！」琳難以置信。「妳剛才說的那個人，不可能是詹姆士．布佛特。」

我只是聳聳肩。我事後也覺得很不真實，他居然保護我不被他朋友傷害，但……他真的這麼做了。甚至還照顧我，幫我穿衣服，整個過程中，行為舉止都像個紳士。我跟他說爸的意外的時候，他還牽著我的手。

昨晚改變了我們之間的關係。我可以清楚感覺到。一想到他的眼神，和他手指掠過我的赤裸肌膚，全身就有一股酥麻感流竄而過。我的身體發熱、顫慄，詹姆士以為我還是很冷、但情況完全相反。他觸摸我的方式，好像我是單薄、易碎的玻璃。

「我之前跟妳說過要小心，就是這個意思。」琳搖搖頭說道，把我拉回現實。

「我知道。」我咕噥地說。我希望我能夠忘記沉到水裡的感覺。

「不敢相信希里爾真的幹了這件事。」她繼續說。「如果被我看到，我要殺了他。」

她看起來好震驚好失望，我不禁又開始納悶希里爾對她來說是不是不只是同學。他們兩個之間有沒有發生過什麼，而如果有，又是發生了什麼。到目前為止，每次想跟她聊她的戀愛生活，她總是什麼都不說。也許現在是對的時機，可以小心地再試一次——畢竟我剛才也對她敞開心扉了。

但安柏突然又開始說話，打斷了我的思緒。

「幸好有詹姆士在。」她的眼睛看起來好像隨時都會變成小顆的紅色愛心。「不敢相信他真的抱著妳離開派對。抱著妳耶！」

我也不敢相信。尤其想到他一開始對我是多麼冷酷、傲慢。這個樣子的他，讓我沒辦法跟昨天那個用無數條毛巾裹著我、撫摸著我的背，直到我不再發抖。那個讓我思緒混亂的詹姆士，那個昨夜在我夢裡，把他溫暖的雙手放在我赤裸肌膚上，讓我神魂顛倒的詹姆士。

不好。不好。不。好。

「如果沒這張照片當證據，我也不會相信。」琳說，同時又看向那張照片。「一個行為舉止老是這麼不禮貌的人，怎麼會突然表現得像個騎士？」

「顯然他發現希里爾對露比做的事情太過分了，所以他出手干涉。這表示，他的內心是個很好的人。」安柏斷定。她看著我，然後突然間，她臉上變了表情。「噢，噢。」

琳抬起頭。「怎樣？」當她的目光落到我身上的時候，她喊了一聲。「露比！」

顯然我混亂的感受都清楚地寫在臉上。「我也不知道，好嗎？」我說。「我其實無法忍受他，但是……」我突然停下來，無可奈何地聳了聳肩。

有那麼一會兒，安柏看起來好像還要說些什麼，然後她突然站起來。「我們去看一下餅乾吧。」

我們三個人一起走進香味四溢的廚房。安柏和我把餅乾從烤箱拿出來，琳把它們整齊地排在一個大盤子上。我們端著餅乾走進客廳的時候，琳突然用手肘碰了碰我。「被自己覺得其實很愚蠢的人吸引，沒關係啊。」

我很想問她是不是有過這樣的經驗才會這麼說。但只要扯到她的感情生活，她就變得很沉默，所以我不敢那樣問，只問了：「妳真的這麼覺得嗎？」

她點頭。

我又不自主地想到詹姆士。我手上他摸過的地方，又開始酥麻了起來，而且一想到他幫我脫衣服的樣子，就有股熾熱的感覺在我胃裡沸騰。

「但我還是沒辦法完全相信這件事。詹姆士．布佛特耶。該死的學校裡的知名人物。」琳一邊嘀咕，一邊坐到沙發上。

「我也不知道怎麼會發生這種事。」我回答，同時伸手拿了一個餅乾。餅乾其實還太燙，但我還是咬了一大口，這樣就可以不用再講話。

「如果他真的有好好照顧妳，那我就同意你們交往。」她好像是允許了我似的，同時也拿了一塊餅乾。然後她把腿交叉放在桌子上。「那妳接下來要怎麼做？你們今天說過話了嗎？」

我搖頭。「其實今天我只想跟我妹舒服地度過。」

安柏像隻狐獴般直起身。「妳要跟他聯絡！」

我搖搖頭，來回看著她和琳。「大家，什麼都沒有好嗎，我們就只是……朋友。」把詹姆士稱作「朋友」讓我覺得好奇怪，但此刻我就是想不到更好的字眼。

「知道了。現在寫訊息給他。」現在琳也在要求我。我嘆了口氣，從褲子口袋裡拿出手機。我想了一下可以傳什麼，但我選了一個很理所當然的。

謝謝。——R. J. B.

訊息傳出去以後，我把手機塞到沙發的縫隙裡，這樣就不用看到它。

「妳傳了什麼？」安柏問。

「只是跟他說聲謝謝。」

琳皺起鼻子，最後還是伸手拿了一個餅乾。她把餅乾折成四塊，拿了其中一塊來吃。感覺好少看到琳吃甜食。她嚴格注意飲食，幾乎所有好吃的東西都禁止自己吃。我覺得這樣很可惜，但到現在為止都還沒有成功說服她，有巧克力的人生會開心很多。

我的手機震動了。我用盡全力克制自己不要太快去拿，不然在琳和安柏面前顯得這麼渴望，實在太丟臉了。

我把螢幕解鎖看訊息，幸好她們兩個聽不見我的心跳有多劇烈。

你沒跟我說過J代表什麼。——J. M. B.

我立刻回。

你猜。——R. J. B.

詹姆士。——J. M. B.

你只想到你自己，實在太自我中心了，你不覺得嗎？——R. J. B.

潔娜。——J. M. B.

不對。——R. J. B.

潔米瑪。——J. M. B.

我眞的蠻佩服的，你只猜三次就猜到了。——R. J. B.

他過了一段時間什麼都沒回。我盯著黑黑的螢幕看，同時也感覺到安柏和琳期待的眼神。我自己也不知道我到底在等什麼。幾分鐘之後，我的手機又震動了。

妳有好一點嗎？

沒有英文字母開頭。不再開玩笑。我突然覺得口乾舌燥。我不想回憶起昨天，不想要想到水，也不想要想到我因為自己的歇斯底里，結果在大多數同學面前丟臉。我尤其不想要想到星期一，還有我可能即將要面對的東西。

我好怕星期一。有我們的照片。

琳和安柏開始聊起一些跟詹姆士或派對無關的事情，然後安柏把電視打開。她從櫃子裡拿出一張DVD，把它放進去。

我很感謝她們給我一點個人空間，尤其當我在看他下一則訊息的時候。

不用擔心。照片上只看得到我濕淋淋的背。

我屏住呼吸。這則訊息就是它字面上的意思，還是他在間接跟我調情？我真的不知道。我只知道我不想輸給他。

*至少就這一點而言，我可以對那張照片感到開心。*

我等了好久他都沒回，久到我已經開始後悔打那些話。我們電影看到一半的時候，我的手機又震動了。

*露比．貝爾，妳正在試圖跟我調情嗎？*

我的唇邊漾開一抹微笑。我把手機關掉，竭盡全力把注意力放在電影上。

# 19 露比

星期一我從校車下車的時候，詹姆士靠在運動場的圍籬上，用單邊嘴角上揚的笑容歡迎我。

自從一個星期前在他父母公司發生的那件事之後，我就不覺得有朝一日，我會因為早上看到他在等我而開心。

「嗨。」我站到他面前說，有點無法呼吸。

他笑得更開了。顯然他也很開心看到我。「嘿。」

他的眼神在我臉上游移，我的胃裡又出現那股奇怪的感受。不知道如果他像星期五那樣碰我，我的皮膚會不會一陣酥麻。我迅速把這個想法趕到腦裡一個陰暗的角落。「你今天是我的護花使者嗎？」

他的笑容還是一樣那麼燦爛。「我想說我們可以走去參加週會，這樣別人就不會問妳問題。」

下一秒他往學校的方向點點頭，開始往前。我把手指鉤在我背包的背袋上，跟著他走。

「你……週末過得怎麼樣？」我遲疑地問。

「昨天我跟我家人一起吃飯。」

就這麼一句。我疑惑地瞥了他一眼。他發現了，臉上的笑容漸漸消失。

「我阿姨奧菲莉亞來拜訪。她跟我爸處得不太好。」

有那麼一段時間，我驚訝得說不出話，他竟然會跟我說那麼私密的事情。我沒有預料到他會這樣，尤其在他跟我說，他和他妹妹過去被他們信賴的人背叛得有多誇張之後，更覺得驚訝。另一方面，星期五我也跟他說了一些關於我的事情。他一定有注意到那對我來說有多難。而也許他現在的感覺就跟我那時一樣。也許他也發現有什麼東西改變了，不想我們回到之前那種緊繃的相處方式。

我燃起了希望。雖然我不知道要怎麼稱呼詹姆士和我之間形成的東西——是友誼嗎？是友誼已達？是戀人未滿？但我會弄清楚的，一點一點弄清楚。

「有吵架嗎？」

他把手插進褲子口袋。「我們的家族聚會從來就不會平靜。布佛特公司其實是屬於我媽和她妹妹的，但自從我父母結婚以後，我爸就奪取了很多東西，也更動了很多公司裡的事情，因此冒犯了一些人，尤其是奧菲莉亞阿姨。」他解釋。

「她也在公司裡工作嗎？」我好奇地問。

詹姆士嗯哼了一聲。「也是，但跟母公司有關的事情，她沒有發言權。她比我媽媽小五歲，所以一直以來都有點被排除在外。她比較是管子公司或被我父母併購的公司。」

如果我父母傳給我們一家公司，但安柏——只因為她年紀比較小——完全沒有發言權，不知道她會怎麼想。難怪布佛特家的家族聚會氣氛會那麼緊繃。

「最近我爸做的一系列決策讓她很不贊同，所以氣氛非常差。不過……還好啦，我見過更糟的。」他邊聳肩邊說，然後我們一起往左轉，踏上通往博伊大廳的路。

一個女生超過我們，我跟她上同一堂歷史課。她看到詹姆士跟我在一起的時候，眼睛瞪得好大。我把背帶抓得更緊，緊張地嚥了口口水。但即使如此，我還是抬起下巴，挑釁地迎向她的目光，一直到她轉身，快速地繼續往前走。

「嘿，不要那麼有攻擊性嘛。」詹姆士說，同時用肩膀輕輕地撞我。

「不然我應該怎樣？她看我我就看回去啊。」

他走到我面前把我擋住。「妳太走心了。對這些事情，妳要抱持著無所謂的態度，他們要講什麼就讓他們去講。」

「但我不是這樣的人啊。」

「所以呢？妳只需要讓自己看起來對那些事都沒興趣就好，這樣他們就不會繼續煩妳。」

忽然間，他變了一個表情——現在他的眼皮稍微往下垂、眉毛放鬆、嘴角微微上揚。這是他的「所有事情我都他媽的不在乎」眼神。他看起來超級傲慢，讓我好想教訓教訓他。「你看起來好像很欠揍。」

「我看起來好像被揍一頓會非常開心。這就是差別。」他回，同時用下巴向我點了點。「現在換你。」

我試著模仿他的表情。但依詹姆士抽動的嘴角來判斷，我應該做得不是很成功。

「好，一開始先這樣就夠了。」

我們繼續往前走，我試著把他的建議放在心上，但越靠近學校，那股不舒服的感覺就越明顯。走進博伊大廳的入口前，詹姆士把他的手放在我的後腦勺，輕輕摸了一下。就一秒，沒有更多。這個舉動應該要給我勇氣，但突然間我卻因為另一個完全不同的原因緊張了起來。我不知道詹姆士是怎麼做到的，但他的一次小小觸碰就足以讓我的世界天翻地覆。這對我來說是種全新的感受，跟我熟悉的不同，很奇怪，但不知道為什麼，同時也很美好。

「布佛特！」一個聲音在我們背後響起，我嚇了一跳。我們再度停下步伐，其他要去參加週會的學生從我們身邊湧過，繞開詹姆士和我。

詹姆士轉過身，而我心不甘情不願地也轉了身。

雷恩和阿里斯戴爾走上階梯，停在我們面前。「嘿，露比。」雷恩有點尷尬地摸了摸他的後腦勺。「星期五的事，對不起。」

我不確定他真的只是為了游泳池的事道歉，還是也因為他派對開始時那樣逼迫我。我不能問他，如果問了，詹姆士就會察覺雷恩和我的事。他會向我道歉，一定只是因為詹姆士，但即使如此我還是很開心。

所以我點點頭說：「沒關係。你又沒有把我丟進游泳池裡。」

雷恩驚訝地對我露出笑容，彷彿沒有預料到我會是這個反應。

我的目光不自主地移到阿里斯戴爾身上，他正安靜地觀察著我。看一眼他的臉，就足夠讓我明白，他是知道的。他知道我就是那個在藏書室撞見他和凱許的人。

我小心地對他微笑。他沒有回應。他的嘴唇是兩條細長、沒有血色的線。

「我們可以進去了嗎？」詹姆士邊問邊看向我們。我們嗯哼了一聲，繼續爬往上的最後幾階樓梯。

我們進到博伊大廳的時候，週會剛開始，我們悄悄地在最後一排找位子。然而我還是察覺到同學的目光落在我身上，慢慢傳開誰這個早上坐在詹姆士．布佛特旁邊。雷辛頓校長站在前面表揚袋棍球校隊星期五的優異表現時，同學們一個接一個轉過頭來看我們。

我鼓起勇氣看了詹姆士一眼，但他臉上沒有流露出任何情緒，一點都看不出他對這個情況以及周遭的竊竊私語感到不舒服。所以我吞了口口水，緊閉雙唇，照著他做。

週會結束後，詹姆士和雷恩有數學課，阿里斯戴爾和我要去東翼上美術課。在我們道別之前，詹姆士小聲地跟我說：「記得那頓揍。」

雖然他說的話沒怎樣，我還是感覺到臉頰一陣發燙。但我不予理會，繼續跟著已經開始往前走的阿里斯戴爾。我們之間的氣氛還是很緊張，我覺得我必須說點什麼，但真的不知道要說什麼。

阿里斯戴爾幫我免去了這個困擾。進入美術教室前，他抓住我的手臂，把我拉到一旁，嚴肅地看著我。

「妳星期五晚上看到的那件事，」他小聲地開始說，然後忽然停了下來。他瞥向一些剛好走到轉角的同學，帶著虛假的微笑跟他們點點頭。等他們從我們身邊經過，消失在美術教室後，他重新轉向我。「絕對不可以跟任何人說。」

「當然不會。」我同樣小聲地回答。

「不，露比，妳不懂。妳一定要答應我，要發誓不會告訴別人。」阿里斯戴爾急切地在我耳邊說。

「為什麼你覺得我會講出去？」我回。

「我……就是……」他話說到一半又停了下來，因為從旁邊經過的人跟他打招呼。

「凱許不想讓別人知道這件事。」我可以從他的眼神看出，要他說出這些話有多困難。忽然間，他對我來說不再是那個在袋棍球場上所向無敵、高傲、有錢、不知天高地厚的公子哥。現在的他看起來年紀好小，而且好脆弱。

這也難怪。你跟一個人在一起，但那個人卻把你像個不可告人的秘密般隱藏起來，感覺一定很難受。

「我不會跟別人說的，阿里斯戴爾，我答應你。」

他點點頭，臉上的表情明顯輕鬆許多。過了一會兒，他換了個表情，用慎重的眼神看著我：「要是被我發現妳把這件事洩漏出去，我不會讓妳好過。」

說一說完，他走進美術教室，沒再多看我一眼。

這一天在學校剩下的時間，我過得比預期還要好。有些人會用奇怪的眼神看我或在我背後竊竊私語，但沒人敢直接來跟我說話或嘲諷我星期五發生的事情。詹姆士早上護送我的舉動也許真的有點效果。

中午休息時間，我像往常一樣跟琳一起吃飯。至少在某個人走向我們這桌之前，我是覺得一切都跟往常一樣的。

「這裡有人坐嗎？」莉蒂雅．布佛特問。

琳和我轉頭看著她。她用手裡的托盤指了指琳旁邊的那張椅子。

「沒有。」我回答。

莉蒂雅毫不猶豫地在我對面坐了下來，把餐巾紙鋪在大腿上，開始吃她的筆管麵。琳拋給我一個疑惑的眼神，但我只是聳了聳肩。我自己也很疑惑啊，我不知道莉蒂雅在這裡做什麼。是詹姆士把護送我的職務委託給她了嗎？還是她決定把她星期五說的話付諸實現，從現在開始自己來盯著我？

我看向跟朋友們坐在餐廳另一頭的詹姆士。可能我的感覺是錯的，但今天他們之間的氣氛好像沒有像平常那麼歡樂。詹姆士和阿里斯戴爾似乎正在激烈地討論某件事情，旁邊的凱許在看手機，雷恩看書，希里爾則是不見人影。

「他不知道我坐來妳們這裡。」莉蒂雅突然說。她擦了擦嘴巴，然後從她水瓶裡喝了一口水。「我來是想為星期五的事道歉。」

「但妳什麼都沒做啊。」我不知所措地回答。

她搖搖頭。「我朋友和我的行為都太糟糕了。」

「所以妳現在就來跟我們一起吃午餐？」琳懷疑地問。

莉蒂雅聳了聳肩。「我看到他們在那邊虎視眈眈。如果我坐在這裡，他們就絕對不敢過來。」她的頭朝向一群往我們方向看的學生。他們發現我轉過身去看他們的時候，就把視線移開，湊在一起竊竊私語。

「另外我還想問，妳還好嗎？」莉蒂雅說。

我沒辦法掩飾我的驚訝。回想我們上次的對話，我看到的都是她不信任的眼神，沒讓我覺得她會想知道我過得好不好。我不禁納悶，她來跟我們坐在同一張桌子的原因，是否真的只是因為我跌進游泳池裡。

儘管如此，我還是決定誠實回答她的問題。「我希望星期五那件事沒有發生。但我很好。」

「有時候希里爾真的不知道什麼時候該適可而止。」她說。

我聳聳肩。

「但我從小就認識他了，」她繼續說，「他那時是真的覺得好玩。」

「他做的事一點都不好玩喔。」琳插話進來。莉蒂雅點點頭，琳驚訝地看著她。

「是真的太過分了。我也跟他說過了。」

我本來在喝湯，聽到她這麼說，我驚訝地抬起頭看。「真的嗎？」

「真的啊，當然。」

我忽然不知道該說什麼。最後我決定：「莉蒂雅，妳真好。謝謝。」

莉蒂雅露出笑容，繼續低頭吃她的筆管麵。

我看向琳，她同時也看向我。我悄悄聳了聳肩，然後我們也繼續吃東西。

過了一會兒，琳開始講說她今天一早車就發不動。一開始我覺得莉蒂雅坐在旁邊，我們閒聊很奇怪，但莉蒂雅加入了我們的談話，彷彿這是再自然不過的事情。到最後，我已經不再疑惑她真正的意圖是什麼了。也許她真的就只是想要當個好人，真的就只是要來向我道歉。她不是他們家族裡，第一個出乎我意料的人。

我們把東西吃完以後，我把背包拉到大腿上，拿出一個小盒子，把它放到桌子中央。

「周末的餅乾還有剩，」我邊說邊把盒子的蓋子打開。「妳們要來一個當點心嗎？」

莉蒂雅的眼睛亮了起來。「妳自己烤的嗎？」

「跟琳還有我妹一起烤的，」我說。「星期六，穿著睡衣。」

「聽起來好棒，」她一邊說，一邊拿起一塊餅乾。「而且比我的星期六好太多了。」她咬了一口，慢慢地嚼著。「噢，真的好好吃。」

「謝謝。」我露出笑容。「詹姆士說你們有家人來訪。」

「對，那個場合每次都很……特別。老實說我還比較想要穿睡衣度過那一天。」

我完全沒辦法想像莉蒂雅這樣的人穿睡衣。光是想像那個畫面就想笑。

中午休息時間過後，琳和我去團體室準備今天的會議。我把議程寫到白板上，琳把我們剛在秘書室印出來的大綱發下去，然後我們就等待其他人一個接一個抵達。詹姆士跟往常一樣坐在靠窗邊的位置。他把黑色筆記本放在他面前的桌子上，雙手交叉在胸前。這個尋常的景象刺痛了我的心，因為它清楚讓我知道，不管詹姆士和我的關係好不好：來這裡都不是他自願。出席會議讓他不能參加袋棍球訓練，是他討厭的懲罰。

「露比？」基朗悄悄走到我旁邊。

「蛤？」我發出聲音，然後看向他。基朗只比我稍微高一點，他的黑色頭髮滑到臉上，他把它撥到一邊。

「我想問妳今天會議結束後有時間嗎？我找到很多管弦樂團的音樂，我想說我先跟妳討論一下，之後再挑出最好的三個。」

「等我一下，」我一邊小聲地說，一邊看我的行事曆。上面只有跟爸媽安排生日計畫，其他就沒有了。「沒問題。」

基朗露出放心的笑容。「太好了。」

他回到他跟詹姆士斜對角相鄰的座位上。我跟詹姆士的視線交會，然後他來回看著基朗和我，嘴角漾著戲謔的笑容。

「什麼？」我用唇語問。

詹姆士拿起他的手機。過了一會兒，放在面前桌子上的我的手機亮了起來。

**他喜歡妳。**

我翻了一個白眼，不予理會。

「好的各位，來報告一下進度吧。」琳宣布會議開始，並用手指了坐在她右邊的潔瑟琳。

「我又蒐集到一些會場布置的廠商資訊。其中一家的報價真的很不錯。」潔瑟琳把列印出來的型錄發給大家看。「再次謝謝你的建議，詹姆士。」

我驚訝地看著詹姆士，他向潔瑟琳點了點頭。他的眼神那麼常往窗外的運動場游移，我沒想到他會主動參與這裡的什麼事情。而且還在我不知情的情況下。

「邀請函我設計了幾個不同的款式。」道格接著說，同時遞給琳一個隨身碟。琳把隨身碟插進電腦，點開照片放映模式。「第一款比較古典，跟去年的有點像。」道格解釋。

我仔細觀察襯著黑色背景的金色花邊字母，但在我形成任何想法之前，卡蜜拉就說：「我以為我們想跟去年的派對有所區別。」

其他人同意地點頭。

「好，那我們就看第二款。」道格說，同時示意琳繼續往下點。

下一款是由俗豔、典型萬聖節會看到的顏色所構成。

「這看起來沒有我想像的維多利亞式派對那種高貴典雅的樣子。」基朗遲疑地說。

我點頭。「老實說我也這麼覺得。」

琳跟著道格的示意，點往下一款。團體室裡忽然傳出一陣低語聲，我挺直身體。下一秒我彎腰靠近螢幕，瞇起眼睛看著那張邀請函。

這一款是仿舊紙張的樣式，紙頭上的活動名稱用花邊、但還是看得清楚的字母所寫成，正下方……是我。還有詹姆士，他彎著腰，溫柔地拉著我的手，像在向我邀舞。

在倫敦的那個星期六，我們拍了很多照片，這是其中一張。我不敢相信他竟然在我不知情的情況下把照片傳給道格。我從筆電螢幕前抬起頭，看向坐在另一頭的詹姆士。他回看著我，眼神發光。

「這款邀請函看起來太棒了。」過了一會兒，潔瑟琳說。所有人紛紛低聲附和。

「洋裝真的好夢幻。你們家還有多幾件同款的嗎？」潔瑟琳朝向詹姆士問。

詹姆士搖搖頭。「我很高興我把事情辦好了。」

「邀請函真的設計得很棒，道格。」琳轉向投影螢幕看邀請函放大之後的樣子，接著她往後退了幾步。「我覺得時間、地點等基本資訊可以處理得再時髦一點，也許換個字體之類的？」

「我也覺得。」我附和琳，同時努力不讓其他人發現對於這張照片我有多不安。一旦最後決定要用這款當正式的邀請函，整間學校都會看到我的臉。我不知道我準備好接受這種形式的關注了沒。可是這件事也沒有討論的空間，因為大家都很開心，已經在說要跟上次一樣委託同一間印刷廠。

我的目光再度落到那張照片上。詹姆士穿著維多利亞風格服飾，裡握著我的手。只要想到當時靠他那麼近的感覺，還有那一刻我們之間的緊張氣氛，我就開始全身發熱。會議剩下的時間，我連看都不敢看詹姆士一眼。

開完會後，潔瑟卡、卡蜜拉和道格跟大家道別離開。基朗走向我，這樣我們可以一起用琳的筆電看管弦樂團。與此同時，我用眼角餘光看到琳走去詹姆士那裡。她坐到他旁邊，開始滔滔不絕地跟他講起話來。我皺著眉頭看著他點頭，然後在他的筆記本裡記下某些東西，沒及時意識到基朗在跟我說話。

「不好意思，你剛剛說什麼？」我問。

「我說我覺得這會是我們在麥斯頓．豪爾有過最好的一場派對。」他重複說一次，同時對著我微笑。

「如果是真的那就太好了。我們籌畫了那麼久，我等不及要開始了。」

「我也是。妳一定要跟我跳一支舞。」基朗繼續微笑著，目光穿過黑色眼睫毛，落在我身上。我嚥了口口水。

*他喜歡妳。*

這件事琳已經跟我說了好幾個月了。難道她說的是真的嗎？到目前為止，基朗對我而言就是一個比我們低一年級、野心勃勃的小吸血鬼。我想說他對我好，只是因為他希望我跟他提明年新會長的事，完全沒想過他可能是對我有好感。

我突然發現基朗坐得離我好近，桌子下方的膝蓋幾乎快要互相碰到。我往旁邊挪動了一點，但下一秒就開始氣我自己這麼做。剛才那個情況根本就沒怎樣啊，為什麼只因為詹姆士講了那些話，我就忽然開始胡思亂想？

正好就在他看向我的時候，我拋給他一個憤怒的眼神。相對於我的偷偷摸摸，他是真的很明顯地在看。我很想向他吐舌頭，但因為這實在不是一個特別成熟的選擇，所以我轉而對基朗露出燦爛的笑容，然後點點頭。「當然好，只是我得先學要怎麼跳。」

「排演的時候我教妳。」基朗說。我發誓我看到他的臉頰微微泛紅。*噢，天啊*。

「太棒了，好啊。」我說，聲音比原本預計的還要大。我清了清喉嚨。「我們現在要來聽音樂了嗎？」

我們拿出耳機，試聽基朗挑的管弦樂團。聽完之後，我們看了一下網路上的評價，然後開始挑選。

「我想我會推薦給三個給其他人。你先詢問報價，我們星期三或星期五就直接決定哪個最好。」我最後說。

基朗點點頭。「了解。」

「太好了。」我微笑著說，同時拿下耳機。我打開我的行事曆，拿起粉紅色的筆，準備記下今天討論過的工作。

「妳星期六要過十八歲生日嗎？」他吃驚地問。

我馬上把行事曆蓋上。我努力不被別人發現我的情緒，但基朗瞄了我的行事曆這件事，讓我覺得不太舒服。行事曆就像我的日記一樣，不能讓外人看的。「對。」我停頓了一下之後說。

「那，妳打算做什麼？」

琳選在這個時候離開詹姆士旁邊的座位，直接加入我們的對話，開口說：「我們要……」我給了她一個警告的眼神，所以她突然停了下來。在這件學校裡，我生日時要做什麼，都不關任何人的事。這是我的私人生活，我不想讓別人知道。「其實沒什麼特別的。」她最後用這句話作結，雙唇緊閉。

「妳完全沒說過妳快要成年了，」詹姆士一邊插話一邊站起來，舉起雙臂伸懶腰。「為什麼我沒有受邀？」

「因為你不知道要怎麼表現得有禮貌。」我回。

「我會讓你看看我可以多有禮貌。」他說，但這句話聽起來跟有禮貌完全相反。我忽然想到那天那場派對。不是游泳池或其他部分，而是我在舞池絆倒在詹姆士身上，發現他的上半身貼著我的那一刻。那個時候他也是用這個發著光的厚臉皮眼神看我，讓我胃裡一陣酥麻。

我趕緊回過神，回想我們剛剛講到哪裡。然後我說：「你並不在受邀賓客名單上喔，詹姆士。」

「好吧。」這次他聽起來也不像真的在說「好吧」，反而比較像「走著瞧，到時就知道了。」

基朗站起身，把他的包包背上。「我們之後會再聽一次對吧？」我點頭，他用一個半揮手半擊掌的手勢跟我們道別，然後就離開了團體室。

接著我把行事曆裝進背包，把琳的筆電關機，放進筆電包，然後起身。「你們還會繼續待在這嗎？不然我要鎖門了。」

詹姆士和琳搖搖頭。「我們也結束了。」

他們兩個在收東西的時候，我懷疑地看著他們。我想知道剛才他們說了什麼。希望琳沒告訴他我的生日計畫。即使上星期五我把我人生中很重要的經歷說給詹姆士聽了，但還是有一些事情他不需要知道。我十八歲生日那天晚上要跟琳還有家人一起玩遊戲度過的這件事，就是其中之一。

「基朗很喜歡妳。」我們離開圖書館後，詹姆士說。

「胡說八道。」我搖著頭說。

「我覺得他已經有點愛上妳了。」琳繼續加油添醋。

我看了她一眼。

她回：「怎麼了？這件事我已經跟妳說很久了。他總是預先想到妳想要的東西、總是對妳超級好，這真的、真的很明顯。」

「哪裡明顯？一點都不明顯好嗎。他對我好，是因為我是會長。他必須要對我好。」

琳笑著看我，同時輕拍我的手臂。「好吧，那我改一下。這在每個人眼裡看來都很明顯，只有妳看不出來。」

詹姆士小聲地笑了出來，我用憤怒的眼光注視著他。我很想知道到底發生了什麼事，為什麼他們兩個突然處得那麼好了。我不記得他們之前曾經有過意見一致的時候，更何況他們還越過我交換頑皮的眼神。我不確定我是不是樂見這個發展。

過了不久，琳跟我擁抱道別，轉向通往停車場的那條路時，我甚至覺得有點鬆了口氣。

詹姆士堅持送我去坐公車。「妳給了那個可憐的孩子希望。」他突然說。

「你有什麼毛病啊，詹姆士？你是在嫉妒嗎？」這是我在這麼短時間內唯一能想到的回嘴內容。他沒有回答，我瞥了他一眼，看到他把雙手插在褲子口袋，眉頭緊皺地直視前方。

「如果要有人教妳跳舞，」他過了一會兒後說。「那個人就是我。」

「你不是認真的吧，」我不可置信地說。「你真的在吃基朗的醋？」

「我沒有。」他還是沒看我。「但我不想要讓他懷抱錯誤的想法。」

「什麼樣的想法？」我問。

「只要討好妳，就能讓妳笑。這很可悲。」

我突然停了下來。「你在說什麼東西？就算不討好我，我也還是會笑啊。」

這時他終於轉向我，但我不知道他深沉雙眼裡的眼神是什麼意思。「是嗎？妳從來沒對我那樣笑過。」

「因為你到現在為止沒讓我有多少想對你笑的理由啊。」

有那麼一段時間，他只是盯著我看。我不知道他為什麼會突然這樣。他看起來在生氣，而我沒辦法接受他的論點。在我們之間的氣氛惡化之前，我決定換個話題。「謝謝你今天照顧我。」

他只是點了點頭。

「真的。今天沒人對我做出愚蠢的事。如果你沒陪我去學校還有去參加週會，情況一定就不一樣了。」我繼續說。

他依舊沉默不語，所以我又繼續說下去。「今天在學生餐廳吃飯的時候，你妹妹來跟我們坐在一起，然後……」

詹姆士忽然碰了我的手臂，同時走到我面前。我屏住呼吸，錯愕地抬頭看他。他的眼神出奇地嚴肅。

「我很抱歉。」他說。

「抱歉什麼？」我低聲問。

「我很抱歉，我到現在為止沒給妳太多能像剛才看基朗那樣看我的理由。」

「詹姆士……」

「我會改的。」他繼續說，同時深深凝視著我眼睛。

我嚥了口口水。我的胃突然間一陣無力，膝蓋發軟。我感覺到他在我手臂上的觸碰，透過西裝外套衣料，清楚感受到他的輕柔撫摸。我的手臂開始起雞皮疙瘩。想要觸碰他的感覺忽然毫無預警地向我襲來。不用太多，把手放在他臂部上，抓牢、站穩，這樣就夠了。但是我不能這樣做。就是不行。還有他靠我這麼近時的難以呼吸，或者他那樣看著我時胃裡的酥麻，都是不行的。

「我的公車來了。」我說，然後從他手中掙脫。

他眼裡的熾熱並未消失。我轉身，開始奔跑，走上校車。

# 20

# 露比

星期六早上，我六點就醒了——而且是自然醒來的，不是設鬧鐘。我每次到了生日這天都會這樣，總是睡得不太安穩，沉浸在期待的喜悅裡，不知道爸媽這次想出什麼慶祝的點子。媽在一家麵包店工作，這幾天她都會帶著世界上最美味的蛋糕回家，爸則會做一大桌好菜，還會在安柏或我的協助下，把樓下整層都布置好。七點一到，我就聽到他們在樓下活動的聲音，開始想像他們可能在準備些什麼。畢竟十八歲生日只有一次。

我仔細感受了一下十八歲這天，我有沒有什麼不一樣的感覺，但沒有。琳去年八月的時候也是這樣。至少我們在她的烤肉派對結束後，躺在草地上看星星時，她是這麼說的。

我轉過身，伸手拿我的手機。潔瑟琳已經傳了一則感人的簡訊給我，琳則是在半夜一點半過後不久留了一則語音訊息給我。她用很小的聲音唱歌，祝我生日快樂，最後她強調她相信我們兩個都會被牛津大學錄取，而且她已經迫不及待了。

之後我換上衣服，坐到書桌旁，翻閱我的行事曆轉移注意力。一個禮拜後的今天就是萬聖節派對了，我覺得我好像已經很久沒做其他事情，完全都把精力花在籌備這個派對。昨天早上印刷廠印好的邀請函送來了，我們利用會議時間把邀請函發送給全校。我先前的擔心是多餘的。沒人因為詹姆士跟我的那張照片來跟我說些什麼或取笑我，反應反而都很正面，雷辛頓校長還在一封電子郵件裡跟我說，學校外部的賓客也很讚賞邀請函的設計。

現在我還是不太習慣，這間學校裡的每個人都知道了我的名字。走在路上時別人跟你打招呼，或在學生餐廳的時候有人跟你說這裡沒人坐的感覺好奇怪。但我努力不讓別人發現我很不安，我表現得一如往常，彷彿不在乎這些關注。畢竟詹姆士也是這樣做的。他表現得對一切事情都沒興趣一樣。但經過這段時間後我知道，情況並不是這樣。

我的思緒不自主地飄到上個星期一。**我會改的**。他聽起來好堅決，眼神像會把我穿透。彷彿在那一刻，對他來說，世界上最重要的事就是讓我相信他是認真的。

我搖了搖頭，想把他趕出腦中。然而就在我的視線恢復清晰之後，我嚇了一跳。

**詹姆士**

我把他的名字寫在我的行事曆上，而且我自己完全沒發現！我的臉頰一陣發燙，立刻伸手去拿立可白。我正要開始塗，但卻在第一個字上停了下來。我慢慢把立可白放到一邊，用手指溫柔地拂過他的名字。我的指尖一陣酥麻。不是一個好兆頭。我這幾天都一直在疑惑到底是怎麼了。畢竟他就還是……他啊。但也不能否認，的確有什麼東西改變了。我已經很久不會一看到他就滿懷憤怒與不信任，反而是另一種感覺。某種溫暖、令人興奮的東西。

而且我會有笑容。因為我喜歡他的注視；因為我享受他的陪伴；因為他機智聰明，讓我覺得很有趣；因為他像個我無論如何都想解開的謎。

我從來沒想過這件事有可能發生，但……我不再厭惡詹姆士．布佛特了。現在情況完全相反。

我的房門突然打開。安柏走進來，我心虛地蓋上我的行事曆。

安柏先是用懷疑的眼神看我，再看向我的行事曆，彷彿她知道那裡面有什麼丟臉現眼的事情。但下一秒她笑著蹦蹦跳跳地跑向我，伸手抓我的手，想把我從椅子上拉起來。「我很驚訝妳竟然還待在房裡。」她說。她繼續拖著我的手臂，雖然真的沒有必要，我非常樂意跟她一起走。

我們離開房間，我用手臂環住她的腰，把她緊緊壓向我。「今天妳要滿足我所有的願望喔。」

雖然很開心，但我發現這一刻也伴隨著一股難過的感受。這是我在這裡，跟家人還有安柏一起度過的最後一個生日了。誰知道我明年會在哪呢。真的會在牛津嗎？跟琳一起？還是自己一個人？而如果我沒被錄取怎麼辦──我又會在哪裡？

安柏阻止我繼續想下去，因為我們往右轉進客廳時，她說：「壽星來了！」

我深吸一口氣。

我用手摀住嘴巴，發現我開始熱淚盈眶。我不常哭，就算有，也是我一個人在房間裡、沒人看得到的時候。但是看到我爺爺奶奶、阿姨、叔叔伯伯舅舅、表堂兄弟姊妹和我爸媽開始唱生日快樂歌的景象，根本不可能保持冷靜。

房間布置得好漂亮，爸和安柏今年又更進步了。白色和薄荷綠色的彩球從天花板上垂下，彩帶懸掛在餐桌上方。後方放著我生日禮物的客廳桌子邊，飄著兩個閃耀著金屬光澤的薄荷綠色氣球，合在一起就是我的年紀。

接下來的半小時就像夢境一般。所有人都在跟我道賀、擁抱我、問我感覺怎麼樣，最後則是給我禮物。叔叔湯姆、楚迪阿姨和馬克斯送我一套我已經想要好幾個月的《我的英雄學院》漫畫；安柏送我寫行事曆用的筆和漂亮的貼紙；爺爺奶奶送我兩本列在牛津大學閱讀清單上的教科書；爸媽則是送了我一個筆電的外接硬碟，自從我的筆電年初因為不明原因壞掉，幾乎所有檔案都遺失之後，我就很希望能有一個外接硬碟。

「這是誰送的？」我邊問邊指向還放在桌上的一個大包裹。

「一個神祕的愛慕者。」媽邊回答邊挑了挑眉。我疑惑地來回看著她和爸。爸只是聳聳肩。

「是寄來的。」安柏解釋。

「上面沒寫寄件人嗎？」我問，同時懷疑地打量眼前這個黑色紙箱和藍色蝴蝶結。

「我不覺得需要寫寄件人啊，我們都知道是誰寄的。」安柏插話。

「噢，我的天啊，不要跟我說妳有男朋友了。」我堂弟馬克斯大喊，同時瞪大眼睛看著我。

就在我喊出「沒有」的同時，安柏說「對」。

「快打開。」楚迪阿姨說，同時越過我的肩膀看。她往前伸出一隻手，好像想拉開蝴蝶結一樣。我把包裹移到她手搆不到的範圍，然後舉高，坐到沙發上。

我慢慢解開蝴蝶結，感覺被所有人緊緊盯著。我瞥了他們一眼，示意他們不要盯著我看。可惜完全沒用。房間鴉雀無聲。我邊嘆氣，邊掀開紙箱的蓋子。

箱子裡裝個一個包包。我屏住呼吸，把它拿出來，放在我的大腿上。它是由深藍色的油蠟皮革所製，有可調式背帶，搭配插入式搭扣掀蓋部分的下方還有兩個小前袋。包包內裡是藍綠色的格紋布料，夾層的分配第一眼看來很完美。有一層式專門放筆電的，側面有好幾個小的，有拉鍊可以拉起來，還有一個主夾層，中間有個窄窄、分隔開的區塊。

我很確定有了這個包包，我就是世界的主宰了。我小心翼翼地把它闔上，輕輕撫摸它昂貴的皮革。這時我發現一個剛剛第一眼沒注意到的東西。在掀蓋部分的右下角，有三個英文字母。R. J. B.——我英文名字的縮寫。

我差點無法呼吸。感覺好像在夢裡，家人的「噢」和「啊」幾乎傳不進我耳裡。我往紙箱裡看，在鋪著黑色紗紙的底部發現一張卡片。卡片是乳白色的，框著細細的金邊，上面黑色的字寫著：

生日快樂，露比。——J.

就這句話，沒有更多。即使如此，我的腹部還是湧出強烈的感受，讓我全身酥麻。我不知道應該怎麼反應，只能目瞪口呆地盯著包包看，直到數字和英鎊符號忽然在我眼前跳舞。這絕對是我收過最昂貴的包包。但其實我不想去想這件事。

而且我也不想去思考詹姆士把我放在心上、送我這樣的禮物，代表著什麼。他是看到我的包包隨時會裂開嗎？他知道我存了好幾個月的錢，明年想買個新包包嗎？他是在同情我嗎？

我不知道，而且想這些事情，讓我整個腦袋亂哄哄。

「這個年輕人很有品味，毫無疑問。」楚迪阿姨嘆氣。

「也很有錢。」馬克斯補充說道。

「我不覺得他有付錢，如果那家皮包的公司是他爸媽的。」安柏說。

「各位！」媽媽打斷安柏的話，指了指餐桌，餐桌上擺滿了豐盛的早餐。「不要煩露比了，請坐吧。」她走向我，把包包從我大腿上拿走，小心地放回紙箱裡，然後伸手把我拉起身。她用一邊的手臂環住我的肩膀，往她身體的方向壓。「這樣說一份禮物不太好喔。那個年輕人有花心思準備，這是一個很棒的表示，我們應該要心存感謝。」她用手指點了點我的鼻子。「現在去吹蠟燭吧。」

我們一起走向餐桌。這十年來，我吹蠟燭的時候，腦中都只有一個願望。牛津大學。但今年一直浮現另一個字眼，我必須停下來，讓自己專心。

「十八歲生日可以許兩個願。」爸溫柔地說。我沒注意到他推著輪椅來到我身邊，但現在他正輕輕地摸著我的背。顯然我內心的掙扎都流露在臉上了。

「對，」媽說。「這是生日的規定。」

我的臉頰變得好熱，我把視線從他們身上移開。我不願意細想為什麼詹姆士的名字是我第一個想到的念頭。我閉上眼睛，用力吹氣，許了兩個願。

這是我們慶祝過最美好的生日之一。吃完早午餐以後，我們外出散步，還在葛蒙西的公園裡拍了一張新的家族合照。大概拍了十次才拍好吧，因為每次都有人閉眼睛。琳下午的時候過來，跟我還有我的家人一起玩桌遊和比手畫腳，但最後琳和我只是險勝馬克斯和楚迪阿姨而已。晚上的時候，爸爸在我和安柏的協助下，上了三道菜的套餐，其中有些菜他昨天就已經準備好了。我們一起圍著餐桌坐了好久。我很驚訝琳能那麼融入我們，就算有一些家族內部的事她不懂，好像也不會為她帶來困擾。她問了媽媽很多關於她在麵包店裡工作的問題，也跟爸爸聊了很久他半身不遂的情況。後來發現她叔叔也在坐輪椅——對我來說是全新的資訊。我很佩服她可以那麼自然地聊到這個話題，不會因為爸的殘疾而感到不自在。

所有人都走了以後，我覺得好飽、好滿足，其實可以立刻去睡覺了。然而在我換上睡衣的時候，目光又落在書桌上的黑色紙箱。我站起身，走到它面前。我遲疑地掀開蓋子，把包包拿出來，然後輕輕咔嚓一聲，把兩個前方的搭扣打開。我小心翼翼地把星期一上課需要用到的東西從書桌抽屜拿出來，開始一個一個放進皮革包包的夾層。哪些東西要放哪裡，我試了好幾次才滿意。相對於我原本的背包，所有東西只能一併放在唯一一個夾層裡，這個新包包真的是夢幻極品。前面甚至還有小小插筆的地方，我把我寫行事曆經常用到的筆插進去。

我不曉得詹姆士知不知道他這個禮物讓我有多開心。現在看著這個裝好東西的包包，我發現我絕對沒辦法把它還回去了。我往前傾，把手伸進左邊的前袋，拿出手機。我剛剛把它放進去，想說試試看合不合適。我只猶豫了一秒，接著就點出詹姆士的電話號碼，撥號出去，然後把聽筒拿到耳邊。撥通的聲音響起。一聲。又一聲。我正想掛掉的時候，他接了。

「露比．貝爾。」他聽起來幾乎就像在等我打去。

「詹姆士．布佛特。」既然他叫我的全名，那我也可以這樣。以前叫他名字時就像在罵髒話，現在說這些字的時候，感覺完全不一樣。比以前好。

「妳好嗎？」他問，雖然我聽不太清楚。我聽到他那邊有音樂聲，現在正在慢慢變小。不知道他在哪裡、在做什麼。

「超級好。我剛把東西裝進我的新包包。」我回答，同時一邊用手指拂過中間那個夾層的邊緣。縫線感覺很勻稱。

「妳喜歡嗎？」他問。我好希望我知道他現在是什麼樣子。穿什麼。我腦海裡的他是穿著學校制服，因為我很少看到他穿別的衣服，但我努力喚起他穿著黑色牛仔褲和白色T恤的影像。那天站在我家門前的他，看起來就像一個再普通不過的年輕人，不像是擁有億萬資產的企業繼承人。更有人性。不那麼遙不可及。

「真的太美了。你知道真的不需要送我禮物吧？」我最後說。我闔上包包，坐到書桌椅上，兩隻腳交叉在書桌上。

「我想送個東西給妳。對於像妳這種熱愛事情整齊有條理的人，我想說詹姆士應該會是一個好選擇。」

「詹姆士？」

「那個款式叫詹姆士。」

「你送我一個以你自己名字命名的包包？」

「不是我取的，是我媽。也有一款叫莉蒂雅，還有一些是我爸媽的名字。但是莉蒂雅對妳來說太小了，莫帝默又太大，而且想到妳背著詹姆士包在學校活動，就覺得很好玩。」

我忍不住笑了。「所有朋友你都送布佛特公司的產品嗎？」我問。

他安靜了一會兒，我只聽到那邊有小聲的音樂在播放。「沒有。」他最後回答。其他什麼都沒多說。

我不知道這是什麼意思。我不知道我們之間是什麼，更不用說我想要什麼。我只知道，聽到他的聲音，讓我非常非常開心。

「你接管公司之後，一定要用我的名字命名一款包包。」為了打破沉默，我這麼說。

「我可以跟妳說一個秘密嗎，露比？」他的聲音好沙啞。不知道他現在跟誰在外面。不知道他是不是為了跟我講電話而丟下某個人。

「你可以跟我說所有你想說的東西。」我輕輕地說。

他停頓了一會兒，聽筒裡只剩下他的腳步聲。聽起來他好像是走在碎石子上。後來踩在石頭上的嘎扎聲消失了，音樂聲也再也聽不見。

「我……根本就不想接公司。」

如果他在這裡，我會不可置信地盯著他看。我把手機拿得更靠近耳朵。

「老實說我也不想去牛津。」他繼續說。

我的心劇烈跳動，劇烈到我都可以聽到聲音。「那你想要什麼？」

他笑著吸了一口氣。「這是第一次有人問我這個問題。」

「這是很重要的問題耶。」

「我不知道要回答什麼。」他沉默了一會兒。「對我來說，一切都已經決定好了，你知道嗎？儘管莉蒂雅比我更想接公司，而且讓她接管，公司也會運行得比較好，但明年我依舊會是那個被我爸叫去管理公司的人。這我一直以來都是知道的，我也接受，但這不是我想要的東西。」他又停頓了一下，然後：「不幸的是，我從來都沒有機會去發現我要的東西是什麼。我的人生不是由我自己安排的，它已經被安排好了：麥斯頓．豪爾、牛津和公司，沒有其他了。」

我把手機握得更用力、貼近耳朵，把詹姆士包緊緊抱住。他剛才說的那些東西，可能是我有史以來從他那裡聽到最誠實的一段話。我不敢相信他向我吐露這些，不敢相信他信任我會保守這個祕密。

「我爸媽總是跟我說，人生有無限的可能，不管我出身哪裡，將來又想去哪裡。他們總是說，我可以做所有我想做的事情，不要侷限自己對於未來的想像。我覺得，每個人都值得擁有各種可能。」

他輕輕發出一陣絕望的聲音。「有些時候……」他開始說，然後又停下來，好像他不確定是不是已經跟我透露太多。但後來他還是繼續說下去了，鼓起勇氣讓自己更為坦誠。「有些時候，我會覺得根本沒辦法好好呼吸，因為這一切真的壓得我喘不過氣。」

「噢，詹姆士。」我的心為他感到疼痛。我從來沒想過他承受這麼大的壓力，也沒想過對家人的責任對他而言是這麼沉重的負擔。以往我總是覺得，他很享受布佛特這個姓氏為他帶來的權力。然而現在我腦中的拼圖一塊一塊拼湊起來了：每次談到牛津時，他的緊繃態度；他父母當時出現在倫敦時，他不動聲色的表情；每次一講到他家的企業，他就會黯淡下來的眼神。

我忽然懂了。我懂為什麼他在學期開始時會有那樣的表現，他幼稚的行為和「一切事情我都不在乎」的態度又是怎麼一回事。

「這學年是你還不用承擔責任的最後一年。」我低聲說。

「這是我最後能夠自由的機會。」他小聲地附和我。

我很想反駁他，但我沒辦法。同樣地，我也沒辦法給他解決問題的建議——因為真的就是沒有。如果他要繼承的是那麼龐大的產業，那麼和他父母坐下來，重新討論這整件事，是絕對不夠的。而且我相信他已經考慮過所有可能的選項。再來，如果我對詹姆士的認識是正確的，那他到最後不管怎樣都會去做父母希望他做的事情。他絕對不會丟下他的家人。

「我希望我現在在你身邊。」在我有足夠時間思考它的意義之前，這些話脫口而出。

「如果妳在我身邊，妳會做什麼？」他回。忽然間，他的聲音換了個口吻。現在他聽起來不再絕望，反而比較像是……在逗我。好像他在期待我回他什麼不正經的答案。

「我會抱抱你。」沒有很不正經，但是是真心的。

「我想，我會喜歡妳這麼做。」

我們還沒有真正地擁抱過，而且如果他現在站在我面前，我也不敢當面跟他說這種話。但是像現在這樣，耳裡聽著他低沉的聲音，不用直視他的眼睛，突然讓我有種沒什麼事情是不可能的感覺。我覺得自己勇敢、難過、緊張、快樂——一次擁有這些情緒。

「妳生日這天過得好嗎？」詹姆士過了一會兒後問。

「很好。」我回答，同時開始跟他講這一天的經過、收到了哪些禮物，還有我跟琳晚上贏了比手畫腳的遊戲。詹姆士聽了笑了。我們話題轉換之後，他的情緒明顯放鬆下來。後來我們聊了好多：他的周末生活（無聊）、英文課的作業（有點難，但還可以）、我們最喜歡的歌手和樂團（我：Iron & Wine，他：Death Cab for Cutie）還有最愛的電影（我：守護者聯盟，他：白日夢冒險王）。我知道好多他以前我不知道的事情。比如說，他很喜歡看部落格，跟安柏一樣。他告訴我一個他最近發現的旅行部落格，本來他其實只想看一篇文章，但到最後他錯過了在他父母辦公室裡舉行的會議，因為他連續好幾個小時的時間都沉浸在作者環遊世界的文章裡，沒注意到時間。我現在就像他一樣。我完全沒發現已經半夜三點了，而我還清醒地躺在床上，詹姆士的聲音還縈繞在我耳邊。我看向床頭櫃上那件摺好的袋棍球隊球衣。

腦裡都是詹姆士。

# 21

# 露比

我試著讓自己靜下來，不要不安地在椅子上動來動去，與此同時，雷辛頓校長凌厲的目光直接鑽進我的眼睛。坐在他辦公室裡面每次都讓我感覺好奇怪。他的身體姿勢一如往常：雙手交扣，泰然自若地放在前方的辦公桌上，但同時又用銳利的眼神看著我，彷彿只要是為了學生的福祉，他都會赴湯蹈火。最好不要與他為敵。

我懷疑我永遠沒辦法習慣這個跟他每週進行一次的會面，尤其琳今天還拋棄了我，因為她又要去倫敦協助她媽媽藝廊舉辦的招待會。

然而現在我是獨自一人坐在雷辛頓校長的辦公桌前面對他的鷹眼，其實也是一件好事。至少這樣在我講完建議之後，琳不會在一旁震驚地看我，或在桌子底下踢我。

「我的理解是正確的嗎，貝爾小姐？」雷辛頓校長一邊問，一邊稍微往前傾。他皺起眉頭看著我。「妳想要我撤銷布佛特先生的處罰？」

我緩緩點頭。「是的，校長。」

他把眼睛瞇得更小。「為什麼我要照著妳的意思做？這學期還沒過完啊。」

「他真的投入了很多心力，校長。」我說。「這我之前完全沒料到。他有很棒的點子，我們能藉由萬聖節派對把麥斯頓．豪爾高中的活動提升到一個新的層次，都要感謝他。」

雷辛頓校長往後靠，同時吐了一口氣。

他似乎蠻喜歡這個說法。只要是跟學校形象有關的事，他的反應就都會像一隻發現閃亮物品的喜鵲。我決定再加一點：「我覺得詹姆士待在袋棍球校隊會對學校更有利。球隊需要他。羅傑．克瑞雖然很好，但他缺乏比賽經驗。我們星期五為了寫麥斯頓部落格的文章去訪問弗里曼教練的時候，他也這麼說。」

雷辛頓校長額頭上的皺紋變得更深了。我看得出他開始在腦中權衡利弊。

「妳會這樣說，並不是因為他闖禍，所以妳想擺脫他？」他懷疑地追問。

不曉得如果雷辛頓校長知道情況其實完全相反，他會說什麼。我不想擺脫詹姆士。如果可以照我的意思做，我每分每秒都想跟他一起度過。

但在詹姆士向我傾訴心事、我了解了這最後一學年對他的意義之後，我別無選擇。我就是得跟雷辛頓校長談一談。這是我想到唯一可以幫到詹姆士、至少幫他減輕一點肩上重擔的方式——即使無法持續太久。而且我也不是只因為想幫他才這樣做，我說的本來就是事實。詹姆士真的很努力，應該要被獎勵，這樣至少他在剩下的球季還可以跟朋友們一起打袋棍球，好好享受這一年。

我開始不由自主地去想這對我們來說意謂著什麼，畢竟我們現在是朋友，或者之類的。他之後還會繼續跟我來往嗎？可能不會。一想到這個，我的胸口就一陣疼痛，但我盡力不去理會，我做這件事是為了詹姆士，不是為了我自己。

「貝爾小姐？」雷辛頓校長把我拉回現實，我過了一下才想起他剛剛問的問題。

我搖搖頭。「絕對不是這樣，校長。我真的只是為了學校好。他協助了我們，現在應該要再回去協助他的球隊。我們已經禁不起第二次像上星期五那樣的慘敗了，如果不想自砸招牌的話。」

我說中要害了。雷辛頓校長的灰色眼睛亮了起來，肩膀突然間變得緊繃。

「我了解了。」他點點頭，我不自覺屏住呼吸。「好，布佛特先生可以提前結束他在活動委員會的工作，重新回去打袋棍球。」如釋重負的感覺在我心裡蔓延，不知道我跟詹姆士說這個消息時，他會有什麼反應，想到這個也讓我覺得好期待。我露出感謝的笑容，但雷辛頓校長舉起手指提醒我。「但從下星期才開始，等到派對結束以後，以免他又想到什麼事情來丟學校的臉，我不會冒這個險。」

我的笑容少了一些些。「當然，校長。」

「然後請先不要讓別人知道這件事。」他拿起話筒，按了一個鍵，低聲說：「請弗里曼教練到我辦公室。」

我猶豫不決地繼續坐在椅子上。我不知道我是可以走了還是雷辛頓校長還有事情想跟我討論。但他抬起頭，眉頭一皺，做出揮動的手勢，我想這是在請我離開。

我跟雷辛頓校長說，我們能藉由萬聖節派對把麥斯頓・豪爾高中的活動提升到一個新的境界，是真的沒有在誇張。這天終於來了，我們做完最後的準備、賓客一個接著一個抵達時，我心中就彷彿一顆大石落下。派對很成功，甚至比我期望的還要好。

會場布置是由潔瑟琳和卡蜜拉負責，現場看起來超美。她們在威斯頓大廳入口處懸掛雕花復古仿舊相框，裡頭是年代久遠的家族肖像，另外還掛了許多大鏡子，從不同角度打著光。餐點自助吧以及圍繞著舞池搭起的桌子鋪著黑色透明桌布與蕾絲桌巾，大廳裡到處都有一層薄薄的蜘蛛網，還有超過五十串燈泡鏈，燈泡發出燭火般跳動的光線。我們決定不要開水晶吊燈，而是在桌上和窗台上擺了大大的銀色燭台，雖然不是很亮，但卻營造出更鬼魅神秘的氣氛。

大廳裡滿滿都是人，幾乎沒有一張桌子是空的。雷辛頓校長正在致歡迎詞，琳、我以及活動團隊的其他人站在自助吧旁邊看。校長稱讚我們活動籌劃得很好的時候，卡蜜拉像個女王一樣往前跨一步，向大眾揮手。琳和我互看了一眼，沒辦法壓抑我們的笑容。

然而我必須承認，今天我們所有人看起來都像國王和女王。我穿著布佛特陳列室的那套洋裝，卡蜜拉則是一件杏黃色的禮服，非常搭她白皙的膚色。潔瑟琳穿著一件粉紅色蓬裙洋裝，琳那套則是寶藍色的，那同時也是學校的官方代表色，讓我不得不懷疑她是不是故意的。男生們看起來也都很帥。道格穿著一套淺棕色西裝，剪裁跟詹姆士在海報上穿的那套一樣。而基朗……戴著大禮帽、身穿黑色西裝、男士提花馬甲、搭配米色領巾的他，看起來真的就像來自不同時代。

雷辛頓校長最後感謝我們的時候，道格拿起禮帽，微微鞠躬。這次我不轉過去看琳了——不然我會忍不住笑出來。

我現在情緒極度高漲。我不知道是因為到目前為止一切都進行得很順利、派對很成功，還是因為我害怕依舊會有出乎意料的事情發生。我緊張地環視整座大廳。

「他會來的。」琳在我耳邊低聲說。

「我不知道妳在說什麼。」我同樣低聲地回她。

那是謊話。我很清楚她在說什麼。

詹姆士到現在都還沒看到人影。他的朋友們和莉蒂雅也都還沒有出現，但他父母有來，他們是家長會的成員。詹姆士不在這裡，讓我好難受，而且即使我不想因此分心，這場派對感覺還是缺少了重要的一部分——畢竟派對能成功，他的付出絕對不亞於我們。

雷辛頓校長致完詞以後，大廳內響起了一陣掌聲，我們接著到各自負責的區域就定位。我和琳站到承辦飲食的人旁邊盯著自助吧，潔瑟琳、卡蜜拉、道格、基朗則和一些戲劇社成員一起站上舞池。音樂聲響起，五對舞伴隨著隊形跳著在我看來複雜到不行的舞步。我忽然好開心我用「要有人看著賓客」的理由順利說服了其他人，所以不用一起下去跳舞。

最前面那一對是基朗和一個我不認識的戲劇社成員。他們帶領其他人緩緩穿過舞池，在底端分開，男生一排女生一排。他們往彼此的斜對角移動，繞一圈之後回到中間，再度跟彼此面對面。大廳裡所有人的注意力都在他們身上，入迷地看著他們跳舞。

就在這個時候，威斯頓大廳宏偉的大門開了。有一些人轉頭過去看，導致基朗和他舞伴停頓了一下。我皺著眉頭看向大門。我的心跳漏了一拍。

詹姆士和他朋友踏進大廳，一個比一個漂亮帥氣。詹姆士穿著布佛特品牌西裝，其他人也都穿得很隆重──每條絲巾、每顆鈕扣都在該在的位置。莉蒂雅穿著一件絕美的銀色洋裝，頂著一頭精緻的髮型，她一定在髮廊裡坐了好幾個小時。他們每個人看起來都好完美──就像是從維多利亞時期的電影裡走出來一樣。他們越過舞池走向自助吧的時候，臉上的表情清楚顯示出他們對這個派對的感受。希里爾皺起鼻子，雷恩的臉是紅的，可能來這裡之前已經喝過了。凱許的黑色眼睛冷靜地掃過大廳和賓客。當他看到我的時候，表情變得陰沉，而且迅速拉開跟阿里斯戴爾之間的距離，就像反射動作一樣。他身旁的阿里斯戴爾生氣地皺起眉頭。

詹姆士走向我，我全神貫注地看著他。雖然過去這幾個禮拜我已經在無數張海報上看到他穿這套西裝，但在現實生活中看到，還是讓我無法呼吸──就像第一次在倫敦看到時一樣。最後他來到我面前，我的心跳得好快、好亂。

「怎麼樣啊？還好吧？」他問，嘴角漾著一抹輕微戲謔的微笑，好像他沒有遲到超過一小時一樣。

「非常好。」琳幫我回答。顯然我盯著詹姆士看的時間有一點太久了。

詹姆士點點頭。「很好。」

「我希望會比上次好，不然我們馬上就要撤了。」希里爾抱怨。

「不要假裝好像我們的派對配不上你一樣。」琳咬牙切齒地說。我驚訝地看著她。

「我不是假裝的啊。」

「你真的……」琳聽到這番話氣得臉頰脹紅。

「嘿，不要吵了你們。」詹姆士的聲音不大，但很有權威感。他看了希里爾一眼，希里爾就從琳身邊離開，走向雷恩，他站在離我們稍遠的地方，有人在幫他倒潘趣酒。

詹姆士的一句話就足以讓希里爾．維加這樣的人閉嘴，想到詹姆士在這所學校擁有的權力，有時候還是讓我覺得蠻可怕的。

像什麼事都沒發生一樣，他走到自助吧，拿了一塊小點心，先湊到鼻子前仔細端詳，之後才放進嘴巴。吞下去以後，他對我說：「比上次好太多了。」

我翻了一個白眼。「提供餐飲的廠商是你自己推薦的。」

他對我笑了笑，目光在我身上游移。我看到他原先戲謔的笑容轉變成某種溫柔、真誠的東西——似乎是我專屬的笑容。我的身體熱了起來。「妳看起來好美。」

我的胃裡有東西在拍動翅膀，我嚥了口口水。「你早就看過我穿這件衣服了。」

「妳穿起來很美這件事，不會因為我之前看過就改變啊。」

「謝謝。你看起來也很帥。」我伸手把裙子撫平，雖然根本沒有任何需要撫平的地方。詹姆士突然站到我面前，身體微微向前傾，手掌朝上地對我伸出手。我轉身看他的朋友們，但他們似乎正忙著偷偷地把酒從他們的扁平酒瓶倒到杯子裡。唯獨莉蒂雅用奇怪的眼神看著她哥哥。

我再度轉回詹姆士面前。

「你在做什麼？」我問，雙頰發燙。

「我有這個榮幸跟您跳支舞嗎？」

我盡力讓自己不要笑出來。「我不用跳開場舞，彩排的時候也不用一起跳，是有理由的，詹姆士。我不會跳舞——至少不是這種舞。」

「在維多利亞時期，拒絕別人的邀舞，會被視為非常不禮貌的舉動，露比・貝爾。」

「那不好意思，請原諒我的無禮。很可惜我必須看著自助吧。」

詹姆士直起身，往琳走了兩步。他在她耳邊小聲說了一些話，琳笑了起來。接著她點點頭，做出一個趕人的手勢。詹姆士走回來，向我伸出他的手。「琳說她可以幫妳照顧一下自助吧。」

我猶豫了一會兒，但之後還是挽住他的手臂。詹姆士帶著我走向舞池的時候，我回頭用很兇的眼神看了琳一眼，她聳了聳肩表示她的歉疚。我完全沒發現開場舞已經結束了，越來越多穿著維多利亞式禮服的人雙雙對對地踏進舞池。現在環顧會場，看起來真的很像穿越到另一個時空。

管弦樂團緩緩奏起新曲目，輕柔但又富有節奏的旋律慢慢縈繞整座大廳。詹姆士一隻手握住我的手，另一隻手放在我的背上。他帶著我往旁邊移動幾步，前後搖擺，往後兩步，往左一步。我跟著他，眼睛直盯著我的腳——或者說是盯著蓬蓬的裙襬。

「眼睛不要往下看。」他小聲地說。

我抬頭，心跳得好快。詹姆士看起來彷彿出生以後開始就專門在舞會上跳舞。這可能甚至是事實。真希望我彩排時有一起跳，或至少先在網路上看一些教學影片，然後跟安柏一起練習。

詹姆士突然低下頭，嘴巴緊貼著我的耳朵。「放輕鬆。」他喃喃地說。

說起來容易做起來難啊。但我還是努力嘗試。我試著放鬆手臂，不要再那麼緊張地擔心舞步是否正確。我放開了心裡的枷鎖，讓自己墜落——我們第一次試穿這些服飾時，我也是這樣想像。

詹姆士接住了我。他溫柔地帶著我在拼花木地板上起舞，我感覺自己像在空中翱翔。不知道我們以後還有沒有機會一起這樣跳舞，不知道如果我跟他說，他從現在開始都不用去參加我們的會議了，會發生什麼事。

雖然不想，但我忽然間感覺到胸口的沉重。我努力不去理會，但只要我越去想過了今天晚上之後，詹姆士和我之間會變得怎麼樣，那股沉重感就越壓得我喘不過氣。

「怎麼了？」他突然問，同時用瞇起的雙眼端詳我的臉。

「我有事要跟你說。」

詹姆士藍綠色的雙眼看著我，耐心等待，即使我可以在他眼裡看出一絲絲狐疑。

「我想了一下你在我生日那天跟我講的事情。你只剩最後這一年，之後……」我清了清喉嚨，感覺到詹姆士突然開始緊張。「總之我跟雷辛頓校長談過了，我們覺得是時候讓你回去參加球隊訓練了。」

他停頓了一下，然後又繼續跳，彷彿舞步都被他背熟在腦海裡。

「什麼？」他嘶啞地說。他的聲音變得好沙啞。聲音每次都會洩露他的情緒。他的眼神依舊冷酷、姿勢依舊挺直、動作依舊自信——但聲音從來都不配合。詹姆士有情緒的時候，立刻能從他的聲音聽出來。

「我覺得你真的在團隊裡投入了很多心力，雷辛頓校長可以好好獎勵你。」我故意用輕鬆的語調說話，想讓我們之間的氣氛不要那麼濃烈，但結果卻相反。詹姆士的眼神變得深沉，接著他把我緊緊拉向他身邊——在維多利亞時代，這樣的距離會被認為太近。但舞池裡滿滿都是人，大家似乎都在忙自己的事，所以沒人在注意我們，也沒人注意到，詹姆士熾熱的眼神讓我無法呼吸。

他的聲音不再那麼沙啞。「妳……」

忽然間，燈泡鏈熄滅了。一次所有燈泡都熄滅了。管弦樂團裡的一些樂手彈錯了音，走樣的曲調在整座大廳迴蕩。燭台的光是大廳裡唯一的光源。

「詹姆士，我發誓如果這又是你在鬧，我就……」我壓低聲音說。

「不是我。」他打斷我的話。我幾乎快看不見他的臉，但他似乎跟我一樣驚訝。最後他發出小小的咒罵聲。「我們要趕快去配電箱那裡，不然這樣管弦樂團沒辦法繼續演奏下去，氣氛馬上就會盪到谷底。」

我點頭，詹姆士把我的手握得更緊，我們一起穿過舞池上被激怒的人群，我差點踩到我裙子的摺邊。出到走廊上之後，我鬆了一口氣。在通往地下室的樓梯，詹姆士放開我的手，我緊緊抓著樓梯扶手。此刻的我，強烈地想念他溫暖的肌膚觸感。我努力不去想這意謂著什麼。地下室一片漆黑。詹姆士拿出他的手機，打開手電筒，照亮走廊。

「好冷。」我小聲說，同時搓了搓上手臂。「而且好陰森。」感覺好像隨時都會有小丑或怪獸或這兩種東西的綜合體從角落跳出來。

詹姆士沒有回答，直接走向走廊左側的一個大箱子。

「你這麼熟悉配電箱的位置，其實我應該要感到不安的。」

詹姆士厚臉皮地笑了。他用掛在他鑰匙串上的萬用鑰匙打開配電箱，然後往旁邊走一步，讓我們兩個都能同時往裡面看。兩個保險裝置跳掉了。詹姆士把開關往上扳之後，遠處傳來賓客放心的呼喊聲。下一秒，下面這裡的燈管也輕輕啪擦一聲，重新亮了起來。我鬆了一口氣。

詹姆士關上配電箱，我立刻掉頭就走。我必須盡快離開這個地下室。

我提起裙襬，走上樓梯。就在快到了的時候，詹姆士突然在我身後停下來，然後說：「等一下。」我轉身，疑惑地看著他。

「你真的覺得又是我搞的？」他聽起來真的很驚訝，好像他無法相信我會這麼想。

但老實說，我……就是這麼想啊。

我不知道詹姆士和我之間的東西是什麼。而且即使我們這幾個禮拜以來關係變近了，也並不代表我信任他。過去發生太多事了，他和莉蒂雅警告我的話我都還清楚記得。我答應琳要小心，而我也遵守我的承諾。

「有那麼千分之一秒也許是吧。」我羞愧地回答。

他用懇切的眼神看著我。「我絕對不會再做這種事了，露比。在我知道妳為了這些活動投入了多少心力，它們對妳的意義又有多重大之後，真的不會了。」

感覺像是有人用雙手壓在我的胸腔上，讓我難以呼吸。「對不起，」我小聲地說。「我想我是太害怕情況會變得像學期初那樣。」

詹姆士馬上搖頭。「不會的。」

他往上走一階，現在我們的眼睛在同樣的高度。他的臉離我的好近，我可以看到他眼裡小小的藍色晶體，還有虹膜的深色邊緣。

我沒辦法想像如果我無法在我們的會議上看到詹姆士，那會怎樣。光是想到就讓我快要沒辦法呼吸。到時他還會有任何跟我相處的理由嗎？他要去球隊訓練，會更常跟他的朋友們在一起。他會發現自己很想念這一切嗎？當他可以用酒精和派對度過星期六晚上，而不是跟我互傳訊息討論英國的政治局勢或我最愛的漫畫，他會開心多少？

他會發現我們世界差異有多大嗎？

我很享受過去這幾個禮拜，一點也不想失去他，但恐怕我在這件事情上並沒有發表意見的權利。我們兩個都很清楚他最後會選擇哪一個世界。

我的胸口越來越沉重。也許對我來說，在他讓我痛苦之前，幫他做決定，對我來說比較容易。

「那這應該就是我們以團隊夥伴身分合作的最後一項任務了。」我說，直視著他的眼睛。我的心狂亂地跳動。如果他再靠近一點，一定聽得見。

「沒錯。」詹姆士小聲地回。

有那麼一段時間，我們就只是看著彼此。然後我們同時吸氣，像是想說些什麼，但又都停了下來。我們之間的氛圍像是繃緊的氣球，我的心跳快到我沒辦法再多忍耐一秒。我做了我想到的第一件事：我向詹姆士伸出手。

「跟你一起工作真的很開心。」我盡可能用很正式的方式表達。

一開始詹姆士顯得很驚訝，但之後，他的藍綠色眼睛裡，出現了一種我以前就看過，但從來無法判斷成分是什麼的情緒。現在我知道了：渴望。他拉住我的手，溫柔地握著。「聽起來好像妳在跟我道別。」

他的話進到我耳裡的那一刻，我知道他說的沒錯。同時我也發現，我根本就不想這麼做。我不想跟他道別。我想要繼續有機會跟詹姆士講話。跟他說更多我的事情，當他向我吐露心事的時候，認真傾聽。

**我想要知道所有關於你的事情。**

這個念頭突然猛烈地向我襲來，在他眼裡看到的那股渴望，現在同樣在我的腹部蔓延，在我的血液裡流竄，熾熱，狂亂，我的手指把他的手指扣得更緊。我不知道我是怎麼了，但……我的膝蓋發軟，握在我手裡的他的手，好溫暖，不知道如果碰到我身體的其他地方，會是什麼感覺。我要的不只是這樣一個觸碰。我想從他那裡索求更多。

「詹姆士……」

「嗯」他又咕噥了一聲，聽起來跟我一樣混亂，跟我一樣快要無法呼吸。

下一秒，他把我往前拉，我倒在他身上。

他看了一下我的眼睛，接著把手挪到我的頸部，牢牢捧住。

然後，他的唇貼上我的。

我沒辦法思考。我的大腦停止運作，全身發燙，完全失去理智。我用手臂圈住他的脖子，雙手埋進他的髮間。他開始吻我。

詹姆士親吻的方式，就跟他平常的行為舉止一樣：自信、驕傲。他清楚知道該做什麼，清楚知道怎麼觸碰我可以點燃星火。他將舌頭伸進我嘴裡，毫不猶豫、羞澀，然後撩動著我的，直到我覺得我的膝蓋快要支撐不住。但就算真的撐不住了，他也會接住我。他的手臂緊緊環住我，讓我貼著他。透過我笨重裙子的衣料，我可以感受到他的身體，但這樣不夠。我需要更多。

我小聲地呻吟，雙手游移到他的肩膀，再到他的脖子和襯衫領口。他的肌膚好溫暖、好柔軟，我全身細胞都在呼喊著再來，再來，再來。

我想要他給我更多。脫掉他的衣服，就在這裡，在學校裡的這座階梯上。就算現在有任何人來，看到我們，我都不在乎。我只在乎詹姆士，他的嘴吻過我的唇、我的下巴、我的頸間。他用牙齒輕咬我的皮膚，直到出現些微痛楚，但我希望他可以再更用力。我想要他在我身上留下痕跡，讓我在幾小時後，可以證明眼前此刻真的發生過，不是幻覺。

「露比……」我以為我知道他聲音的所有模樣，但這次這個聲音是新的。他意亂情迷地吻完我之後，聲音聽起來是這個樣子。他捧住我的臉，凝視著我，大拇指拂過我的臉頰。我的下巴。我的唇。再回到臉頰。「露比……」

我往前傾，吻上他的嘴。一股痛苦的拉扯感在我的腹部蔓延，並且不斷向上擴散，直到我的呼吸變得困難。現在我了解為什麼他會一直低聲喊著我的名字了。我也想做一樣的事情。詹姆士，詹姆士。詹姆士。

「詹姆士！」一個很有權威感的聲音在上方響起。

我們從彼此身上彈開。我踩到裙襬，身體差點失去平衡，但詹姆士伸出手，扶住我的腰，等我抓穩階梯扶手。接著他立刻放開我，越過我抬頭看。我跟著他的視線往上看。

莫帝默・布佛特站在樓梯最頂端，雙手交叉在背後，用陰沉的雙眼看著我們。我的心跳瞬間停了一拍。

「你媽媽在找你。」

詹姆士挺直身體，微微點頭。「我一會兒過去。」

布佛特先生的眉毛輕微揚起。「她是現在在找你，不是一會兒後。」

詹姆士全身僵住。我伸出手，溫柔地撫摸他的手臂，希望他爸爸看不見。詹姆士握住我的手，看了一眼我們交纏的手指。我聽到他小聲地嘆了一口氣，接著把我的手拉到他嘴邊，輕輕吻了一下。

「對不起。」他喃喃地說，我可以感覺到這句話拂過我的手背。下一秒，他小心地越過我，走上樓梯去找他爸爸。他爸爸肩膀僵硬、眼神冰冷地在上面等著他。詹姆士走到他身邊之後，他緊緊抓住他的肩膀，把他拖回大廳。而我則是繼續站在階梯上，摸著我發燙的臉頰，問我自己，他為什麼要道歉。

# 22 詹姆士

「我跟你說過，離那個女孩遠一點。」

我往車窗外看。深色的田野和近乎光禿的樹木模糊成一片陰鬱，就像此刻我的內心。我感覺又冷又熱，掌心濕黏，喉嚨乾澀。我覺得好難受，情況不應該是這樣的。

我好希望可以回到露比身邊，她美好的雙唇，還有她給我的感覺。在我腦海裡，我仍然擁著她，享受她的雙手埋在我的髮間，牙齒輕柔地咬著我的唇。

如果我們沒有被打斷，就不會只有吻了，我會對她更進一步。

「我在跟你說話。」我爸又說了一次。我覺得他一定快用玻璃杯砸車了。我竟然跟波西說我要跟爸媽一起坐車回家，我已經很久沒有這麼愚蠢的想法了。

「詹姆士，親愛的，我們都是為了你好。」媽媽圓滑地補充說道。我的眼睛沒辦法看著他們任何一個人。如果看了，怒火就會在我心中沸騰，我不知道到時我還能不能把他們的話當耳邊風。

為什麼事情偏偏發生在今天呢？為什麼爸爸偏偏要在那一秒鐘看到我？

「你跟一個出身普通階級、家人發生過不幸意外、拿獎學金進學校的女孩在一起，絕對不是我們所期望的。」媽繼續說。我用力轉頭過去盯著她看。我很想問她是從哪裡得知露比這些事情的，但其實會這樣我也不意外。在這個家裡，已經沒有任何事會讓我意外了。

「你值得擁有更好的，親愛的。比如說像伊蓮．艾靈頓那樣的人。我聽說你們處得很好——你怎麼不邀請她來我們家坐坐呢？」我媽的聲音很平靜。她想平息我和爸之間的緊張氣氛，但早就已經太遲了。

「伊蓮和我，永遠都不會有什麼的，媽。」而且我很確定是她自己中斷學業，並且試圖隱瞞這個消息。她出身貴族家庭，並不代表她就因此比露比好。露比對於自己想要的東西，比誰都還要努力。她很聰明、心地善良，而且還……很漂亮。非常會接吻。更懂得傾聽別人說話。

她又浮現在我腦海裡。回想她的唇，是唯一能幫我撐過這段車程的方法。好希望我們當時能擁有更多時間。那短短幾分鐘對我來說是絕對不夠的。

「如果你跟一個以美色騙取男子錢財的人來往，就是在丟我們家族的臉。」爸繼續說。「我不敢相信你會做出這種事，我們不是這樣教你的。」

儘管我盡了一切努力，但現在我再也無法繼續忽視下去了。尤其是聽到他那樣說露比。我怒火中燒，憤怒地看著爸。「你不要再講了！」

我媽震驚地深吸一口氣，坐在我旁邊的莉蒂雅則是整個人僵住。她伸手碰我的手，但我把它推開。她可以跟她的老師上床，我只不過跟我喜歡的人在一起，就必須被質問嗎？

車停了，我們解開安全帶。我等莉蒂雅和媽下車之後才下，爸緊跟在我後面。我還走不到兩步，他就按住我的肩膀，把我轉向他，然後緊緊抓住我的領子，晃動我的身體。

「竟敢叫我閉嘴。」他咆哮說道，然後猛然把我推開，我往後踉蹌。下一秒他舉起手用手背打我的臉。我的臉頰一陣劇痛，有幾秒鐘的時間，除了在我眼前形成的彩色斑點之外，我什麼都看不見。嘴裡瀰漫著一股金屬的味道。

「天啊，爸！」莉蒂雅大叫著跑來我身邊。在我做出蠢事，揮拳打我爸之前，她用手臂環住我的背，牢牢抓住我。我有多想這麼做啊：直接還手。讓他體會看看我從小就開始承受的痛。

媽抓住爸的手臂，爸把她的手甩開，轉身，踏著沉重的腳步走進家門。他的身影消失不見之後，媽媽用遺憾的表情看著我。「你跟下層社會的人來往，就會發生這種事，詹姆士。」接著她提起她的蓬裙，急忙趕上爸爸的腳步。我看著他們的背影，努力壓抑心裡的憤怒。這股憤怒正緩緩地滋長成恨，我不想對他們有這樣的感受。我用手背抹過嘴巴，然後端詳著皮膚上的血，彷彿是別人流的一樣。

莉蒂雅站到我面前，攫住我的肩膀。「詹姆士。她值得你這樣嗎？」她急切地問。

我看著她，因為太過憤怒，沒辦法好好思考她的問題。「管好妳自己的爛事就好。」我一邊咆哮，一邊甩開她的手。我轉身，走過前庭，回到我們莊園的入口處。途中我從褲子口袋掏出手機，撥了雷恩的號碼。

我迫切需要其他事情來轉移我的注意力。

喝完第三杯之後，我的憤怒感逐漸減弱。我靠在雷恩父母客廳的一面牆壁上喝威士忌，讓轟隆隆的音樂聲沉澱我的思緒。

「哇，看看這是誰。迷途的孩子回來了。」希里爾的聲音我在背後響起。我轉身，看著他張開雙臂、帶著戲謔的笑容走向我。跟其他人一樣，他也把在派對上穿的服裝脫掉一半了，身上只剩下高腰褲和白色襯衫。

「什麼風把你吹來啦？」他繼續問。他本來還想說些什麼，但之後他看到我的嘴巴，就用口哨聲把話帶過了。「天啊，看起來糟透了。」

我乾了我剩下的酒，沒有回答。雖然我很習慣酒精，但我的臉頰已經沒有知覺了。

「不要煩他，希里爾。」雷恩從沙發那裡喊。一個金色頭髮的女孩子緊貼著坐在他旁邊，手在他大腿上下游移。她讓我覺得好眼熟，後來她從他肩膀上抬起頭，我就知道為什麼了。卡蜜拉。根據我知道的最新進度，她是跟凱許在一起，不是雷恩，但這種事情在我們這裡好像沒什麼了不起。

「你怎麼了，布佛特？」希里爾繼續追問。他用一隻手臂環住我的肩膀，把我弄到一張沙發旁。我坐了下去，用手揉了揉我疼痛的臉。希里爾再幫我倒了一杯酒遞給我。「我從小一起長大的那個詹姆士，不會接受任何人讓他不舒服。他不會讓自己被逐出球隊。他會拒絕去做那些沒人想做的事。」

他把我過去幾個禮拜跟活動委員會一起做出的成績稱為「沒人想做的事」，讓我再度怒火中燒，但我忍了下來。希里爾這人就是這樣。況且我今天晚上情緒已經夠激動了。我只想把自己灌醉——直到再也感覺不到任何事情。不管是我爸的拳，還是露比的唇。「我沒辦法啊，這你是知道的。」

「放屁。」雷恩插話。他的眼睛閃閃發亮，好像覺得這件事很有趣。「你就只是瘋狂地在迷戀露比而已。」

我喝了一口酒，閉上眼睛，沒做出任何回答。希里爾倒給我的東西好烈，吞下去之後，灼熱感一路從喉嚨延伸到胃。

「你是認真的嗎？你做出這些爛事的原因，只是因為你被露比迷得神魂顛倒？」希里爾震驚地問。

「所以他才會變那麼多啊。」雷恩說這句話的時候，不是看著我，而是看著卡蜜拉。他的手正慢慢地摸著她的頭髮。

「他超級巴結她的。前幾次的會議，你們應該自己來體驗看看。」卡蜜拉插話。她向我投以一個同情的目光。「還是你那樣做，只是為了讓自己可以重新回去打袋棍球？」

我把杯子拿到嘴邊，正要張口喝，聽到她那樣說，我停了下來。「你從哪裡知道這件事的？」

「派對開始前露比跟我們說的。」

我皺著眉頭看向雷恩，他繼續撫摸著卡蜜拉。所以他今天晚上才開始跟她搭上線嗎？為了打聽我的事情？

「我根本就沒變。」我的舌頭感覺好笨重，說這句話的時候，聲音好小，字也講得不太清楚。

「你當然有變。」阿里斯戴爾往我左邊的沙發坐下。他的金色頭髮亂七八糟，臉頰通紅。可能是已經幾杯黃湯下肚了，要不然就是剛才拖了某個男進雷恩客房，現在才剛出來。

「不好意思喔，我到底哪裡變了？」我盡量平靜地反駁，同時極力告訴自己，他們怎麼想我我都不在乎。

阿里斯戴爾舉起一隻手，開始一一列舉。「第一，你不再參加我們的派對了，就算來了，也在天亮以前就離開，以前那個詹姆士從來沒有這樣過。第二，空閒的時候，你自願跟活動組那些人一起度過——我沒有惡意，卡蜜拉，但活動組的人都只是想要汲汲營營往上爬，提昇自己的階層。」她伸出中指。「第三，我們的約定你突然完全不在乎了。」

「我不是來這裡聽你胡扯的。」

阿里斯戴爾揚起一邊的眉毛。「這不是胡扯，你自己也很清楚。」

「阿里斯戴爾說的沒錯。我們本來想要好好享受在學校的最後這一年，盡情的狂歡盡情的玩。」雷恩說。「這是原本的約定，活在當下，及時行樂。每一天，只要我們還在一起。但似乎你把當初鼓勵我們不顧一切的那個詹姆士遺忘在半路上了。」

我往後靠，又喝了一口，灼熱感現在幾乎令人難以忍受。他們話裡的真實刺穿了我，讓我的胃緊繃了起來。

他們說的沒錯。

原本的計畫是，把在學校的最後這一年變成人生中最美好的時光，好好享受跟朋友們在一起的時間。跟他們，這些如同我第二個家的人。我的計畫並不是對某個不管怎樣都不會有未來的人產生好感。

我到現在還是可以嘗到露比在我唇上的味道，感覺到她的手放在我身上的觸感。但這只是代表我還太過清醒而已。

露比給了我以前從來沒有擁有過的感受，讓我覺得，有她在我身邊，什麼都有可能。一個美好、驚悚的謊言。因為實際上，對我而言，沒有任何事情是可能的。我的人生怎麼走，已經被預先規定好了。而她的人生剛好相反。

也許這就是當初我會對露比著迷的原因。她掌握著自己的人生，我卻像個棋子一樣任人擺布。她像個人一樣活著，我卻只是個存在於這個世界上的軀殼。

我們不適合。

我好希望，在我吻她之前，就能明白這件事。

# 23

# 露比

跟某個人擁吻過後，要跟他說什麼呢？

在詹姆士之前，我唯一吻過的男生是雷恩。當時我就是忽略他，假裝什麼事都沒發生過。對詹姆士不可能這樣。星期天的大半時間我都躺在床上盯著他那件仍然擺在我書桌上的帽T。我很想傳個訊息或打電話給他，但除了我們可以再來一次嗎？和那對我們來說代表什麼？以外，我想不到還可以說什麼，而且我也不敢。尤其他和他父母昨天那麼突然地消失，連跟他道別的機會都沒有。

想到最後，我實在是覺得太心煩了，所以我決定轉移注意力，先開始檢討派對。除了一開始短暫的跳電以外，一切都有照著計畫走。今天早上我收到雷辛頓校長寄給我一封電子郵件，他在信裡稱讚我們活動組做得很好。我加上一些溫暖的話，把這封信轉寄給其他人。之後我拿起一本爺爺奶奶在我生日時送我的書，讀了前面幾章。在重要的地方做記號，貼上索引標籤總是能幫助我整理混亂的思緒。做筆記的時候，我用資料和論據填滿我的腦，努力不去想詹姆士如何緊緊捧住我的頸，他的嘴又是如何覆上我的。

不知道他是吻過多少女生才那麼厲害。

不知道如果他爸爸沒打斷我們，我們會進行到哪一步。

不知道我還會不會再有這樣吻他的機會。

好吧，也許看書還是沒辦法如我原本設想的那樣趕走回憶。但我不想要繼續被詹姆士弄得心神不寧，我也絕對不會因為他而失去理智。我的理智不會只因為詹姆士就消失。

雖然這真的很誇張，但這個下午，我幾乎把前半本書都看完了。晚上的時候我超累，筋疲力盡地躺上床睡覺。但我夢到的全是詹姆士，他深沉的雙眼，和他用沙啞的聲音，在我耳邊呢喃著我的名字，一次又一次，一次又一次。

隔天早上感覺就像我第一天去上學一樣，既興奮又緊張。公車在站牌處停下的時候，我的胃一陣翻攪。不知道看到詹姆士的時候會怎樣。他會走來跟我說話嗎？還是我應該過去找他？這樣會太唐突嗎？我們會裝作什麼事都沒發生嗎？還是我們從星期六開始關係就明顯更進一步？思緒一個接著一個出現在我腦裡，我很氣自己昨天為什麼不就直接打給他就好。這樣現在至少我會知道我們處在哪個階段，我又應該採取什麼樣的態度。我好討厭我自己這麼不安。

下了公車之後，我非常努力地調整我的制服。百摺裙的每個摺痕都必須在正確的位置，領帶不能歪掉。我肩上背著詹姆士送我的包包，它的重量給了我一股莫名的安全感，像是種證明，證明我跟詹姆士之間真的存在著些什麼。我用手指拂過掀蓋部分上的英文字母，同時抬頭看向麥斯頓．豪爾高中的巨大鐵門。

我做得到的。表現得跟平常一樣就好。一切都一如往常。我在心裡跟自己這麼說，然後抬頭挺胸，走進學校。

週會時到處都沒看到詹姆士。他的朋友們坐在最後一排，我從他們旁邊經過，正要繼續往前走的時候，聽到希里爾哼了一聲。我不知道那是不是針對我，但我肚子裡蔓延開一股不舒服的感覺。我轉身，他冷靜地看著我。我忽視他，繼續往前走。

我第一節是美術課。儘管我很努力，但就是沒辦法專心，腦裡想到的都是，等一下要去上數學課的那間教室，詹姆士現在就坐在裡面。中間下課的時候，我們很常在走廊上遇到，因為威克菲爾德老師幾乎每次都會晚下課。

下課鈴聲響起，我努力不要太快從椅子上站起來，但是根據阿里斯戴爾從教室另一端向我投以的目光判斷，我做得有點失敗。我開始往主建築物的方向走。越接近那間教室，我的心跳就越快。快要轉進走廊之前，我停下來調整我的黑色過膝長襪，讓它兩腿都在同樣的高度。然後我深吸一口氣，轉過轉角。

我在心理上是已經準備會遇到詹姆士了沒錯，但當我在走廊上發現他站在莉蒂雅旁邊時，心臟還是暫時停止跳動了一下。看到穿著學校制服的他，讓我同時覺得好陌生又好熟悉。我停了一下，試著讓自己冷靜下來，然後繼續往前走。我可以跟他們兩個打個招呼啊。只不過說聲哈囉而已，沒什麼奇怪的。我最不想要的就是情況變得奇怪。我只需要看看他的眼睛，就可以知道發生什麼事。我也會在他眼睛裡，找到星期天整天都在折磨我的那股緊張感嗎？

莉蒂雅先發現了我。她碰了碰詹姆士的手臂，動作小到幾乎無法察覺。詹姆士小聲地說了一些話，然後向她點點頭，接著走向我。本來只是微笑著的我，笑容不由自主地越來越燦爛。只要再幾步，他就來到我面前了，我開口，準備跟他打招呼，但……

……他從我旁邊走過去。

「嘿。」我聽到他在我背後這麼說。我轉過身，看到他在跟希里爾打招呼。他們閒聊了一下，詹姆士揮舞著手，希里爾笑了出來。之後他們兩個繼續往前走幾公尺，消失在他們接下來要上課的教室裡，完全沒有回頭看。

一股劇烈的疼痛感在我的胸腔蔓延。我用力地吞了口口水。我抬起頭看，除了我以外，走廊上只剩下莉蒂雅。有那麼一瞬間，她看起來好像想說些什麼，但後來她不發一語，轉身消失在一間教室裡。我沒有辦法邁出步伐，我動彈不得。

這天接下的時間我都是恍恍惚惚地度過。每堂課感覺起來都比之前更為漫長。我聽著老師說的話，但我沒聽懂，也沒吸收半點東西到腦裡。中午休息的時候，我真的就是沒辦法去學生餐廳吃飯。光是想到在那裡會看到詹姆士和他朋友，看到他重新回到他的世界，我的胃就一陣翻攪。所以我進去圖書館坐著，盯著窗外看。

我真的不知道我做錯什麼了。我沒有辦法解釋他為什麼會那樣。我想破了頭，但我沒做錯什麼。而且就算有，我也不應該遭受他這樣的對待。數學課上課時，我試著說服我自己，他只是沒看到我而已。但等到這堂課結束、我們又在走廊上遇到時，他又直接從我旁邊走過，連看都沒看我一眼。答案已經非常清楚了。

琳當然發現了有什麼事情不對勁，但我還沒跟她說我們接吻的事，現在也沒辦法說了。感覺就好像我的胸腔有一個開放性傷口，做任何事都會痛：呼吸的時候、活動的時候、說話的時候。

琳要獨自主持活動組的會議。我只是坐在她旁邊，在我的行事曆上亂畫。我發現之前用立可白塗掉詹姆士名字的那個位置。沒有人知道立可白下面是什麼，但我用手指拂過白色的痕跡，用力地吞了口口水。

我們的吻，不是我自己想像出來的幻覺啊。詹姆士喊我名字的方式。他看我的方式。他狂亂的觸碰。我們之間是有些什麼的。而且就算他因為某個原因決定把整件事定義為一個錯誤，那他可以直接跟我說啊。我是一個理性的人，我明白有些事情就是沒有辦法。他直接跟我說，雖然我也會痛，但還在我的承受範圍。

我不懂的是，他為什麼會做出那麼過分的事。待在會議裡、盯著他座位看的時間越長，我就越憤怒。這一切對他而言只是一場遊戲嗎？他想看看可以把我帶到哪裡？也許是他那些朋友們挑釁地問他做不做得到？還是他只是想把我玩弄於鼓掌之間，好讓我去跟雷辛頓校長講點他的好話？光是想到這些，我就好難受。過去幾個禮拜，我了解到的他，只是一個謊言？他一直都是我最一開始認識的那個詹姆士·布佛特？狡猾、陰險、傲慢？

我往窗外看，在一些距離以外的地方，可以看到球場上的袋棍球校隊。我的怒火不斷湧出，從裡到外把我吞沒。我的皮膚又冷又熱，我不自覺地咬緊牙齒，直到它們喀喀作響。我花了很大的力氣才不讓其他人在會議中發現我心中翻騰的混亂感受。會議結束後，我轉向琳。

「我可以先走嗎？我很不舒服。」

她若有所思地看著我，最後緩緩地點頭。「當然，剩下的我來處理。我們之後可以通個電話，如果妳想要的話。」聽起來是個不錯的提議，我感激地按按她的肩膀。

我直接離開團體室，沒跟其他人道別。我肩膀上的包包突然感覺不再是個朋友送的禮物，而是用來收買我的東西。我踏著沉重的腳步走出圖書館、往運動場方向走的時候，除了失望和惱怒以外，我的心思沒辦法集中在其他東西上。

我在這裡就已經可以聽見遠處球員的叫喊與狂吼。該死的袋棍球。

走到球場邊，我停了下來，雙手交叉在胸前，眼睛環顧四周，不久，我就發現了那件上面掛著白色十七號的寶藍色球衣。

「布佛特，你女朋友來了。」雷恩立刻大喊。即時因為他戴著頭盔，我看不到他在笑，但從他的語氣還是清楚聽得出來。

詹姆士轉過身，看到我站在場邊。我幾乎覺得他又要忽略我了，但他對我做了個手勢。

「你們繼續。」他對其他人喊，然後慢慢向我跑過來。來到我這裡之後，他看著我，這是今天的第一次——至少我是這麼覺得。因為頭盔的關係，我沒辦法看得很清楚。

「怎麼樣啊？」我的聲音因為憤怒而顫抖。這樣的我，連我自己都不認識。我一直以來都是很冷靜的，從來沒生氣到沒辦法控制自己。我什麼時候開始變成這樣了？到底是從什麼時候開始，我再也沒辦法像以前一樣，理性地面對事情？

自從詹姆士出現在我人生裡，這就是答案。自從認識他以後，我就變成這樣了。

他不發一語。我在等他表示點什麼，但他什麼動作都沒有。

「可以拜託你把那個東西拿下來嗎？」我一邊問，一邊指向他的頭盔。

他惱火地嘆了一口氣，但還是照著我的請求做。他滿頭都是汗，頭髮亂七八糟，滿臉通紅。他站在我正對面的此刻，我看到他嘴巴上有一個傷口，看起來好像跟人打過架。我小心翼翼地舉起手——不自覺地——撫摸他，但他往後縮。我把手握成拳頭，氣餒地放下。

「發生什麼事了？」我激動地問。

他看著我的時候，完全面無表情。「應該要發生什麼事？」

我很確定我的臉頰絕對有跟他的一樣紅，而這是因為他讓我極度不爽。「你表現得像個王八蛋，就是這件事。」

他皺起眉頭。「我有嗎？」

「不要裝出那個蠢樣子，告訴我，你為什麼直接對我無視。」我提出要求，聲音不大，但力道不減。

他又開始不發一語，只是盯著我看，彷彿這個對話讓他感到無聊透頂。我朝他走近一步。

「這一切是你計畫的一部分嗎？」我問他。「你對我好，只是因為你想再回來球隊嗎？」

他哼了一聲，聽起來幾乎像在笑，但突然間他再也承受不住我的目光，轉而看向地板。地板上，我們的鞋尖再差一點就會碰到彼此。

「如果需要我提醒你的話：你是在我讓你離開活動組之後吻我的，在那個時間點，真的沒有必要這樣做。」

他繼續沉默。

「為什麼你要這樣？」我問他，我好討厭我的聲音在顫抖。「是因為你爸爸嗎？他做了什麼嗎？」

詹姆士再度抬起頭，我的憤怒現在似乎反映在他的眼睛裡。「如果這樣你會比較好過，那就這樣解釋吧。」

聽完這句話，感覺像是他在我胸口打了一拳。「是你吻我的，不是我主動吻你。如果事後你會覺得那麼丟臉，那你可以不用這樣做。」

他額頭上的紋路變得更深了。「不用想那麼多。妳給了我一些東西，我很喜歡。故事結束。」

「你很喜歡——故事結束？」我簡直不敢相信。我無法相信站在我面前的這個人，跟我星期六在階梯上親吻的，真的是同一個人。是他的舌頭開啟我的唇，是他的觸碰讓我膝蓋發軟。

他只是聳了聳肩。

「天啊，詹姆士，你到底是怎麼了？」我搖著頭低聲說。

雖然我非常生氣，但我很疑惑他嘴上的傷是怎麼來的。他跟誰打架。我是不是可以做什麼事情來阻止。

「你可以直接跟我說那個吻是個錯誤就好啊。」我盡可能平靜地說。

「好，那我現在就這麼跟妳說。」他冷淡地回答。「認識妳是很開心的一件事，但真的是時候回到以前了。」

真不敢相信他現在是認真地在說這件事。這不是真的吧。有某件事情變得一團糟，但我已經無能為力了。感覺就像山崩，無法阻擋，把周遭所有的東西都一併拖了下去。

「你不需要因為朋友或父母跟你說了什麼，就故意破壞我們的友誼啊，你知道嗎？」

他露出微笑，但那比較像是輕蔑的表情，不能跟他過去幾週看我的方式相提並論。我快要認不出他是誰了。「妳拚命想控制所有妳周圍的人事物，改正妳在其他人身上找到的缺點——但這樣是不行的，露比。這跟我朋友或家人一點關係都沒有，是我自己想這麼做。」他把手攤開，放在護胸上。「可怕、邪惡、虛偽。妳應該要開始接受這個想法。」

憤怒消失了，取而代之的是絕望。跟我當時在派對上，一想到要跟詹姆士告別，就向我襲來的絕望感一模一樣。但現在感覺更劇烈、更痛。因為他的告別似乎已成定局。

我做出最後一次嘗試，舉起手，放在他的臉頰上，溫柔地用大拇指撫摸著他的皮膚。「你不可怕、不邪惡、也不虛偽。」

他發出一聲苦笑，搖搖頭。

「我不想失去你。」我鼓起所有剩餘的勇氣低聲說。

他把他的手放在我的手上，閉上眼睛，看起來幾乎就像這一刻讓他感到疼痛。他的手指溫柔地摸著我的手背，讓我全身酥麻。「根本就不屬於妳的東西，是沒有辦法失去的，露比．貝爾。」

他把我的手從他臉上移開。接著他睜開眼睛看著我，跟兩個月前的那個眼神一樣——冷酷、遙遠。我突然覺得自己像被掏空一樣。理解他說的話之後，一股冰冷的感受在我體內蔓延。

「布佛特！」雷恩從運動場的另一端喊。「你快錯過你這幾個禮拜以來的第一場訓練了，快來！」

他想轉身，這我可以從他身體的緊繃看出來。好像有一條隱形的線讓他和他朋友彼此相連。

「我們講完了嗎？其他人在等我。」他不帶任何感情地說，同時用大拇指越過肩膀往後方指了指。

我人生中從來沒有感覺那麼羞辱過。痛苦、絕望和憤怒混雜在一起，腎上腺素在我的身體裡流竄。我必須握緊拳頭，才不會想捶向他的胸口。我非常想這麼做，但他的態度是如此冷淡、執拗，所以我不想讓他稱心如意，在他朋友面前失控。

「對，我們講完了。」我盡力讓自己聽起來不那麼卑微。

我卑不卑微，詹姆士並不在乎。我話都還沒說完，他就轉身，走回他朋友身邊。他每走一步，我的自尊就消失一些，到最後，我幾乎連站都站不穩。

# 24

# 露比

綠色——重要！

藍綠色——學校

粉紅色——麥斯頓・豪爾活動委員會

紫色——家人

橘色——飲食和運動

如果要用顏色區分這個下午，看起來會像以下這樣：

紫色——在安柏那裡大哭一場

紫色——在媽媽那裡大哭一場

紫色——閃躲爸爸，別讓他問我太多問題

橘色——跟安柏一起去跑個步醒醒腦

綠色——把包包拿去還給詹姆士・布佛特，請他滾遠一點好棒的清單啊，我想。如果這張清單真的存在，那除了最後一項以外，其他項會都已經做完而被我劃掉了。

過去一個小時，我把毛巾纏在頭上，想寫封信給他。現在我依舊坐在這裡，周圍是一堆揉皺的紙，我想放棄寫信這件事了。我想寫些能表達出我的憤怒和失望的東西，但那些話寫在紙上突然看起來好不合理。我希望我在運動場上就把所有想說的跟他說了，但我當時太過震驚，反應沒辦法那麼快。

詹姆士在我生日時寫給我的卡片掛在我牆上的那塊釘板上。當時，上面的字句對我來說意義是多麼重大。我真的相信他是認真的。但現在，我覺得，我們之間發生過的一切事情，彷彿都是我想像出來的。彷彿我們通的那些電話、我們一起大笑的那些時光、我們的吻——一切都是出於荒誕的幻想。

忽然間，我再也辦法多看那張卡片一秒。我把它從釘板上拿下來，拿一支黑色的筆，寫下這一瞬間我覺得最合理的東西：

詹姆士，

去你的。

露比

我歪著頭端詳我的作品。我直接寫在他寫的內容下方，看著它、了解到我們真的來到這個時候了，我好痛苦。

「露比？」安柏往我房裡探頭。「爸做了晚飯，妳要吃嗎？」

我點點頭，沒辦法將視線從卡片上移開。

安柏走向我，越過我的肩膀往桌上看，然後嘆了口氣，摸摸我的手臂。接著她什麼話都沒說，就去把擺在我門後面的紙箱拿出來，幫我把包包放進去。我把卡片放在包包上、用膠帶封住紙箱的時候，心在淌血。

「我明天上學的時候可以拿去郵局。」她小聲地說。

有個似乎越變越大的東西哽住我的喉嚨。「謝謝。」安柏摟住我的時候，我沙啞地說。

安柏把紙箱拿去她房間，這樣我就不用再看到它。我很感謝她沒對詹姆士的球衣多說什麼，即使我非常清楚看到她的目光有短暫在上面停留。我捨不得把球衣一起放進紙箱裡，而我也不肯去想，我捨不得這件球衣，這意謂著什麼。

吃完晚飯之後，我躺在床上，盯著天花板看。我給自己這一個晚上的時間，來哀悼我跟詹姆士之間曾經有過的一段感情，哀悼我不知道為什麼會失去的朋友。

但就僅止於此。我對自己發誓，我還是我，我絕不讓任何事情、任何人影響我。從明天開始，一切又會像過去這兩年一樣。我會專心上課，去參加活動組的會議。我會跟琳去學生餐廳吃午飯。我會準備牛津大學的面試。

我會再度活在一個，詹姆士和學校裡的其他人都不知道我叫什麼名字的世界。

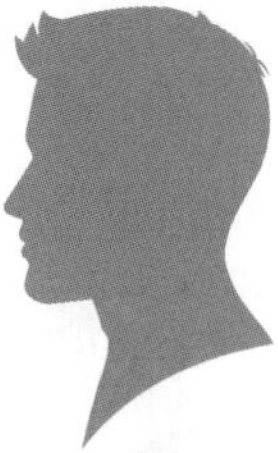

# 詹姆士

露比真的很會閃避我。為了不在任何地方遇到我，她彷彿把我的課表背得滾瓜爛熟。就算還是遇到了，她也是踏著堅定的步伐從我身旁走過，兩隻手緊緊抓住她綠色背包的背帶，看都不看我一眼。每次看到她，我都會想到那張折起來放在我錢包裡的卡片。有時候，當對露比的渴望又變得難以忍受，我就會把它拿出來。

就像現在。

到底什麼時候才會停止呢？我什麼時候可以想想其他事情，腦子裡不會都是露比？尤其現在絕對不是一個可以分心的時間點。星期四就要舉行「思維能力評估測驗」了。如果我想取得進牛津的機會，就一定要考個好成績。

但對於莉蒂雅和我過去這半個小時討論的東西，我一點都想不起來。我們把所有找得到的練習都印出來，攤在莉蒂雅的房間，一題一題地解，直到腦袋冒煙。莉蒂雅剛把一本她為了找答案翻閱的書蓋上，用手肘撐住身體。她趴在床上，雙腿彎曲，腳隨著小小的音樂聲擺動。她伸出手，我不發一語地把洋芋片的袋子遞給她，從一個多小時前開始，這包洋芋片就被我們輪流傳來傳去。

之後，我又用手指拂過露比那張卡片的邊緣。現在已經完全不鋒利了，角角都是折痕。我本來想把它插回去，但莉蒂雅匍匐著向我接近。

「那是什麼？」她突然問，在我來不及反應之前，就把卡片搶走。我想立刻拿回來，但莉蒂雅已經把它攤開，看我和露比寫的東西。她的眼神黯淡了下來。她抬起頭之後，我可以看出她眼睛裡有同情。

「詹姆士……」

我把卡片從她手裡搶過來，放回錢包裡，再把錢包放進褲子口袋。之後我重新打開莉蒂雅剛放到一旁的書，開始看了起來。然而不管我多麼專心，依舊沒辦法理解書裡在寫什麼。

到底為什麼我的心會跳得這麼快？為什麼我會覺得這麼心虛？

「詹姆士。」

我把目光從書中移開，抬頭往上看。「什麼？」

莉蒂雅盤腿而坐，開始把她的頭髮捲成一個凌亂的包包，再用髮圈高高地固定在頭上。

「這卡片是怎麼一回事？」

我聳聳肩。「沒什麼。」

莉蒂雅挑起一邊的眉毛，用意味深長的眼神看向我的褲子口袋，剛才我的錢包和卡片一起消失在那裡面。然後她又看向我，這次的眼神比較溫暖。「你跟露比發生什麼事了？」

我的肩膀瞬間僵硬。「我不知道妳在說什麼。」

莉蒂雅輕輕哼了一聲，然後搖搖頭。「我非常了解你現在是什麼感覺。」我們沉默了一會兒後，她說。「在我面前，你不需要假裝，彷彿你心情差並不是因為露比似的。我有長眼睛，詹姆士，你心情不好的時候，我都看得出來。」

我繼續盯著書看。莉蒂雅說的沒錯——我現在的狀態真的很慘。人生中的一切都是災難，而我沒有任何辦法可以阻止這個情況。

「讓我心情沉重的，」我說，「是我有一個糟糕透頂的家庭，想到自己的未來就覺得厭惡。」

我察覺到莉蒂雅同情的目光落在我身上，但我不能看她。我害怕我一看，就會失去僅剩的最後一點自制力，我不允許自己這樣。在這棟我爸到處都有眼線、我從來不曾真正感到安全的房子裡，不可以這樣。

「露比狀況也很不好。為什麼……」

「我只是替妳去監視露比，」我打斷她的話。「其他什麼都沒有。」這些話在我喉嚨裡嚓嚓作響，而且說出口時，聽起來也虛假到難以言喻。我沒辦法順暢呼吸，莉蒂雅的目光如此強烈，讓我的胸口越來越沉重。我的眼睛裡出現不尋常的灼熱感，我眨了眨眼睛，用力吞了口口水。

「噢，詹姆士。」她輕聲說，同時握住我冰冷的手，用她的大拇指摩擦著我的手背。我已經不記得上次我們這樣觸碰彼此是什麼時候了。我觀察了一會兒她纏繞著我的蒼白手指。不知道為什麼，她這個小小的舉動，讓我變得比較能夠呼吸。

「雖然知道跟某個人在一起，是唯一能讓生活變得不那麼難以忍受的方式，但又無法擁有他，我懂那種感覺。」莉蒂雅突然說，同時用力地握了一下我的手。「我剛認識葛拉罕的時候，馬上就知道我們之間是很特別的。」

我猛地抬起頭，莉蒂雅平靜地迎上我的目光。到目前為止，她完全不曾跟我說過有關薩頓老師的事，每次我嘗試想讓她說，都會被她猛力抵擋。但現在她竟然講出來，讓我知道我有多不會隱藏我的絕望，還有她一定真的替我感到很難過。儘管如此，我還是很感激她換了一個話題。

「你們到底是在哪裡認識的？是在學校嗎？」

她搖搖頭。有那麼一瞬間，她看起來好像在搜尋正確的字眼。我看得出來，講這個故事，需要先克服很多內心的障礙，畢竟這個祕密她守了那麼久。

「是在兩年多前，格雷格那件事發生過後沒多久。」莉蒂雅開始說。瞬間我開始滿肚子怒火。格雷格．弗萊徹當時有好幾月的時間都冒充是莉蒂雅的男朋友，雖然他實際上是一個地方報的編輯。他利用了莉蒂雅，傷透了她的心，只是為了想取得我們家族和公司的消息。

我把莉蒂雅的手握得更緊。「那時候我真的……」莉蒂雅繼續說。「對任何事都提不起勁。

我完全足不出戶。」

「我記得。」弗萊徹揭露祕辛的報導出來後，媒體就像一群鬣狗般朝我們家一擁而上。那段時間情況真的很糟，我們都必須找到應付的方式。我是古柯鹼和酒精，她則是極度沉默如無法穿透的牆。

「有一天晚上，我真的感覺絕望透頂。我非常需要跟人說話，但我沒有人可以講。那時我十五歲，被一名狗仔記者奪走童貞，因為我天真地以為，真的可能會有人對我感興趣，不只是對布佛特公司。當時我的狀態真的很可怕，我非常自責，不停問自己怎麼會那麼愚蠢。」

她停頓了一下，深吸一口氣。

「那個晚上，我在Tumblr開了一個匿名帳號。我就是想要把一切都宣洩出來，不用怕會導致什麼後果。我的第一則貼文是一堆混亂的話語。我只寫了我的感受，還有我很希望能變成另一個人。一天以後，我收到一封很親切的訊息。」

我目瞪口呆地看著她。「但不是薩頓老師寫的吧？」

她點頭。「內容不多，只是一些友好、有同理心的話語，但在當時那個情況下，那些話對我來說就是全世界。」她露出淺淺的微笑。「後來我們就開始定期寫東西給對方。我們談了所有能談的事情，吐露了以前從來沒跟別人說過的心事。他告訴我他在牛津的情況，還有沉重的競爭壓力讓他快要支撐不住。我則是跟他傾訴我破碎的心，和我對於未來的恐懼。我們互相為彼此打氣。當然我從來沒跟他提到我的真名，也不知道他叫什麼名字，但即使如此，我跟他分享的事情，感覺比我人生中所有其他東西都還要真實。」

「真的好誇張。」

她又點點頭。「我知道。」

「然後呢？」我問。

「半年以後，我們第一次通電話。整整講了五個鐘頭。晚上我的耳朵有一半的時間都在痛，因為我把話筒貼得太緊。那次之後，我們就常跟彼此說話。」

我還記得露比生日的那天晚上，我們也一樣講了超久的電話。我離開雷恩的派對回家，只是為了能繼續聽到她的聲音。

「我想起來了。所以那個時候妳才會那麼常把我趕出妳房間。」我微笑著說。「後來你們有見面嗎？」

「過了一年多，我才終於敢跟他見面。他大學畢業後，我們去喝咖啡。」

好難想像這一切都在我身邊發生。

「然後你們是從什麼時候開始……在一起的？」我問，同一時間，我發現自己聽起來像個六年級學生。

莉蒂雅臉紅了起來。「我們從來沒有真正在一起，但暑假時我們很常碰面。」她清了清喉嚨。「他拿到麥斯頓．豪爾的教職之後，他就結束了我們的關係。立刻。他說我們可以繼續當網友，像以前一樣，但不能更多。」她的眼睛裡出現可疑的光芒。「對我來說，這很ＯＫ啊，你知道嗎？跟徹底失去他比起來，這樣還是比較好的。當一學年快要過去，看來他沒有留任的機會時，我又重新燃起希望。一直到暑假過了一半時，他接到通知說有一個位子釋出了。我就又經歷一次同樣的心痛。只是這次他連在網路上也不想跟我有任何關係，他想把我徹底從他的人生中抹去，因為他說，這樣對我們彼此都好。」

我思考了一下她剛告訴我的事情。「那學期初那個是什麼？」我問。「露比看到你們在一起的那天。」

她用力嚥了口口水。「可以算是某一種形式的舊情復燃吧。」

我緩緩點頭。我知道薩頓老師對莉蒂雅來說不只是打發時間的消遣，所以她過去這幾個禮拜才會那麼痛苦，我稍微對薩頓老師發表一點意見的時候，她也才會那麼保護他。但我從來沒有預料到他們兩個的關係竟然已經持續兩年了，而且還這麼認真。

「再一年而已，之後你們也許就可以……」我自己也不知道我在建議她什麼。就算莉蒂雅不再去麥斯頓．豪爾讀書，跟前老師的關係也會徹底毀掉她的名譽，我可以想像爸媽會說什麼。

「我不笨好嗎，詹姆士。我知道葛拉罕和我是不可能的。」她把手抽走，伸過去拿洋芋片，好像她剛才沒跟我說她最大的秘密。她抓了一手洋芋片塞進嘴巴，淚眼矇矓地看著她的床單。

看到她這樣，讓我心好痛。我沒辦法幫到她，尤其讓我心痛。因為她說的沒錯：她跟薩頓老師是沒有未來的，就跟露比和我一樣。

「謝謝妳跟我說這些。」我最後說。

莉蒂雅把洋芋片吞下去，接著從她的水瓶裡喝了一大口水。「也許改天你也跟我說說露比的事啊。」

我胸口的沉重感剛才本來已經在她說話時慢慢消失，現在忽然又回來了。我忽視莉蒂雅探問的眼神，從一堆東西中抽出下一張練習卷。「沒什麼好說的。」

莉蒂雅輕聲的嘆息像從遠處滲入我的耳朵。紙上的習題和對露比的記憶模糊在一起。她來運動場上找我，還有我對她說的那些過分的話。一切事情就在我心裡不斷循環，直到我完全沒辦法繼續專心做練習，只是盯著牆壁看。

思維能力評估測驗進行得很順利。我家裡的所有人都認為我一定會通過，讓我不敢去想，如果結果不是這樣，會發生什麼事。

考完思維能力評估測驗的那個星期，有一場牛津大學申請者的讀書會，只剩最後幾場了。露比和琳坐在房間的另一端，跟過去幾天一樣不看我，但也不讓別人發現我們之間發生了一些事。在讀書會上，她也表現得跟往常一樣，用她犀利的論點征服了所有人，有一次甚至還讓菲莉帕助教啞口無言。

停止看她，對我來說是很困難的一件事。該死的難。她一開口，我的視線就離不開她的唇，迫切想吻她的感覺向我襲來。

在這些時候，我就在腦中叫出我爸的影像，讓自己去回想他打在我臉頰上的手背，還有打完後幾天，依舊在下巴抽動的疼痛。那已經不是他第一次打我了。雖然不常發生，但已經夠多次了——尤其他認為我沒有遵守家族規矩的時候。

露比不符合他的期待。這件事讓我很痛苦，但我必須接受。不管我有多想，我都沒有辦法脫離我的原生家庭。我會進牛津大學念書，我會繼承布佛特的家業。

「現在我們來看一下第二個問題。詹姆士，你要跟我們分享你的想法嗎？」菲莉帕突然問。我不知道她剛剛說了什麼，我唯一聽懂的是我的名字。

「還是不要好了。」我一邊回答，一邊把身體往後靠。老實說，我只想回家。再更老實一點，我只想要露比，但我沒辦法。

她坐在這裡，不看我，對我來說如同酷刑。她是唯一能讓我有動力的人。現在除了袋棍球以外，我沒有任何眷戀。目前我的生活，感覺什麼事都沒有意義，連和朋友們一起開派對，都沒辦法讓我忘卻這件事。畢業的腳步越來越近，我不知道要怎麼阻止這一切，我不知道要怎麼做才能讓我覺得自己的存在不是那麼可無可有。

「如果你被邀請去參加面試，那你聽到每個問題，就都要給得出答案。」菲莉帕強調地說，同時做出一個鼓勵的手勢。

我稍微把紙舉高，這樣比較看得清楚用斜體印刷的文章。

在什麼情況下，原諒是錯誤的？

我看著這個問題。十秒。再十秒，一直到我的沉默讓現場氣氛變得有點尷尬，有人清了清喉嚨。一陣寒意爬上我的手臂，再繼續往後到我的背。我的手裡拿著的紙變得越來越重，必須要放回桌上。我覺得自己好像吞了水泥一樣，但我嘴裡什麼東西都沒有。只有我功能不全的舌頭，說不出任何話。

「一般來說，原諒發生在一個帶有傷害性的行為之後，」露比的聲音突然響起。「但一個人原諒了某個人加諸在他身上的傷痛，並不代表傷痛就此消失。只要還感覺得到痛苦，原諒就是錯誤的。」

我抬起頭。露比面無表情地看著我，我好想向她伸出手。我們之間只隔了幾公尺，但這段距離卻感覺如此難以跨越，讓我難以呼吸。

振作起來啊，布佛特。

「如果太輕易原諒別人，他們就會覺得自己可以做任何事。因此，受害者的憤怒，就是對於做壞事、極度渴望被原諒的那個人的懲罰。」琳補充。

沒錯，露比的憤怒就像我應得的懲罰。儘管如此，我還是希望她不要把這學年剩下的時間都用來恨我。她應該要開心自己快要可以在牛津實現她的夢想。

如果有人理應得到這個機會，那個人是她。

「原諒永遠不會是錯誤的，」我小聲地反駁。露比懾人的綠色眼睛裡，有某個東西亮了起來。「原諒是崇高與力量的象徵。如果一個人年復一年沉溺在憤怒裡，讓自己一蹶不振，那麼，這個人就也沒有比加害者好到哪裡去。」

露比輕蔑地哼了一聲。「這種話只有不斷對別人做壞事的人才講得出來。」

「不是有一句話說『原諒但不遺忘』嗎？」阿里斯戴爾環顧了全場，凱許和雷恩發出同意的咕噥聲。「我們可以原諒某個人的行為，但這不代表之前發生的事就因此從世界上消失。如果想要讓一件事情告一段落，原諒是必須的。遺忘要花比較久的時間，又或者根本不會發生。但沒關係，原諒會幫助一個人放下過去的事往前走。」

坐在我右邊的莉蒂雅坐直身體。「你那樣講，好像原諒不費吹灰之力就能做到，只有遺忘才真的會讓人覺得辛苦。但對於別人施加於我們身上的事情，我們不應該完全原諒。如果真的很過分，那就不能這樣放開。」

「我也這麼覺得。」露比附和。「一個人如果太快原諒，就代表他沒有認真對待自己，草率地漠視自己的傷痛，這是一種自毀的行為。認清什麼時候必須放手需要時間，如果一個人只是把原諒當成放手的方法，那這時的原諒就是錯誤的。」

「也許原諒可以分成健康的原諒和不健康的原諒兩種。」莉蒂雅插話，露比點頭。「不健康的原諒速度太快，可能過不久又會再度讓別人用糟糕的方式對待自己。但健康的原諒只會在經過成熟的思考後才會發生，在這種情況下，一個人會考慮到自己，不會再一次讓自己遭受不好的對待。」

「但是，原諒不能跟和解相提並論。」坐在莉蒂雅旁邊的雷恩說。我稍微往前傾看他。他的雙手交叉在腦後，椅子坐得很後面。「如果原諒最一開始的意義是釋放憤怒，那麼它就比較是針對受害者，不是做壞事的人。受害者可以自己決定要依照哪些標準來原諒。」

「可是也有一些行為是不可原諒的。」凱許小聲地說。所有人都轉過去看他，他把手臂交叉，好像他想說的就只有這句話。

「你可以再多闡述一點嗎，凱許？」菲莉帕友善地問。

「我指的是謀殺之類的事情——如果受害者家屬不原諒，我覺得是完全沒問題的。我的意思是，為什麼他們應該要原諒？」

我的頸部一陣發麻。我悄悄看向露比。我們的視線交會，我頸部的發麻感更加強烈。我們之間隔著兩張桌子和整個房間，但我想越過這個距離，捧住她的臉，再吻她一次。

「但這又跟每個人的道德觀有關了。什麼樣的事會被看作不可原諒，每個人的門檻都不一樣，有的高有的低。」莉蒂雅說。

凱許又回答了一些東西，但我已經沒在聽了。這一秒，在露比的眼神裡，我可以明確看出她的道德門檻在哪裡。我跟她說的那些話，對她而言是不可原諒的。她的嘴巴抿成一條剛硬的線，眼睛下方有黑眼圈，一定是因為我。她永遠不會原諒我。而即使我之前就很清楚我們兩個沒有未來，但直到這一刻我才意識到這代表著什麼。我永遠不會再有機會觸碰她。永遠不會再跟她說話。跟她一起笑。吻她。

這讓我內心深處為之一震。就像一個深不見底的黑洞在我腳下打開，我墜落，墜落，墜落。

我用盡全力讓自己平緩地深呼吸，其他人的討論聲從我耳邊呼嘯而過。就像其他所有事情一樣。

# 25

# 露比

以前我很喜歡做夢。在我的夢裡，不可能的事情變得可能。我會飛，有時候甚至還會施展魔法，去牛津，還有以大使身分周遊世界。我的夢大多都很生動鮮明，而且讓我覺得好逼真，所以隔天，我會非常有動力地去上學，投入比百分之百還要多的努力。

現在我則是很厭惡我的夢。大部分夢境的主角都是詹姆士，我真的不想要再這樣繼續下去。我會在夜半時分醒過來——不是因為作惡夢，而是因為雙腿之間的顫動。我夢到他緊緊抱住我、吻我。我夢到他為了讓我閉嘴，又向我獻出他的身體。這次他在解襯衫扣子的時候，我沒有阻止他。我夢到他帶我進入一個我還停留在他人生裡的世界。

今天早上我醒來的時候，臉頰一樣發燙著，被子夾在雙腿之間。我一邊呻吟，一邊轉成平躺姿勢，把一隻手臂放在眼睛上。不能再這樣繼續下去了。總有一天我必須要把詹姆士趕出我的潛意識，不然我會瘋掉。如果我的夢境每個晚上都讓我知道我們之間還可能發生這些事情，我要怎麼忘記他？

我揉揉眼睛，伸手去拿擺在床頭櫃上的手機。快六點了，我的鬧鐘十分鐘後就會響。我疲憊地從床上坐起來，點進我的電子信箱看。從昨晚到現在，我收到八封信。我一封一封慢慢往下滑，想看看有沒有什麼重要的東西。

我看到最後一封信的寄件人時，迅速從床上彈起來，速度快到讓我頭暈了一下。

我的收件匣裡，有一封牛津大學聖希爾達學院的來信。

我屏住呼吸，點開信。

親愛的露比：

很高興能邀請您前來牛津大學聖希爾達學院參加面試。恭喜您通過第一階段的遴選程序。

信後面還寫了什麼，我已經看不進去了。我高分貝的尖叫聲劃破整間房子。安柏跑進我房間，我跳下床，好不容易維持身體的平衡。我把手機拿到鼻子前，同時開始上上下下地跳。

「我的天啊！」她大叫，然後抓住我的手，跟我一起繞著圈跳。「我的天啊，露比！」

接著我用超快的速度跑下樓梯，快到差點跌了個狗吃屎。爸爸已經推著他的輪椅來到走廊上，媽媽瞪大眼睛從廚房走出來。我隆重地舉起手機。「我被邀請去參加面試了。」

媽用雙手摀住嘴巴，爸則是發出歡呼聲。安柏用手臂環住我的臀部，把我按往她的側身。

「我好替妳開心！但我不想要妳搬走。」

「我只是被邀請去面試而已，並不表示我被錄取了，而且牛津離這裡也才不到兩小時車程。」我興奮到無法靜靜地站著。我多年來遙不可及的夢想，現在朝我靠近了一大步，差一點點就能碰到它。突然間，一切感覺起來都不再那麼虛幻。我全身都充滿能量，感覺酥酥麻麻。

「我們都知道妳會征服面試的。」爸爸說。聽到他的用詞，安柏和我都忍不住笑了出來。「他們一定會錄取妳的。」

我笑得合不攏嘴，嘴角都開始痛了，但我停不下來，我已經很久沒有為一件事那麼開心了。

「我好替妳驕傲，寶貝。」媽在我頭頂親了一下，然後緊緊抱住我。等她放開我之後，我向爸彎下腰，他也給了我一個擁抱。

「所以現在是什麼意思？」我站直身體後，他問。

我把信的內容看完，這次有看到最後。「這裡寫，我應該要在下星期天晚上八點抵達，面試是在星期一和星期二舉行，星期三上午離開牛津。」

「在牛津待四天，」媽媽搖著頭低聲說。「我就知道他們會邀請妳。」

我又滿臉笑容地看著她。「這裡寫，我會有免費的住宿和伙食。」

「那我們真的是幫妳挑對大學了。」爸爸說，他的眼睛閃爍著快樂的光芒。

「我已經知道妳要穿什麼了。」安柏抓住我的手，拉著我往樓梯走。

「我去牛津要穿的衣服暑假時就已經確定了。」其實甚至還比暑假更早，我在Pinterest的牛津風圖版已經開了一年多了，安柏和我持續會把不錯的靈感釘上去。我向爸媽揮揮手，然後安柏就拖著我往上走。在樓梯上我還聽到爸媽：

「牛津。」媽媽低聲說。

「牛津。」爸爸一樣低聲地回答。

他們聽起來好開心。我真的非常希望能通過思維能力評估測驗，面試也能有好表現。我想繼續讓他們驕傲，想成為他們高興的理由。只要我的家人快樂，那我也快樂。

我讓安柏把我拖進我房間的衣櫃前。她把衣服一件一件拿出來放在床上，我則是在一旁填寫大學的回函表格，跟他們確定我會去參加面試。接著我傳了一張邀請信的截圖給琳，緊張地等著她回覆。

我還是沒辦法相信這件事。

即使只有四天：但我要去牛津了。

我們星期天晚上抵達牛津的時候，天色已經一片漆黑。儘管如此，爸媽、安柏和我還是決定在校園散個步。聖希爾達學院位在高街東側盡頭，我們沿著查韋爾河走，在路燈的照射下，閃耀著粼粼波光。然後我們穿過許多雄偉的建築物。雖然門牆上的灰色石頭已經風化，看起來仍然沒有破敗的感覺，相反地，白色窗框的半圓形窗戶，加上有欄杆的小露台，讓這些建築物散發出不可思議的迷人歷史感，總有一天，我一定要了解一切。

聖希爾達學院美得令人屏息。我推著爸走過鋪石路面，媽和安柏走在我們旁邊，這個畫面讓我覺得簡直就像在童話裡。我從上星期開始就一直掛在臉上的笑容，變得更燦爛了。

「明年妳就會坐在那裡。」爸突然說，同時用手指向我們左手邊的草坪。「讀著專業論文，坐在格紋毛毯上。」

「你的想像好具體喔，爸。」我笑著說。

除了聖希爾達學院很美以外，這所大學讓我很喜歡的地方還有它著名的多樣性、集體意識以及學生彼此之間的有禮互動。這個地方歡迎每一個人，無論來自哪個國家、哪個社會階層。經歷過麥斯頓·豪爾之後，這些是我需要的。我想要自在地生活，不想要總是躲躲藏藏。我沒辦法想像接下來四年的時間是在極度保守的學院度過，比如說像貝列爾學院。

此外，聖希爾達的學院徽章上還有獨角獸。

「真不敢相信我真的在這裡。」我輕聲說。「我真的好幸運。」

安柏用舌頭發出嘖嘖聲。「這不是幸運。這是妳非常努力爭取來的。」

她說的沒錯。但即使如此，一想到接下來幾天在等著我的面試，還是讓我難受了起來。今天晚上還要再緊急準備一下，把課間做的筆記看過一遍。雖然內容我早就已經都很熟了，但我知道再看過一遍之後我的感覺會比較好。

去門房那裡領了我接下來幾天要住的房間鑰匙、忍痛向家人道別以後，我拿著我的小旅行袋踏進宿舍。裡頭沒什麼特別的——藍色地毯、空蕩蕩的白色牆壁——但當我爬上通往二樓的階梯時，肚子裡還是一陣酥麻。也許這棟建築物很快就會是我的新家了。

我的房間位在走廊左側的前端。我拿出鑰匙，正想把它插進鑰匙孔裡時，聽到背後有人踏上走廊。我微笑著轉過頭去。

我臉上的笑容消失了。

這個我以為是這裡的學生的人，頂著一頭被風吹亂的金紅色頭髮，身穿一件剪裁合身的黑色大衣。

是詹姆士。

「你是想耍我吧。」我氣急敗壞地說。

他的驚訝程度看起來跟我不相上下。他的眼神變得陰沉起來，看了看他手中的鑰匙。他拖著他的小行李箱走了三大步，來到我對面的那間房間。

我覺得命運在跟我開一個很大的玩笑。

他什麼話都沒說，打開門，走進他房間。他陰鬱的目光又一次短暫地落在我身上，之後他關上門，把我一個人留在走廊上。

過去幾個星期我都把自己控制得很好。雖然很痛，但我忽視他，並且表現得彷彿整件事已經過去，沒留下一點痕跡。我不想讓他稱心如意，不想讓他看到我有多憤怒、多受傷。還有多想念。然而現在我發覺怒火又在我心中沸騰。我很想走進他房間，想把所有過去幾個星期積在我心裡的話，當著他的面告訴他。

但其實我知道已經沒什麼好說的了。他就是他，只是曾經在我這裡短暫停留。很難相信詹姆士竟然有可能變得像是我的一個朋友——或者甚至比朋友還要更多。

我不能讓自己因為他也在這裡就感到不安。我有我的目標，我不會讓它從我眼前溜走。也許我應該把他在這裡的這件事當成另一個在前往牛津的路上必須克服的挑戰。只要詹姆士不來妨礙我，那我就也可以接受他住在我對面。我會像在學校裡一樣：假裝他不存在。

下定決心之後，我打開房門走進去。房間裡東西很少，一張小木頭書桌、一個白色衣櫃和一張簡單的床。從這裡看出去可以看到宿舍的內院，正中央有棵巨大的樹。我走近窗戶，想仔細看一下。紅褐色的葉子灑落在地上，整片草坪滿滿都是。草地邊緣豎立著路燈和長椅，一條小路圍繞在外。我像爸一樣——想像幾個月以後，我就會坐在那裡，身旁擺著一疊書，腦裡充滿學習到的新知識。在這座完美的校園。

即使詹姆士的事依舊讓我很痛苦，但突然間卻似乎也沒那麼嚴重了。我會沒事的。

# 26 露比

隔天早上醒來時，有那麼一段時間，我對於上方空蕩蕩的白色天花板感到惱怒。翻身的時候，床墊的感覺也好奇怪。而且這裡聞起來也跟我房間完全不同。

你在牛津。

我猛然從床上坐起來，向周圍看了一下，然後發出小小的尖叫聲。我從床頭櫃上把手機拿過來，稍微看一下訊息。爸媽提醒我要好好吃早餐，因為他們知道我極度緊張的時候有時會沒什麼食慾。安柏幫我找了一句激勵人心的名言，我很想直接把它抄進我的行事曆。基朗祝我好運，說他相信我一定做得到。最後一則訊息是琳傳來的。她拍了一張她在聖約翰學院房間的照片，房間看起來跟我的沒什麼太大差別。我回傳給她說，我很期待今天晚上在酒吧看到她——秘書處之前用E-Mail寄給我們的活動，並且祝她面試一切順利。

之後我起床，慢慢開始準備。在化妝、套上衣服的時候，我的雙手因為興奮而顫抖。幾個月以前，我就已經挑出這件琥珀色的燈芯絨裙子和繡著淡雅花朵的白色襯衫，把它們掛在櫃子裡，專門為了今天。另外，我還帶了我的酒紅色小包包，戴著安柏送我的編織皮繩手環。

手環雖然跟身上的其他部分不搭，但襯衫的袖子很長，所以幾乎看不太到。而且一戴上它，我就感覺我妹妹和家人的一部分陪在我身邊。

在吃早餐的大廳裡，第一眼就可以看出誰是已經在這裡念書的學生、誰只是來參加面試。大學生會直接走向發食物的地方、開心地笑著、和彼此聊天。我強烈地希望，一年以後，我也能像他們現在這樣。想拿咖啡的時候，不用因為找不到咖啡機，在大廳裡繞了兩圈；想跟朋友們坐在同一張桌子，聊聊周末過得怎麼樣；我還想給來參加面試的高中生一個鼓勵的微笑，希望這樣他們感覺會好一點。

昨天晚上，這裡的一切感覺起來還很不真實，現在牛津似乎已經成為現實。我偷聽旁邊兩個女生在聊他們的一堂討論課，完全沒注意到他們已經發現我在偷聽。我迅速低下頭，盯著我的土司看。我之前已經咬了幾口，現在胃好難受。

我的行事曆上寫著，吃完早餐後，我要前往交誼廳。打開交誼廳的門之後，我很驚訝這一個小小的房間會那麼吵。之後我看到裡面不只有申請者，另外還有高年級的學生。他們懶洋洋地靠在破破舊舊的沙發上大聲聊天，明顯是想讓這裡的氣氛放鬆。

我在一張沙發旁找到一張空椅子，坐了下去。一個跟我一樣年紀的男生坐在旁邊，大腿上放著一本書，還有一疊小卡。他對我微笑，但在我看來卻比較像是做了一個怪表情。他看起來跟我的感覺一樣緊張。我同樣用顫抖的手指拿出我的筆記，開始看最後一次。

突然間，我感覺頸間一股酥麻感，接著蔓延到整個上半身。我抬起頭，看向交誼廳入口。

下一秒，我希望自己沒做這件事。詹姆士站在那裡，雙手插在褲子口袋，表情讓人猜不透他在想什麼。

拜託不要看到我，不要看到我，不要看到我……

他發現我坐在椅子上。他的眼神慢慢在我臉上游移，再到我身上穿的衣服，最後停在我手裡的小卡。他的嘴角微微揚起，但之後，彷彿他在告誡自己不可以笑一樣，又變回那個冷酷的表情。他環顧了一下交誼廳，顯然是在找空椅子。

「露比．貝爾？」一個陌生的聲音響起。一個高年級學生從沙發上站起來。他超級高，絕對有超過一百九十公分，頂著一頭抹了油的棕色捲髮，稍微往後梳，臉上掛著閃耀的潔白笑容。他是剛剛試著放鬆現場氣氛的人之一，這讓他瞬間讓我覺得很討人喜歡。

「是我。」我用嘶啞的聲音說，同時挺直身體。我的手又冰又濕。我在裙擺上擦一擦，讓手暖和起來，之後跟他握手才不會那麼尷尬。我把小卡放回包包裡，站起來，準備走去門口。他在那裡等我。

經過詹姆士的時候，我抬高下巴，堅決忽視他。但他抓住我的手。他溫暖的手指溫柔地碰著我的指節，大拇指輕輕摸著那裡敏感的皮膚。

「祝妳好運。」他低聲說。然後他放開我的手，走向我剛剛離開的椅子。

我花了一點時間才讓自己回過神。我的心跳好快，而且這次跟我的緊張無關。

剛才叫我名字的那個男生對我露出微笑，向我揮揮手。「嗨，我是裘德．謝林頓。我帶妳去面試。」他一邊解釋，一邊往走廊方向點點頭。我頭也不回地離開交誼廳。幾分鐘之後，緊要關頭就要來了。幾分鐘之後，就會決定我未來會不會在這所大學念書。

我摸了摸詹姆士大拇指在我指節上摩擦的地方。我應該要專心，但整趟前往教授辦公室的路上，我都沒辦法忘記他手指碰著我皮膚的感受。

我非常想站起身來回跑一跑，擺脫緊張的感覺，但裘德還在，而且每隔幾分鐘就會對我笑一笑。他剛剛帶著我穿過無數條迷宮般的走廊，現在他不發一語地靠在牆上，我則是坐在辦公室對面的一張椅子上，等著門打開。每一秒隨時都有可能。

我吐了一口氣，聲音別人是聽得到的。

「緊張嗎？」裘德問。

這是什麼問題。「超級。你那個時候會緊張嗎？」

「大概像這樣。」他舉起一隻手，讓它誇張地顫抖。他那麼坦誠，讓我覺得很可愛。

「但是你做到了。」

「是的。」他臉上露出鼓勵人的笑容。「沒那麼困難啦，妳可以的。」

我點頭、聳肩、搖頭——全部動作一起。裘德笑了出來，我對他做一個鬼臉。這時門打開了，一個女生從教授辦公室走出來。她臉頰泛紅，嘴唇蒼白。顯然我不是唯一一個被緊張感吞噬的人。可惜我沒機會問她進行得如何，因為她沒說一句話就消失了。辦公室的門再度關上，我疑惑地看向裘德，他像剛才一樣，臉上掛著安撫人心的微笑。

「不用擔心，妳該進去的時候，她會通知你。」

就這樣，等待又開始了。感覺光是在這裡坐那麼久，就已經把我的所有興奮感都消耗完了。又過了五分鐘，我的左腳開始發麻。我悄悄地動一動，想消除那股發麻的感受，我的短靴裡好像有螞蟻在跳舞。我又甩了甩我的腳——就在這個時候，門吱吱嘎嘎地打開了。教授的身影映入我眼簾，我忽然僵住，腳懸在空中，呈現奇怪的角度。

「露比，請進。」她的聲音很舒服、很平靜，就像一張防火毯，鋪在我緊繃的神經上。我站起來，抬頭挺胸。我還聽到裘德在我身後說了「祝你成功」，但我已經沒有餘力再跟他說謝謝。教授幫我撐著辦公室的門，裡面就是舉行面試的地方。我們一起走進去的時候，她向我介紹她的名字叫普魯登斯。

辦公室差不多跟家裡的客廳一樣大，但因為裡面擺了很多東西，所以還是顯得很舒服。家具看起來很典雅，彷彿從創校以來就都擺在這裡，空氣中瀰漫著舊書的氣味。牆邊放著好幾個書架，書本交錯堆放在裡面。另一位女老師坐在位於辦公室另一側的一張書桌旁，忙著寫筆記，普魯登斯教授帶我穿過整間辦公室，來到一張桌子旁之後，那位女老師才抬起頭。我又撫平了一下裙子，之後筆直地坐下。兩位老師在桌子的另一邊坐下，打開筆記本，接著往後靠。

我的心臟感覺快要從嘴巴跳出來，但我努力讓自己看起來很有把握，不被她們發現我很緊張。我深信我可以克服這個面試。我準備好了，事前能做的一切準備我都做了。

我深吸一口氣，再慢慢吐氣。

「我們很高興妳能接受邀請前來參加面試，露比。」第二位老師開始說話。「我是艾達．延森，我跟普魯登斯一起在聖希爾達學院教政治。」跟普魯登斯教授一樣，她的聲音也有讓我平靜下來的效果。我很納悶這兩位教授除了是全英國最聰明的人以外，怎麼會還擁有讓人在這種情況下冷靜下來的天賦。

「非常感謝你們的邀請。」我回答，然後清了清喉嚨。我的聲音聽起來好像剛才吞了什麼黏黏的東西，到現在還卡在喉嚨上。

「我們馬上開始第一個問題。」普魯登斯教授繼續說。「為什麼妳想進牛津大學念書呢？」

我目瞪口呆地盯著她看。我沒有預料到會有這題。在許多關於面試的報導裡，我都只讀到，第一個問題會直接跟某個專業領域的主題相關。我完全壓抑不住——笑容在我臉上漾開。然後我開始說話。說了全部。我說我從小就對政治很有興趣，七年級的時候，我就知道我想進牛津大學讀書；我說我爸爸在我十二歲生日時幫我訂了《旁觀者》（*Spectator*）和《新政治家雜誌》（*New Statesman*），還跟我一起在電視上看了好幾個小時的國會辯論。我說我對於規劃事情和辯論很有熱情，還有我希望讓事情變好。我不過度諂媚，但我強調，牛津對我來說是最好的大學，在這裡我可以學到所有達成目標需要的東西。

說完之後，我幾乎快喘不過氣，也沒辦法說她們是否滿意我的答案。因為我本來就沒有預計她們會跟我擊掌之類的，所以這樣的反應對我來說是可以接受的。之後她們還問了兩個問題，這次就真的跟政治領域有關。我努力提出好的論點，並且不被她們的問題動搖立場。全程不超過十五分鐘，然後面試就結束了。

「非常感謝。」我說，但艾達已經埋頭在寫筆記，沒聽到我說話。普魯登斯帶我走到門口，道別時還對我笑了笑。我也對她笑了一下，然後往外走。門在我身後關上，我瞬間覺得筋疲力盡。

門對面的椅子上坐著一個男生，就是剛才在交誼廳對我笑的那個。我還記得嘴唇蒼白的那個女生，在我來不及跟她說話之前就消失了。如果當時她可以對我說一下鼓勵的話，我會很高興，但我現在可以理解為什麼她會那麼迅速地逃走。腎上腺素慢慢退掉的現在，我只想走出這棟建築物去呼吸新鮮空氣。但即使如此，我還是決定跟那個男生真誠地說一句：「你做得到的，祝你好運。」然後才離開這個地方，努力找到回宿舍的路。

# 27 露比

這天剩下的時間，我都在逛校園。我外帶了一杯咖啡，散步過四處延展的綠地，還走進去幾幢建築物裡看一看。學習指南說，哲學、政治學和經濟學都在這幾棟上課。可以走在這些真正的大學生之間，讓我好興奮。我陷在思緒裡，沒注意到我直接跟著他們走進了上課的階梯大教室。似乎沒人在注意我，所以我小心翼翼坐到最後一排，聽了一堂一個半小時關於康德著作的課。

這是我人生中最棒的一個半小時。

晚上所有牛津大學的申請者都要一起去「草皮酒吧」，一間非常著名的酒吧，奧斯卡．王爾德、湯瑪士．哈代、伊莉莎白．泰勒、柴契爾夫人等名人或者電影哈利波特的演員都光顧過。我太早抵達行程表上指定的集合地點，但我不是唯一一個。一些我今天早上在交誼廳就看過的人，已經三三兩兩聚集在這裡。裘德也是，他帶著燦爛的笑容跟我打招呼，立刻開始詢問我的面試情況。所有人都到齊之後，我們就一起散步過去。酒吧大約距離聖希爾達學院不遠。途中我們走過瑪格德林橋，橋下方的查韋爾河映著日落，閃耀著橘紅色波光。之後我們經過一座鹿園，幾隻小鹿聽到我們的聲音，便好奇地動了動耳朵、抬起頭看。跟其他大多數人一樣，我也伸出手摸其中一隻小鹿。但牠們大概沒那麼溫馴，突然間，所有鹿都轉頭從草地上跑開。

剩下的路程，我們都在古老建築物之間穿梭，有些路窄到只能兩個人並肩走。天色漸漸暗了下來。如果我是單獨一個人，我不敢走這些巷子，但裘德走在我旁邊，跟我分享他的學業，讓我不會一直去想可怕的事情。我全神貫注地聽著。所有我今天在這裡看到的東西，還有他剛告訴我的事情，都讓我想在這裡念書的渴望變得更加強烈。我人生中除了牛津以外，還沒有這麼想得到過某樣東西。現在讓我預先體驗到了在這裡的感覺，如果後來沒成功，對我來說會是很大的打擊。我承受得了嗎？我不知道。更何況，我也沒有替代方案。

眼前的路變寬了。路燈的光線灑落，人們的交談聲和音樂聲傳進我的耳朵。幾分鐘後，我們來到的這個地方滿滿都是人，大部分看起來都是大學生，他們一邊聊天一邊喝啤酒。

我們這群人穿過他們，來到草皮酒吧。酒吧所在的這棟建築物看起來很古老。深色的樑斜穿過白色的灰泥正面牆壁。屋頂有一點歪斜，有些地方長滿青苔，變成綠色。酒吧前擺著座椅，上方撐著洋傘，一些人舒服地坐在那裡。天氣好冷，我都可以看到我呼出來的氣息在空氣中結成霧，可以理解為什麼大部分坐在那裡的人都戴著帽子、裹著厚大衣和毛毯。

酒吧名字的字樣下方掛著五彩繽紛的燈泡串，正下方就是入口。門是深綠色的，一些角落的漆已經脫落。裘德幫我撐著門，我踏進酒吧。

酒吧裡頭的氛圍很接近中古世紀。天花板很低，牆壁由粗略鑿刻的粗糙岩石所構成。牆上掛著小提燈，桌子上方則是有著盤子形狀燈罩的燈。我們被帶著穿過一條狹窄的走道，前往更底部、遠離吵雜主空間的區域。

裘德走在我前面大約兩公尺，除了他的背以外，其他什麼都看不太到。

但之後，我聽到了。我非常熟悉的笑聲。

裘德走到一張我們預訂的桌子旁，把椅子拉到一邊。其他人也陸陸續續找座位坐下來，但我站在原地，目瞪口呆地看著圍著我們隔壁桌子的那群人。那裡坐著雷恩、阿里斯戴爾、希里爾、卡蜜拉、凱許、莉蒂雅和……詹姆士。

那個今天早上祝我好運、撫摸著我指節的詹姆士。

那個一看到我，就停住原本打算喝啤酒的動作，瞬間往右轉向希里爾，彷彿什麼事都沒發生的詹姆士。

我用力地吞了口口水。

我不知道為什麼在這裡看到他和他那群朋友會讓我覺得這麼意外。畢竟我知道他們有申請牛津大學，今天晚上來這家酒吧，也是所有受邀參加面試的人應該要出席的活動。但即使如此，這還是降低了我的亢奮感，我不得不認清，牛津並不會如同我今天在腦海裡想像的那麼美好，它不會是一個全然的新開始，我必須要忍受再看到他們其中一些人。

前提當然是我有被錄取啦。

「露比！」

我突然轉身，看到琳張開雙臂朝我跑過來。她的臉頰被外面冰冷的空氣凍得發紅，脖子上圍著一條厚厚的灰色圍巾，遮住了她一半的臉。下一秒，她用力地抱住我，而我用手臂圈住她的力道也至少跟她不相上下。

「告訴我所有事情。」我們鬆開彼此之後，我興奮地說。

「你們坐嘛。」裘德插話進來，同時指了指他對面的長凳。琳先坐下，我迅速脫下大衣後，也跟著她坐了下去。不知怎麼地，我就是有辦法不再往詹姆士那個方向看。

「這裡好酷。」我們坐下、服務生送來飲料單和菜單之後，琳這麼說。「幾乎就像來到另一個時空。」

「對啊，我覺得真的看得出來這件酒吧很有歷史。」我附和她剛才說的。「但是現在快說！妳傳的簡訊讓人看了不知道是什麼意思。面試順利嗎？」

「妳先說！」琳回答。於是我簡短地跟她說了一下我早上的面試。

「兩個面試老師完全就是一張撲克臉——我根本沒辦法判斷他們覺得我講的內容好還是不好。可能他們覺得很困惑吧，因為我聽到第一個問題時忍不住露出笑容。」我說。

「至少他們沒有用很兇的表情看著妳。我的一個面試老師長著連心眉，他又緊緊皺著眉頭，讓我真的好幾次講話講到一半頓住。我好高興已經結束了。」她嘆氣，不高興地用一隻手撐住下巴。「真的表現得很不好。」

「但妳還有另一個面試啊。」我鼓勵她說，同時按了按她的手臂。「妳可以的。」

「我還有兩個勒，不只一個。經濟和哲學的面試是分開的。妳這個幸運的人。」

「那妳就還有兩次證明自己的機會啊。這樣很好，相信我。」

「我當時面試的時候，被問說可不可以把滾到沙發底下的原子筆撿起來。」裘德突然加入我們的對話。

「什麼？」琳問。

「我馬上想說那是不是已經是面試的一部分，然後就開始用學術的角度去探討那個問題，建構出我的答案，」他露出大大的笑容。「但最後發現，他們真的只是想要我把原子筆撿起來。」

琳和我開始大笑。

之後來了一位服務生幫我們點東西。裘德跟我們說，來到草皮酒吧，一定至少要喝一次這裡的啤酒，所以琳和我就點了啤酒，另外還點了一些手拿食物。等待食物的過程中，我告訴琳我今天下午做了什麼事，還有我偷偷潛進去聽的那堂課。除此之外，我們也利用機會向裘德提出一個又一個的問題，像是他的討論課、老師、同學和在牛津的生活。

過了一會兒，服務生送來我們的飲料。這是我第一次點啤酒喝。我有史以來唯一喝過的酒，是雷恩那時候塞進我手裡的那個甜甜的東西。這次我們乾杯的時候，我知道自己在做什麼。這是我自己的決定。我自願喝它，因為這是這次體驗的一部分。去做某件長時間都禁止做的事情，感覺自己像個大人了，好興奮。

我舉起杯子，喝下第一口，然後馬上就反感地皺起臉。「這味道喝起來好可怕。」我說。

裘德和琳放聲大笑，我用真心擔憂的眼神來回看著他們。「為什麼你們會自願喝這個？」

「妳以前沒喝過啤酒嗎？」裘德問。

我點頭。「也絕對會是我的最後一次。」

「那只是妳現在在講的而已。」裘德抖動著眉毛說，琳點點頭。「就跟咖啡一樣。小時候覺得咖啡超級噁心，但年紀越大，就覺得越好喝。」她指了指我的嘴巴。「然後啤酒沫沾到妳的嘴巴上了。」

我驚嚇地用手背去擦。「我一直都很喜歡咖啡。但這個……這個喝起來……就像在舔樹皮。」

琳和裘德兩個人都噗哧了一聲。

「別告訴我，妳是怎麼知道樹皮舔起來是什麼味道。」

我用誇張的方式把啤酒推到桌子中央。「喏，你們請便。我去拿杯可樂。」

我滑下長凳，擠過兩張桌子之間的縫隙，沿著狹窄的走道走去吧台。這裡已經比剛才更擁擠了，顯然草皮酒吧並不是只有學生會來，對觀光客來說也是個熱門去處。我等了快要十分鐘才成功跟酒保點到東西，他把可樂推過長台給我。我微笑著跟他說謝謝，然後轉身。

就在這個時候，我發現莉蒂雅正匆忙地在人群間開出一條通往廁所的路，似乎沒看到我。她的臉頰毫無血色，而且她舉起手推開前方擋到路的男人時，我注意到她的手在顫抖。我困惑地看著她，直到她消失在廁所的門後面。

可能她喝太多了。但都還不到八點。我搖搖頭，走回我的桌子，裘德、琳還有一些其他一起來的人，正熱烈地聊著天。我加入對話，期間喝了幾口我的可樂。我一直偷看莉蒂雅之前坐的那個位子，但她還是沒有從廁所回來。如果仔細去想，她看起來狀況真的不太好。

我小心地觀察她的朋友。詹姆士和雷恩似乎在討論某件事情，卡蜜拉幾乎快坐到凱許的大腿上，在他的耳邊低語，讓他露出微笑。坐在他們兩個對面的阿里斯戴爾把半杯啤酒一口乾掉。他的眼神非常不高興，眉頭緊緊皺在一起。雖然他有回答雷恩剛才問他的問題，但他的視線還是沒離開直接在他面前調情的凱許和卡蜜拉。凱許隱瞞他跟阿里斯戴爾之間的事情，不讓他朋友知道，已經讓我覺得夠過分了，現在竟然還在他面前跟一個女生搞來搞去，我對他這個人的觀感已經低到不能再低。

他們似乎沒人發現莉蒂雅沒有回來。我猶豫了一下，之後跟就琳說我要離開一會兒，站起身。過去這一小時之內，這裡的酒精含量明顯增加許多，這從酒吧的客人身上可以看得出來。他們交談的聲音變得好大，幾乎快蓋過音樂，而且我從他們旁邊擠過去的時候，很少有人會自動讓路。終於抵達酒吧另一端的時候，我鬆了一口氣。我小心地走進女廁，裡面有很多小隔間，除了其中一間之外，其他都是開著的。

門後方響起一陣小聲的吸鼻子的聲音。之後……很大的乾嘔聲。

我小心翼翼敲敲門，發現門沒有鎖，它開了一小縫，但我不敢用力推開。「莉蒂雅？」

「拜託讓我一個人靜一靜。」她用嘶啞的聲音說。

我想起那個派對結束後的星期一，她中午休息時間跑來跟我坐在一起，向我道歉。她那時候對我很好，單純地就是對我好。現在我有機會可以回報她。「有什麼我可以幫妳的嗎？」我低聲問。

她沒回答，只是開始乾嘔，接著我聽到一陣有點噁心的劈啪聲。我迅速走到洗手台，抽出幾張衛生紙，在水龍頭底下沾濕。然後我小聲地清了清喉嚨，把衛生紙從門底下遞進去給莉蒂雅。「這裡。」

衛生紙從我手裡消失。

我維持蹲著的姿勢不動，不確定我該做什麼。我不想在這種情況下留下莉蒂雅一個人，但我也不知道可以怎麼幫她。

這時響起馬桶沖水的聲音，緊接著門就開了一個縫，我看到一小部分莉蒂雅的臉。這真的很不公平：雖然眼睛很腫、臉頰上有紅紅的斑點，她看起還是好漂亮。我在她臉上看到好多她哥哥的痕跡。

但在這個情況下我完全沒在想詹姆士。

「可以幫妳拿杯水或什麼的嗎？」

「不用，我沒事，我只是需要幾分鐘讓牆壁停止旋轉。」她往後靠，讓牆壁抵住背，然後她閉上眼睛，頭往後仰。

「妳喝太多了嗎？」我問。

莉蒂雅微微地搖頭，幅度小到幾乎無法察覺。「我什麼都沒喝。」她低聲說。

「妳不舒服嗎？」我繼續試。「這裡一定有晚上還開著的藥局，如果妳沒有比較好。」

莉蒂雅沒回答我。

「還是……」我遲疑地繼續說。「是緊張？因為明天要面試？」

現在莉蒂雅又看向我，她的表情既有被逗樂的感覺，又有極度的悲傷。「不是，」她說。

「我沒在緊張。我的兩場面試都在今天，而且都很順利。」

「這樣太好了啊。」我小心地說。然而莉蒂雅看起來對於這件事情並不是特別開心，相反地，她的眼睛裡突然又開始閃爍著新的淚水。「為什麼妳不開心呢？」

她聳了聳肩，把一隻手放在她肚子上。「不管我面試進行得怎麼樣，我都不會在這裡念書。」

「為什麼不會？妳不想讀牛津嗎？」

莉蒂雅吞了一口口水。「想啊，其實。」

「那問題在哪裡？如果面試很順利，那妳一定可以的。」

「我不是這個意思。我就是覺得，我……沒辦法在這裡念書。」

我不懂。「為什麼？」我困惑地問。

她沒回答，只是低下頭，看著放在她肚子上的手。她的手開始慢慢地在她襯衫上移動——或者更明確地說，是襯衫下方的東西：一個微微的隆起。

在一般情況下，我不會多想什麼。每個人坐著的時候，肚子上都會有隆起。但是大多數人不會去摸，而且看的時候，臉上也不會漾著慈愛的表情，就像莉蒂雅現在一樣。

我忽然懂了。我深吸一口氣。「妳真的什麼都沒喝。」我低聲說。

她緩緩搖頭。一滴眼淚滑落她的臉頰。「已經好幾個月沒喝了。」

我想起在雷恩家的派對，她先跟詹姆士說想喝酒，但詹姆士幫她拿來之後，她並沒有接下。當然我也想到她跟薩頓老師被我看到的那天。有團東西哽住我的喉嚨。

「寶寶的爸爸是……」我不敢把句子講完，但其實也不需要。莉蒂雅懂我在問什麼，她點了一下頭。

「我不知道要說什麼。」我坦誠地說。

「我也不知道該說什麼。」她用手拂過濕潤的眼角。

「幾個月了？」我低聲說。

莉蒂雅溫柔地摸著她的肚子。「十二週了。」

「有人知道？」我繼續問。

「沒有人。」

「連詹姆士也不知道？」

她搖頭。「不知道。而且也別讓他知道。」

「為什麼妳會跟我說？」

「因為妳一直問個不停啊，」她立刻說。接著她嘆了口氣。「而且詹姆士信任妳，除了妳以外，他不信任任何人。」

我緊閉雙唇，努力不要去想這意謂著什麼。「在不久的將來，要藏就沒有那麼容易了。」我一邊說，一邊指向她的肚子。

「我知道。」她的話聽起來好沮喪、好難過，一陣同情的感覺向我襲來。

「如果妳想，妳可以跟我說說話。接下來的幾個星期、幾個月，也都可以。」

莉蒂雅用懷疑的表情看著我。「為什麼我要這麼做？」

我小心地輕拍她的手臂。「我真的是認真的，莉蒂雅。這是一件大事。我可以理解妳不想跟任何人談，但是……」我看向她的肚子。「妳懷著一個寶寶耶。」

她跟著我的目光往下看。「聽到這句話的感覺好奇怪。我的意思是，我知道我懷著一個寶寶，但到目前為止還沒有人這麼大聲地說出來，所以感覺起來也就好像沒那麼真實。」

我懂她的意思。事情一旦說出口，就給了它發展、成真的空間。

「需要我帶妳回家嗎？」過了一會兒後我問。

莉蒂雅猶豫了一下，沉默地看著我幾秒鐘。然後她點點頭，對我露出謹慎的微笑——今天晚上的第一次。我不知道她是不是真的信任我，如果不是，也許未來就會改變。我知道她人生中最重大的兩個秘密，而且我絕對不會洩漏出去。我不會背叛莉蒂雅。我可以想像她在這個艱難的時刻會需要一個能讓她依靠的朋友。

我站起身，向她伸出手，把她扶起來。

「妳知道我幾分鐘前還趴在馬桶上吐吧？」她問。

我皺起鼻子。「感謝提醒。」我回答，但沒把手收回來。

莉蒂雅微笑著回握我的手。

# 28 露比

面試真的是太可怕了。一方面是因為我整個晚上有一半的時間都醒著，躺在床上反覆想著莉蒂雅的情況；另一方面是，我根本就搞不懂那兩位面試的老師想幹嘛。一開始他們開了一些我不懂的玩笑，後來終於開始了之後，他們並不滿意我的回答。我被問說辦公室裡有幾個人，我說這不能明確斷定，畢竟我可能是在作夢，或兩位老師只存在於我的腦中。這是我們跟菲莉杷一起做過的其中一道題，但他們根本就不喜歡我的解法。教哲學的那位老師把它稱作「假聰明」，要求我仔細去思考、弄清楚它為什麼是錯誤的。然後他請我給他一個合乎邏輯的答案，我羞愧地說：「三個。」

後來我就變得非常不安，每個問題都要想三次才會開口說話。真的是一場災難。過了半小時，面試結束之後，我的腦裡整個亂哄哄。

我機械式地跟兩位老師禮貌道別，然後離開辦公室。到了外面之後，我發現我頭好暈，必須要靠著牆壁才不會失去平衡。

我的視線落在下一位面試者身上。

當然是詹姆士。

我真的快要瘋了。他每次總是會在我情緒盪到谷底時出現，親眼見證我的慘況。他正在跟一個帶他來這裡的女大學生聊天——或者更精確地說，是那個女生自己在跟他說話，他盯著他的鞋尖看。直到老師把門在我身後關上，他才抬起頭。

他看起來非常迷人。他穿著一件黑色褲子、一件深綠色襯衫，突顯出他肩膀和上半身的線條。我好討厭褲子和襯衫都這麼適合他，也好討厭他即使穿得這麼正式，看起來還是不會像個市儈俗氣的人。其實他的所有事情我都討厭。

尤其是他讓我心碎的方式。每當他看著我，我過去幾個星期成功壓抑住的痛苦感受又會回來。我的心臟劇烈跳動，口乾舌燥，一股不舒服的感覺在胃裡蔓延。還有那股悲哀的渴望。那股想要走向他、拉住他的手，想碰碰他，感受他溫熱肌膚的強烈衝動。我也想像他昨天對我做的那樣祝他好運，但我就是沒辦法對他說些什麼話。只要一開口，我的聲音就會變，尤其現在，我本來就剛好快要哭了。

詹姆士突然站起身，朝我前進了一步。在他開口說話之前，我把目光移開，沿著走廊快速走掉。

這一天接下來的時間就像口香糖般延展。面試結束後，我本來想回房間躲進被窩，但途中被一些申請者攔住，他們想跟兩個牛津大學高年級的學生一起參觀校園。雖然昨天我已經看過很多了，但經過剛才可怕的面試之後，我不確定我會不會再有來聖希爾達的機會，所以我決定加入他們。聽別人介紹我可能根本不會來念書的美麗校園，真的好辛酸，但是兩位高年級的學生非常努力地在導覽，所以我決定接下來都要專心聽他們講話，不要去想那些讓人不開心的事情。

聖希爾達是牛津大學最早創立的學院之一，一開始是女子學院，直到九年前才開放男性就讀。我已經知道希爾達學院以其開放的風氣聞名，但我們在校園裡散步、在建築物間穿梭的過程中，我清楚感覺到這並不僅是空話。學生之間會互相打招呼，就連圖書館裡埋首於書堆中、看起來壓力超大的那些人，也都願意花點時間回答我們的問題。在這裡生活的感受，似乎跟在麥斯頓．豪爾完全相反。這裡不會把人分成富裕和貧窮、酷和不酷、有價值和沒價值——在這裡，每個人都一樣。

一想到我可能真的把事情搞砸了，心中就浮現一股悲傷的感受。

琳中午的時候傳了一則訊息給我，問我面試怎麼樣，但我沒辦法回他。我爸媽或安柏傳來的訊息也是一樣。我對我自己很失望，必須先在心裡把情緒處理好，才能去面對他們。我非常清楚他們會有什麼反應：完全諒解這個情況、表達他們還是很愛我、窩心地安慰我。這些我目前就是沒辦法承受。

夜晚剛開始不久，我們回到交誼廳。我真的已經準備要躲回房間了，但還有最後一個活動要參加——跟裘德以及一些其他牛津大學的學生碰面。我們對學業和在牛津的生活有任何問題，他們都願意幫我們解答。我竭盡全力找回我的正能量，但就是做不到。所以我占了一張椅子，把雙腿盤在身體下，決定只坐在這裡聽就好。

交誼廳漸漸滿了起來。不知何時詹姆士也出現了，他是跟那個今天上午帶他去面試、陪他等在辦公室門口的女學生一起來的。他們兩個在聊天，而我的視線沒辦法從他身上移開，不管我多努力。

我從來都不懂為什麼會叫「心」痛，現在又更不懂了。我看到詹姆士的時候，不只有心會痛，是全身都在痛。呼吸也變得好困難。應該要叫全身呼吸道阻塞痛才對。這樣聽起來浪漫程度少很多，我認為比較合適。

我終於能夠把目光轉開的時候，詹姆士發現我坐在這張椅子上。我們的視線只極為短暫地交錯了一下，但即使如此，我的皮膚還是開始顫動。

我太沮喪、太累了，完全無力抵抗。

「好的，各位！」裘德拍了拍手，開始說話。「都到齊了嗎？那我們就可以開始了。後面還有位子。」他一邊說，一邊微微指著我的方向。我們大多數人都舒服地坐在長沙發和單人沙發上，我旁邊還有幾張空椅子，上面放著花朵圖案的坐墊。我用眼角餘光看到詹姆士和另外兩個男生往我這裡走過來。我小心翼翼地往旁邊看，詹姆士深邃的雙眼對上我。

我稍微往沙發右邊挪了一點。他怎麼想我我都沒差，我就是不想坐得離他太近。其實我連跟他待在同一個空間都不想。我胸腔裡的疼痛感已經夠嚴重了。

「你們什麼事都可以問。」麗茲解釋。「學校的事、私人生活、工作目標。」

「真的任何事嗎？」一個坐在詹姆士左手邊的男生說。

「你可以問任何事，但回不回答，決定權還是在我們手上。」裘德向他眨了眨眼，一些人低聲笑了起來。

「好，誰先開始？」那個帶詹姆士來的女學生問。她有一頭黑色頭髮和深色皮膚，真的好美。我覺得她沒有化妝，但她的臉還是帶著淡淡的紅潤感。我想問她是怎麼辦到的，但我怕這對現在這個問答時間來說不是個正確的問題。

「這裡的學業到底有多累？你們有私人生活嗎？」一個我現在才第一次見到的女生問。

裘德、麗茲和那位漂亮的女學生互看了一下，然後裘德用手勢示意讓麗茲先回答。

「這裡的學業當然比其他大學的強度更強，尤其如果剛好你又住校、需要先適應新生活的話，但是是有足夠的時間讓你做自己的事情的。」

一陣低語聲在交誼廳傳開。大部分人似乎都對著答案感到很放心。

「下一題！」裘德說，期待地看著大家。

「每個人都在說的那件事是真的嗎？跟貝列爾學院比起來，這裡就像個笑話？」

我用力轉頭過去看詹姆士。他看著前方那三個學生坐的地方，真的對他們的回答很感興趣，他們不知所措地回看。

「科系是一樣的，」裘德遲疑地開始說，眉頭微皺。「但因為我是在這裡念書，不是那裡，所以我沒辦法評斷這件事。我只能跟你說聖希爾達學院的情況。」

「說聲『是』其實就夠了。」

我震驚地看著詹姆士。我不敢相信他剛才說了那句話。而且還是用那個一定是從他爸那學來的可怕語氣，在我內心深處引起一連串憤怒反應。

隨著時間一分一秒過去，我想開口的衝動逐漸增加，我的防護罩一點一滴瓦解。

不要這麼做，不要這麼做，不要這麼做……

我把我的理智拋在一邊。

「這很明顯啊。」我脫口而出。

詹姆士緩緩轉向我。「什麼很明顯？」

「聖希爾達學院配不上你，因為你爸爸以前不是在這個學院念書。」我努力讓聲音保持平靜，但我辦不到。經過這糟糕的一天，又看到他做出那樣的行為，我辦不到。

詹姆士的眼睛裡閃爍著類似痛苦的東西。「不是這樣的。」他說。

聽到他說這個謊，我過去幾個星期用盡全力壓抑的怒火突然爆發。我無法再多忍耐一秒，話就是這樣從我嘴裡吼了出來，毫無保留。「什麼東西不是這樣的？聖希爾達學院配不上你，就像我也配不上你，因為這不是你爸媽希望的？他們想要你做什麼你就照做，從來不曾想過你自己想要什麼？你這個膽小鬼！」

突然間，交誼廳一片死寂。我呼吸困難，胸口劇烈起伏，而且我發現，我的眼睛後方開始一陣刺痛。

噢不。不。

我不會讓自己現在開始在這所有人面前哭，再讓自己更丟臉的，雖然我剛才已經很丟臉了。

我猛地站起來，離開交誼廳，什麼話都沒再多說。我沿著走廊一直走到樓梯，我聽到後方有跟我一樣快的腳步聲。我一次踏兩階，到樓上之後，轉進走廊。詹姆士緊跟在我後面。他超過我，在我面前停下來，讓我無法繼續前進。

「不是這樣的。」他氣喘吁吁地說。他滿臉通紅，頭髮亂七八糟。每次看到他，都會讓我覺得我的身體以一種不合理的方式和他的結合在一起。他越往我靠近，想觸碰的衝動就越強烈，不管我有多生他的氣。怎麼會這樣呢。我怎麼還是這麼想要他，即使他讓我這麼痛？

「什麼東西不是這樣的？」我說不太出話，因為心中累積太多情緒。

他眼裡的痛苦讓我感到非常意外。「妳配不上我這件事。」

有那麼一段時間，我茫然地看著他。然後我雙手握拳，緊緊地，讓指甲都陷進皮膚。「真是他媽的荒謬。」我壓低聲音說。

他又往我走近一步。「露比……」

「不要！」我打斷他的話。「你不可以這樣。你不可以跟我分手，在你所有朋友面前羞辱我，然後再來摸我的手，在我耳邊對我說『祝你好運』。你已經清清楚楚的讓我知道，你不想要我存在於你那超級棒的人生當中。」

「不是……我……」

他先跟在我後面跑，然後現在講不出一個完整的句子。我很想抓住他的肩膀搖晃他的身體。「不是你？」我的聲音充滿了嘲諷意味。

「很抱歉我做出那樣的行為。對不起，露比。但是我……就是沒辦法。這是不行的。」

我把雙手舉高。「你到底來這裡幹嘛？你為什麼要跟我說話？」

「因為我……」他又自己講不下去。他皺起眉頭，好像他自己也不知道答案是什麼。然後他重新開口，但又再閉上。看起來像他其實有些話要說，但又阻止自己說出口。

「你不知道你來找我要做什麼。你不知道你人生想要什麼。我覺得你根本什麼事情都不知道。」

他的臉變得更紅了。現在他的姿勢是我的倒影——僵硬的肩膀、握緊的拳頭。我還沒有看過他這個樣子，而且我可以感受到他散發出來的熱氣。

「我清楚知道我要什麼。」剛才的吞吞吐吐消失了，他突然聽起來很果斷。

「那你為什麼不去爭取？」

「因為我的意願從來都不重要。」

我最後僅剩的一點自制力在聽到他說這句話之後徹底瓦解。

「對我來說重要啊！你的意願對我來說一直都很重要。」我大喊，同時用雙手捶向他的胸口。

詹姆士迅速抓住我的手，把我的手緊緊按在他的胸口。

我們呼吸。急促、猛烈。我可以感覺到他在我手指底下轟隆隆的心跳。他心跳得好快。因為我。因為我們之間，因為這幾個月以來在我們之間滋長的東西。

我們同時開始動作。詹姆士把我猛力拉向他，我往他身上跳。我們碰到彼此的嘴。我憤怒地將雙手探進他的髮間拉扯；他緊緊抓住我的大腿，手指陷進我的皮膚。我咬住他的下唇，因為我好生氣。他發出低沉的呻吟聲，一隻手滑向我的臀部，另一隻手沿著我的背往上，停在我的頸間。所有那幾週我竭盡全力忽視他、和我的感受對抗的記憶，向龍捲風般向我襲來。

我們的吻是爭吵的延續，一場把我的憤怒轉換成另一種東西的衝突，讓我發出從來沒出現過的聲音，一股聽起來幾乎像是在啜泣的絕望呻吟。我的舌頭在他的下唇游移，品嘗著他的味道。

下一秒，詹姆士捧住我的頸子，深情、真摯地吻我。現在他的吻突然感覺像是一種道歉。我可以從他顫抖的手指感覺到他想做這件事已經有多久，他又是花了多少力氣才成功阻止自己這樣做。他吻我的方式像是想淹沒在我的身體裡，混合了渴求、絕望、厭惡和那之間的所有感受，讓我快要瘋掉（失去理智），但同時又是這幾個禮拜以來，第一次感覺到自己確實活著。我不懂怎麼可能會這樣。我不懂怎麼人怎麼可以跟一個其實想要恨的人做這件事。

詹姆士捧住我的腰，把我舉高，踉踉蹌蹌地摟著我穿過走廊，我們的嘴唇沒有分開過一秒。我的背碰地一聲撞到詹姆士的房門，深吸一口氣。我生氣地用手指抓他的頸子，詹姆士在我口中呻吟，把自己按向我。他硬挺的身體是唯一能防止我掉到地上的東西。他的手從我的腰滑向大腿，然後就不見了，緊接著就聽到鑰匙碰撞的聲音。下一秒，他又把我抱緊，我身後的門開了。詹姆士抱著我越過門檻，用踢的把門關上。關門的聲響我只是順帶聽到而已，似乎沒有任何其他事情比眼前這件事更重要。在這一刻，世界上只剩下他和我和引導著我們的感受。這一次不會有任何人來打斷我們。沒有任何人會來破壞存在於我們之間的東西。

唯獨我們有權決定接下來會發生什麼事。

我的動作溫柔了下來，但熱情依舊。往前走幾步之後是床，詹姆士往下倒，他把一隻手臂挪到我的背底下緩衝碰撞的力道，同時把自己壓向我。一切是那麼的完美，我發出呻吟，兩腿纏住他的臀。

他的嘴在我臉上的每一吋肌膚游移。他吻過我的臉頰、我的嘴角、我的鼻尖。他的嘴唇滑過我的下巴。我抱住他的肩膀，閉上眼睛。他吸吮我頸間、他的嘴唇按在我跳動速度越來越快的脈搏上時，我視線模糊。

「露比……」他低聲喊著我的名字，就像一個多月前，我們在學校階梯上接吻的那個晚上一樣。回憶突然兇猛地向我襲來，還有伴隨而來的絕望和痛苦。我沒辦法抑制住我眼裡的灼熱感。熱騰騰的淚水盈繞在我的眼裡，然後滑下我的臉。

詹姆士忽然愣住。他稍微拉開一點距離，用沉重的眼神看著我。放大的瞳孔和通紅的臉頰，讓他看起來好像嗑了藥。他溫柔地撫摸我的臉，然後又輕輕地在我耳邊喊了我的名字。

我用一隻手臂遮住臉，這樣他就看不到我的眼淚，但詹姆士抓住我的手，小心翼翼地把它拉起來，讓他和我的手指相扣，然後放在我頭旁邊的床上。他用另一隻手把我一縷滑落的髮絲從額頭上撥開。接著他用食指緩緩拂過我眼睛下方敏感的皮膚，拭去那裡的淚水。

「對不起。」他在我太陽穴旁低聲說，然後在我的髮際親了一下。

他沒有停止愛憐地撫摸我的臉。他的雙臂像是我們兩個專屬的港灣。我抬頭的時候，看到他的下唇很腫，明顯看得出來哪裡被我咬過，我好有罪惡感。我輕柔的摸著他泛紅的皮膚，詹姆士閉上眼睛。我觸碰他的下巴，用手指拂過他皺起的眉毛、臉頰上的雀斑。雀斑冬天的時候顏色變得好淡，要很近才看得出來。

「真的很對不起。」他輕聲說，而且聲音聽起來隨時都會開始哽咽。

「這樣對我來說不夠。」我一樣輕聲地回他。

他往前靠，用他發燙的額頭抵住我的。「我也不夠。」

有那麼一段時間，我們維持著這個姿勢不動。他壓在我身上的重量感覺好舒服，我的手臂纏繞在他的背上，手指抓住他的襯衫，緊緊抱住他，享受靠他那麼近的感覺。我可以感覺到他的心跳，跟我自己的一樣快速、狂亂。

然後這一切都不會改變我們之間發生過的事，不會改變他當面對我說過的話、他當時對待我的方式。我忘不了。尤其如果除了一個低聲的道歉以外，他沒給我其他東西。我想要一個解釋，而且我也覺得我應該要得到一個解釋。

「這樣沒辦法繼續下去喔，詹姆士。」

他微笑。他的嘴角只有極小幅度的上揚，但還是被我清楚看到了。除此之外，他的身體不再那麼緊繃，額頭上皺起的紋路撫平，身上的一切似乎都柔軟了下來。

「你笑什麼？」

他稍微往後仰，然後看向我。「妳已經很久沒叫我的名字了，再聽到的感覺很好。」

我邊搖頭，邊捧住他的臉，往前傾，慎重地吻了他。能做這件事，感覺就像一場夢，我本來已經覺得永遠不會再有機會了。他的嘴型完美地貼合我的。感覺就是很對，像一塊拼圖被放到正確的位置上。詹姆士的手從我的臉游移到我的脖子和我的肩。他撫摸我的側身，最後摟住我的腰的時候，一股熾熱的酥麻感從我的脊椎往下竄。他的身體在我上方顫動。我想要從我們剛剛停下來的地方繼續往下進行，但在不知道我們停在哪裡之前，我不能這麼做。

詹姆士似乎察覺到了，小心地離我遠一點。「那時在運動場上……我跟妳說，妳無法失去不屬於妳的東西。」

想起他說的話，讓我心裡一股刺痛。我想把目光移開，但做不到。此刻我感受到的情緒，有太多都反映在詹姆士的眼睛裡。

「那是謊話。自從你把我的錢往我頭上丟之後，我就已經屬於妳了，露比·貝爾。」

# 29 詹姆士

聽到我這樣說，她瞪大了眼睛。我拉著她，從她身上翻下來，讓我們兩個側躺在床上，可以看得見彼此。我把手放在她的腰上撫摸。我很想把她全身都摸遍，馬上，永遠。我好想她，對她的思念讓我差點無法活下去，而此刻感覺就像這幾個禮拜以來第一次吸得到空氣。

但我現在不能再犯錯。我不會再因為我無法克服自己的心魔，告訴她我發生了什麼事，而冒著失去她的風險。為什麼我會這樣、我是怎樣、我又是為什麼會做出讓我們兩個都這麼痛苦的決定。很難找到正確的字眼來表達，尤其害怕她不會原諒我的恐懼緊緊掐住我的脖子，讓我說不出話。如果她不原諒我，我不知道我會做出什麼事。

露比靜靜地看著我，等待。她的頭髮凌亂，臉頰和嘴唇發紅。她好美，我終於準備開口說話時，必須把目光移開，盯著放在她腰上的我的手。

「我跟妳說過，畢業以後我要接公司。然後……對我爸媽來說，有一個太太陪在我身邊很重要，這也是我未來人生的一部分。他們現在就很想要我先跟某個人訂婚，這樣就他們的計畫就不會出任何亂子。」

露比發出一個無法定義的聲音，我抬頭看的時候，她皺起鼻子。顯然她不喜歡聽見我剛說的話，我也沒辦法想像如果露比的父母把她跟一個不是我的人撮合在一起，我會做出什麼事。

「對我來說，妳從一開始就是一個非常特別的存在。我變了一個人。我自己完全沒發現，但我的朋友和家人都看在眼裡。有好幾個星期的時間，我都一直聽到有人問我我是怎麼了，為什麼我總是心不在焉之類的。我爸爸當時在裁縫工作室看見我們兩個在一起的時候，他大概心裡就有底了。然後萬聖節撞見我們的時候……」我用力地嚥了口口水。「他就確定了。」

「所以之前你的嘴唇才會裂開嗎？他打你嗎？」她一邊問，一邊小心地將手指放在我的嘴唇上。她剛才咬的地方還在抽痛——但不是不好的感覺。

「對。」我小聲說。我從來沒有跟任何人談過我父親，連莉蒂雅也沒有。她雖然知道很多事，但還是有很多事她不了解。我確定我的朋友們大概知道我們家裡的情況，但每次我帶著瘀青的眼睛或破裂的嘴唇出現在他們面前，他們也連提都不會提，就像我們某個時候說好把這件事當作不存在一樣，然後每個人都遵守著這個遊戲規則。這對我來說非常需要。

「他常打你嗎，詹姆士？」露比在我耳邊輕聲問。

我沒辦法回答她，尤其她看著我的時候眼裡如此充滿感情。眼前的情況跟那件事無關。我想要做的就只是跟她解釋為什麼我會對她做出那麼可怕的事——這百分之百是我的責任，不管我自己的情況有多壓得我喘不過氣。

「那不重要。」我過了一會兒之後說。我的聲音變得有點沙啞，我再次清了清喉嚨。「總之，我爸媽把你視危險人物。他們發現妳對我很重要，比那該死的公司還重要。」

露比的眼神裡有個什麼東西改變了。她的目光變得好強烈、好嚴肅，彷彿可以看進我的靈魂。在她面前，我無處可躲——而在這一刻，我發現我也完全不想躲藏。我父母的擔憂是對的。露比對他們，還有他們為我與我的未來預想的一切，都是危險的。

真不敢相信我現在才了解這件事。

我愛上露比．潔米瑪．貝爾了。

我對她的感受是如此巨大、如此強烈，不管我多努力想要忽視，依舊存在。這我在過去幾個星期清楚發現到了。露比悄悄溜進我的人生，把一切搞得天翻地覆，值得在這場由她引起的混亂裡，擁有一個位置。

不管我必須因此和誰為敵，我都沒差；不管我爸是不是會把我逐出家門，我也沒差。莉蒂雅曾經問過我，為了露比和家人起衝突值得嗎。我當時被周圍的人所影響，以為不值得。那是我做過最愚蠢的決定，我恨我自己把露比用那種方式從我身邊推開。我知道我不能讓時間倒轉，但至少我必須要試試看。

「妳說的沒錯——我是真的不知道我要什麼。我做什麼、不做什麼，都已經被別人決定好了。有時候我感覺自己就像個跑龍套的演員，劇本是別人幫我寫的，我沒有權力改變。」

露比低聲咕噥。

「那天晚上，我們被我爸發現之後，他就失控了。我跟一個不符合他期望的人來往，對他來說是不能接受的。」

聽到我的話，她微微地蜷縮了一下。我立刻伸手去拉她的手，將它緊緊握住。

「我有想過我們的未來會是什麼樣子，但我看到的都是問題。只要牽涉到跟孩子有關的事情，我爸媽就會變成獨裁者。而妳……妳當時跟我說，妳正在為了日後成功的人生做準備。想到我爸因為你跟他兒子在一起而不高興，所以從中阻撓妳，就讓我無法忍受。我很害怕，因為我知道我什麼事都做不了，我絕對沒辦法保護妳。」

心臟快要跳出嘴巴。我知道自己聽起來想個可悲的白痴，但我想對她誠實，不管代價是什麼。

「世界是屬於妳的，露比。妳應該要跟一個能一路上支持妳，他的家人又張開雙臂歡迎妳的人在一起。但這我沒辦法給妳。除了一大堆我不知道要怎麼解決的問題之外，我什麼都沒辦法給妳。」

露比不發一語地看著我，我不敢呼吸。我預計她會起身，什麼話都不說地走出房間。這是我應得的，這我知道。然而露比沒打算要離開我。相反地，她往前傾，把她的唇緊貼在我的唇上。

我太震驚了，導致我沒回吻她。

「噢，詹姆士。」她低聲說。她把手從我手裡抽走，放到我的胸口，一直往上游移到我的心。「你……你這個傻呼呼的笨蛋。」

好，這我沒有預料到。

「我們擁有當下，為什麼你要為了未來想破頭呢？」她小聲地問。
「因為妳值得擁有更好的。我的未來註定是一片黑暗，但妳的不是這樣。」
她緊緊捧住我的臉。「不是這樣的，」她急切地說。「你也跟其他人一樣擁有許多可能，你只需要去爭取，詹姆士。」
我好愛她喊我名字的時候。她的聲音好柔軟，我很想閉上眼睛，請她再喊一次。
「為什麼你不直接跟我說就好呢？」她搖著頭問。「而不是沒給我半句解釋，就那樣把我推開。」
在她的眼裡，我可以看到我的行為為她帶來的痛苦。我把我的手放在她的手上，在我胸口十指交扣。「我真的很抱歉，露比。我真的以為，我們沒有彼此會比較好。」
「但感覺起來並沒有比較好啊。」她沙啞地說。「你就是直接忽視我，然後用史上最激烈的方式拒絕我啊。」
「我知道。天啊，露比，我真的很抱歉。」
我閉上眼睛。我不知道如果她不原諒我我該怎麼辦。如果她認為我給她的生活帶來太多壓力，如果我再也沒辦法像現在一樣跟她那麼靠近。
我不敢看她，只是緊緊握住她的手，將它按向我瘋狂跳動的心。
「詹姆士。」露比說。她開始抽走她的手。我很想抓住，但我知道我沒有權利。如果露比想走，我就必須要讓她走。但之後我感覺到她的手指伸進我的髮間，溫柔地在我頭上移動，一遍又一遍。

我不知道我們這樣躺了多久，但我不敢動，害怕破壞這一刻。靠露比這麼近，是世界上最棒的感受。為了得到這個感受，我願意放棄一切。我不知道為什麼我要花那麼多時間才明白這件事。

「詹姆士。」過了一會兒，露比又低聲叫了一次我的名字。她親了一下我的太陽穴。「沒關係，我原諒你。」

我深吸了一口氣，想要再道一次歉，但聽懂她那句話的意思之後，我全身僵住。我睜開眼睛。露比往後靠了一點，用堅定的眼神看著我。

「什麼？」我用沙啞的聲音問。

「沒關係，我原諒你。」她緩緩地重說一次，手摸過我的胸口。「但這不代表我忘記你做了什麼事。如果你再犯……」她微微聳肩。在我聽懂她剛說的東西，看到她謹慎的微笑之後，我終於放下了心中的大石。我用手臂環住她，把她拉向我的身體，呼吸急促地在她唇邊說：「不會的。不會的，我答應妳。」

然後我吻她。

我努力透過這個吻來讓她知道我有多感謝，還有跟她分享我心中所有波濤洶湧的感受。露比翻到我身上，我抱住她。她用她的舌頭逗弄著我，撫摸我依然在抽痛的下唇。一陣轟鳴聲從我胸腔深處穿透而出，我吸吮她的舌頭，她又開始發出喘息聲。

我不知道我們是怎麼走到這一步的，但這一秒，我覺得自己像在飛翔，不是墜落。露比原諒我了。她原諒我，而且想留在我的人生。

下一秒，她把嘴從我身上移開，開始解我襯衫的扣子。

「妳在幹嘛？」我沙啞地問。

「脫你的衣服。」

她繼續解，直到最後一顆扣子鬆開，看到我赤裸的上半身。她咬著下唇，先是遲疑地撫摸我的腹部，然後又更大膽一些。她看著我的身體，像是要把我吃掉的眼神，讓我很感激我上個月有多做了好幾個小時的訓練。

露比往前傾，沿著我的腹部往下吻的時候，我深吸了一口氣。然後我忽然在我的鼠蹊部感覺到她的舌頭，我用手肘撐起身。「妳在幹嘛？」

她抬起頭，用半瞇著的眼睛看我。「不是情侶和好的時候都會這麼做嗎？」

「我們是情侶了嗎？」

「哦，你一定不會是我的砲友啦。我對那個沒興趣。」

我笑了。「砲友？」

「一個像妳智商這麼高的人怎麼會突然那麼認真地從口中冒出『砲友』這個字眼呢？」我調皮地說，然後胃窩就被她打了一拳，讓我痛得叫了出來。「我比較喜歡妳用舌頭碰那裡。」

又一拳。然後她往上移動，直到她的臉和我的臉之間，只有一隻手掌寬的距離。「你真的覺得你現在應該這麼放肆了嗎？」

我感覺我的胸腔隨時都會被我轟隆隆的心臟給撐破。露比坐在我身上，雙腿張開，她的上半身壓在我身上，她襯衫的鈕扣輕輕地搔著我的皮膚。我勃起的下體幾近疼痛地抵住我褲子的布料，露比挪動臀部的時候，我短暫閉上眼睛。

我想要她。

我想要她的渴望是如此強烈，我從來沒有那麼強烈地想要過一樣東西。

「妳想要什麼，我就是什麼。」我用嘶啞的聲音說，而且我是認真的。「男朋友、砲友，什麼都可以。」我不在乎我父母說什麼或未來會怎樣。露比說的沒錯——我們擁有當下。而且我也沒辦法再否認我對露比的感覺，一秒都沒辦法。

「真的什麼都可以嗎？」她在我耳邊低聲說。

「什麼都可以。」我再說一次，雙手沿著她的大腿往上移動。露比草綠色的眼睛裡，有什麼東西亮了起來。我用大拇指摸過她大腿內側的時候，她發出喘息聲。一絲勝利的微笑偷偷溜上我的嘴唇。她好敏感。我重複觸摸的動作，這次的位置更上面。露比閉上眼睛。她的捲髮、深色的長睫毛還有她那領口繫著蝴蝶結的襯衫，讓她看起來好美。我很想去拉那條黑色的帶子，但我不敢。如果我們真的到下一階段了，那下一步應該由她來進行。

她彷彿讀懂我的心思一樣，露比往前傾，嘴巴緊貼著我的耳朵。下一秒她用嘴唇沿著我的耳廓往下吻，然後輕咬我的耳垂。我的身體反應非常劇烈：全身都起了雞皮疙瘩，而且興奮感讓我幾乎暈眩。她繼續刺激我，沿著我的脖子往下吻，吸吮我的頸間。

我發出一聲小小的咒罵聲。

露比離開我的身體，嚴肅地看著我。「你不喜歡嗎？」

「喜歡。」出於渴望，我的聲音聽起來既沙啞又粗糙。「我喜歡。」

我想讓她慢慢來，不想要趕她，我想要有耐心，表現得像個紳士，但是……我再也沒辦法了。我想讓她看看她對我做的好事。我用顫抖的雙手捧住她的臉，吻上她的唇。我翻過身，把她壓在我下方的時候，露比發出驚訝的呻吟聲。我勃起的下體抵住她身體的那一刻，她在我嘴裡喘息，緊緊抓住我的背。既然她現在已經這樣了，我也等不及要進入她的身體。

下一秒，她把我的襯衫從手臂脫掉，落在床旁邊的地板上。她的雙手在我背上游移，一開始有點遲疑，之後她就開始用手指沿著我的脊椎輕輕刮著，最後來到我的臀部，把它用力往下按。

「該死，露比。」我低吼。

「我已經想做這件事很久了。」她回，然後拍了我的屁股一下。我在她頸間憋笑，輕輕地咬她當作處罰。她將雙腿纏繞住我的臀部，將身體更往我貼近。我的天啊，她會要了我的命。

我稍微往後仰，把她領口蝴蝶結的帶子用手指拉著。我緩緩地把它拉開，同時直視著她的雙眼。露比用力地吞了口口水，入迷地看著我解開她的扣子。她坐起身，讓我可以把她的衣服從肩膀脫掉。我不知道要把襯衫丟到哪裡，因為我眼裡只看得見露比。外面路燈的光在她的肌膚和她穿的膚色內衣上，投出幾道光線。露比的身體好美，凹凸有致、光滑柔軟，又有傲人的上壘。在學校時，露比知道自己要什麼——顯然她在床上也是這樣，這讓我口乾舌燥。

我往前傾，連續吻著她的低胸衣。我捧住她的胸部撫摸，露比發出喘息。我很想把她身上的其他衣物都脫掉，埋進她的身體裡，但我忍住。

這是我們的第一次。我想要我們兩個幾年以後都還能記得有多美好。

所以在探索她上半身的時候，我放慢速度。我吻過、輕咬她的每一吋肌膚，舔著她的胸部，然後更用力抓住。我繼續往下移動，用牙齒磨過她的肋骨。她的輕聲喘息，和她身體的緊繃，指引著我更了解她的身體。我來到她的褲頭時，她把手指埋進我的髮間。我疑惑地抬頭看她。我聽她的指揮，接下來要發生什麼事，決定權在她手上。

「繼續。」她用幾乎聽不見的聲音說。

其他不用再多說什麼。

我先脫掉她的鞋子，然後是襪子。露比看著我，唇上帶著淺淺的微笑。最後我解開她的褲子，幫她脫掉。她穿著內褲躺在我面前，我屏住呼吸。我不知道我怎麼會值得擁有這些。毫無頭緒。也許這就是其他人一直在說的因果吧，像是這樣：嘿，你的人生一片黑暗嗎？喏，你可以得到全世界最好的女生作爲補償。她原諒你、喜歡你、讓你脫掉她的衣服，雖然你不配擁有這些。

不管露比讓我這麼做的原因是什麼——我都會讓她知道我有多珍惜她。

我往前傾，沿著她的腿往上親。現在理性思考已經不存在，剩下的只有感覺。我雙手滑向露比的臀部，輕柔地撫摸她的側身，滑過她的腹部，來到她內褲的褲頭。露比的呼吸變得越來越急促、沉重。

繼續，她的話在我腦中迴盪。

我繼續。我用手指勾住她的內褲，把它往下拉。她全裸躺在我面前，我沒辦法再保持理智。我毫不猶豫地開始沿著她的股間往下吻，當我的嘴碰到她的核心地帶時，她大聲咒罵了一聲。她又把雙手埋進我的髮間，一瞬間我不知道她是想把我拉開還是想讓我更靠近。我移動我的嘴，在她滾燙的陰部一吻。我的舌頭急促地往前舔，她的身體蜷縮，我把一隻手放在她肚子上穩住她。我很享受她用手指抓過我的皮膚，也讓我知道她想要我碰哪裡、力道要多強。隨著她的呼吸越來越急促、雙腿越來越僵硬，我將一根手指滑進她濕潤滾燙的陰部。我一邊吸吮，一邊緩慢、有規律地移動我的手指。過沒多久，露比就大喊我的名字，在我身體底下顫動。

我繼續舔吻她，一直到她身體的顫抖緩解下來。我最後離開她的身體，往床的頂端挪動，方便看她的時候，她整個人快喘不過氣。她的頭髮凌亂，臉頰通紅。她盯著天花板看，過了幾分鐘後呼吸才恢復正常。

之後她用手臂纏繞住我的脖子，對我露出笑容。

「剛才那個你一定要再做一次。」她說。

我也對她笑了笑，同時決定在未來的某個時候，我要一整個晚上都埋首於露比的雙腿之間。

「你大膽的嘴巴讓你的下面獲益匪淺。」

我搖搖頭看著她，然後在她嘴唇上輕輕一吻。露比不允許吻只停留在表面，她把我拉向她，舌頭伸進我嘴裡。我很驚訝她用這種猛烈的方式吻我，顯然她喜歡自己品嘗我的唇。她的一條腿圈住我，把身體壓向我。我的身體一陣顫動，我在她的口中呻吟，把臀部往前頂，露比輕輕發出一聲「噢」。下一秒，她的雙手來到我的皮帶。她的動作是沒有協調過的，想碰哪裡就碰哪裡。我好喜歡這樣的她。

她解開我的褲子之後，想把它往下脫，但我阻止她。「等一下。」我低聲說，然後把我的錢包從褲子口袋拿出來。我打開錢包，拿出放在裡面的保險套。我把保險套放在枕頭旁邊，然後脫掉褲子和襪子，丟在床邊，之後回到露比身上。我的手移到她背後，解開她內衣的扣子，幫她脫掉。現在我們之間已經沒有任何一丁點布料阻隔了。我抓住她的胸部，開始撫摸的時候，露比輕聲呻吟。

我好愛露比對於我的每個觸碰都會有反應。我還沒有跟像她這樣的女生在一起過。她的反應會完全引爆我的慾望。她把手伸往我的四角褲底下，把它往下脫的時候，幾乎讓我失去理智。

「妳有多想要我？」我沙啞地說，同時往上親向她的臉。我把她的頭髮從額頭上撥開，用手指拂過她的下巴。我想要用每個觸碰讓她知道她對我有多重要。

「跟你一樣想。」露比輕聲回答，同時溫柔地撫摸我的背。我點點頭，伸手去拿保險套。

戴上保險套的過程中，我的雙手在顫抖。露比用手肘撐起身體，觀察著我的每個動作，眼睛裡閃爍著好奇。我不假思索地把她的手抓過來，讓她握住我的陰莖。它在她手裡抽動，露比用她深邃的眼睛看著我。我小心地上下移動我們的手，然後用力按壓。她嚥了口口水。我放開她的手，她開始自己動了起來，一開始很謹慎，之後就越來越有把握。她精準地按到正確的位置時，我發出喘息聲。

「露比……」我低聲說。

接下來她放開手，躺回床上。

她的深色頭髮像個扇子般散在白色枕頭上，她的綠色雙眼像夢境般閃閃發光。我壓上她的身體，佔據她的雙腿之間。幾乎就像自動發生的一樣，我滑進她的身體。露比在我身體底下喘息，我屏住呼吸。她不可思議地緊，但夠濕潤，所以我敢地往前挺進。我觸碰她的臉頰，用大拇指撫摸她的下唇，然後把我的嘴按向她的。我緩緩、充滿感情地吻她，同時把自己從她體內抽出來一點，然後小心地再次進入她的身體。與此同時，露比的臀部換了一個角度——阻力減弱，我進入到她的最深處，我們兩個同時發出呻吟聲。一個想法想要擠出我被感覺覆蓋住的意識表面，但我抓不太住它。我的腦裡已經沒有空位了。我滿腦子都是露比，她的味道和她包圍著我的熾熱。我繼續推進，露比發出急促的喘息聲。她一條腿圈住我的臀部，我抓住她的大腿。

感覺真的太完美了，我好希望我們早一點就做這件事，而不是讓別人來阻撓我們。我的手指陷進她的大腿，讓它保持在目前這個位置，試著找到一個稍微有規律一點的節奏。露比的手在我全身到處游移，她往前傾，親吻我的胸口，我每推進一次，她就擠向我一次，好像對我的渴望永遠都無法滿足。我也一樣。她身體給人的感覺真好，讓我好難控制我的動作。

「你在發抖。」她輕聲說，往上撫摸我的背。我在她耳後吸吮、緩緩地進入她的時候，她緊緊抓住我的肩膀。

「因為我要控制自己。」

「這是那個做愛的時候弄壞水床的詹姆士嗎？」她氣喘吁吁地問。

我輕咬她的脖子。「我跟妳說過，那不是水床。」

露比不去理會我說的話，又用第二條腿環住我。她動著她的臀部，我深深滑進她的身體。

我發出呻吟，而且我的身體幾乎不由自主地跟著她。我用一隻手扶著她的頸子，以免她的頭撞到床。然後我挺進她的身體，比之前更用力、更快速。露比用手指抓著我的背，每碰一次，就讓我一點一滴失去控制。不久之後，床頭開始發出碰撞牆壁的聲音，我再也無法壓抑從我胸腔深處發出的聲音。露比的呼吸越來越急促，她的指甲陷進我的皮膚。她的眼睛是閉著的，但我一定要看到她當下的狀態。

「看著我。」我喘息著說。

她照著我的話做，我們的視線交會了。我們之間的連結前所未有地強烈。我沒有辦法再把目光移開，露比似乎也一樣。我們的動作同步，彷彿我們天生就為此存在一樣。我在她體內不斷挺進，直到碰到她的點，讓她大聲呻吟。她的肌肉在我的陰莖周圍收縮，突然間，我們一起達到高潮，床鋪碰撞的嘎吱聲已經不足以壓過我們的聲音。我的世界爆裂了，剩下一個由彩色星星和光線組成的宇宙，那裡的位置只給露比。

# 30

## 露比

「妳應該要事先跟我說的。」詹姆士的一根手指沿著我的脊椎拂過，我一陣顫慄。

「為什麼？」

我的頭靠在他的胸口，手下意識地摸著他肌肉硬挺的腹部。我們的腿還交纏在一起，也都還赤裸著身體，但詹姆士把被子蓋在我們身上。

「因為這樣我就會更溫柔一點啊。」他輕聲說，同時在我的髮際一吻。

「我想說那樣會嚇到你，然後你就會跑走。」

「我不會。我只會更小心我的動作而已。」

我仰起頭看他的臉。他的眉間出現一道紋路——他看起來是認真在擔心。

「但我不想要溫柔和小心啊。」

他一邊的嘴角輕微揚起，眼睛裡出現神秘的閃爍，消失的速度跟出現的速度一樣快。「也許我會考慮換個地方吧。不應該在床鋪會嘎吱作響的宿舍房間裡失去童貞。」

我氣憤地坐起身。有那麼極度短暫的一瞬間，詹姆士的目光落在我的胸部上，但之後他就立刻看向我的臉。「哈囉？如果我有在哪個地方失去童貞，那就是在牛津好嗎。」

他笑著搖搖頭。下一秒他抓住我的手肘，把我往前拉，讓我倒在他身上。他的兩隻手臂圈住我，把我緊緊按向他溫熱的身體。「妳真的是瘋了，露比・貝爾。」

**也許有一點吧**。我在心裡附和他說的話。

但一切感覺起來都太對了。詹姆士和我——也許這對我們來說永遠都不會是一件容易的事，也許詹姆士的爸爸會繼續竭盡所能地讓我從他兒子的人生消失，但我已經準備好為了詹姆士戰鬥。存在於我們之間的，是某種特別的東西。從今天開始，我明白這件事了。而從他看我、觸碰我的方式，我發現他跟我有一樣的感受。我們做得到的。從來沒有一件事可以讓我那麼篤定。

「你那個時候怎麼樣？」過了一會兒後，我問，沒直視他的眼睛。

「蛤？」

我專心在他肚子上畫圖案。「我的意思是……你的第一次怎麼樣？」

他吐了一口氣，他的肚子在我手底下往下沉。「妳真的想知道嗎？」

現在我還是看著他了。「當然啊。」

「是還好啦。那時候我十四歲，喝醉了，完全把事情搞砸。」

「十四？」噢天哪，那他已經有四年多的練習經驗了。我最好不要去想他已經跟多少女生睡過，床上功夫才會那麼好。

「過程大概持續兩分鐘，感覺不是很好。」

我不知道為什麼，但跟他一起躺在這裡感覺起來是一件再正常不過的事情，好像我就是屬於這個地方。我已經好幾個禮拜沒感覺這麼好過了，就連雙腿間輕微的抽痛感我也不介意。我的意思是，如我所說的：超好。我沒辦法想像會有更好的地方、更好的時刻讓我們做這件事。

「今天上午妳看起來超級渙散。」詹姆士突然說，瞬間削弱了我的好心情。

「面試情況真的很糟。」我抱怨。

他的嘴又在我的髮際游移，磨蹭著我的額頭。「那兩個老師是白痴。我覺得那是他們故意讓申請者心生不安的手段。你一定表現得很棒。」他帶著某種肯定的態度說，讓我差點就相信了。但只是差點。

「真的沒有。其中一個問題我完全回答錯了。我清楚感覺到他們覺得我說得不好。」

「怎麼說？」

我重述了一遍今天上午的那場災難。

「就像我剛才說的，我很確定那是他們的手段。不要想太多。如果妳進不了牛津，那就沒其他人進得來了。」他聽起來比我自己的感覺還有信心，但跟別人聊聊這件事，還是蠻好的，尤其詹姆士知道牛津對我有多重要。

「謝謝你說這些。」

他吻上我的嘴當作回答。我花了很大的力氣讓自己不要沉醉在這個吻裡。我把頭縮回來，問他：「你的情況怎麼樣？」

他發出一陣難以理解的咕噥聲，同時臉上突然又變成那個，一提到布佛特企業、牛津或他的未來，就會出現的表情。我的心裡好痛。

「跟我說。」我低聲說。

詹姆士板著臉回看我，最後他屈服了，深吸一口氣。「我知道牛津對妳來說是最重要的事，所以讓我覺得很難跟妳談這個，但是……我覺得這裡的這場鬧劇真的很智障。」

我努力不被他說的話打擊到。不是每個人的夢想和目標都相同。詹姆士會有這樣的感受跟我無關，根本原因是他自己。

「我剛才在面試的時候……一切事情就只是從我旁邊劃過。就像一部快轉的黑白電影，只有我停留在原地。」

「如果你真的不想來這裡念書或者不想接公司，那你想做什麼呢？」

他搖搖頭，我看到他的眼神裡有驚慌。「拜託不要問我這個。」

「為什麼不？」我撫摸他的臉頰，發現那裡的皮膚好粗糙。那裡有一些他明天早上絕對會刮掉的鬍渣。刮掉鬍子之後，詹姆士看起來一定很棒。

「那時候妳說，我不知道自己在人生中要什麼。妳說的沒錯。我沒有想過我可以做什麼，因為如果我允許我自己有夢想，那之後只會感覺更沮喪而已。」

他依舊認為他沒有自己決定人生樣貌的機會，但當有那樣龐大的家業等著他繼承，當他肩上背負著如此沉重的負擔，他又怎麼會有機會呢？

「夢想是很重要的，詹姆士。」我低聲說。

「那妳就是我的夢想。」

有那麼一瞬間，我沒有辦法呼吸，但我很快就意識到，他那樣說，只是因為他不想回應我剛才那句話。「很可惜這樣沒用喔。」

他對我露出斜笑。「事情也沒那麼容易。」

「你喜歡什麼呢？你對什麼東西有熱情？」

他思考了一會兒。我發現他突然緊繃了起來，我親吻他的胸口，想藉此跟他說沒有關係，慢慢來。

「我喜歡運動，」他遲疑地開始說。「和文學、藝術、好音樂。噢，還有辣的食物。更準確地說是辣的亞洲菜。我很想去曼谷旅行，品嘗所有市集上的東西。」

我貼在他肌膚上露出笑容。「像是炸蟋蟀之類的？」

「沒錯。」剛才的緊繃感漸漸消失了。

「全部聽起來都是有可能的啊。」

「那些是放假時可以做的事情，不能當作人生目標。」

我在他胸口溫柔地畫圓。「這是一個開始啊。如果你不要再繼續阻礙自己，任何事你都可以做。」

詹姆士什麼都沒說。

我想到一個主意。我立刻站起來，在地上找我的內衣褲。它們都掉在床附近，我先套上內褲，再來是內衣。我在書桌旁的椅子上發現詹姆士的灰色T恤，我穿上它，接著在書桌上四處張望。

「妳在幹嘛？」詹姆士在我身後問。我拿起他上面印著弧形B的黑色筆記本還有一支原子筆，然後轉過身去。他也把他的四角褲穿上了。

「我們現在來列一張清單。」我邊回答，邊帶著筆記本爬回床上。

詹姆士疑惑地看著我。我拍了拍旁邊的位置。床還是熱的，詹姆士身上的味道圍繞著我。他帶著狐疑的眼神，緩緩來到我身邊。他坐下之後，床墊因為他的重量往下陷。

我趴在他身上，點開床頭燈。然後我把他的筆記本在我大腿上打開。

「每次我狀態不好的時候，我就會列清單。從我還小的時候，這個方法就幫助我保持清醒的頭腦，不要失去動力，即使當下並不是那麼順利。」我解釋。「我會去找一些激勵人心的名言或記下我一定要做或之後想改變的事情之類的。」我把筆舉高。「通常我會用不同顏色的筆來寫，讓整份清單稍微繽紛一點，但今天只能用這支筆了。」

他眼裡的狐疑消失了，臉上開始出現笑容。「妳要幫我做一份那樣的清單？」

我點頭。「也許它也會激勵到你。」

他端詳了一下他筆記本的空白頁，最後點頭。「好。」

我露出笑容，開始下筆。我用花邊字體在正上方寫了「待辦」，然後用波浪狀的線條在這個標題底下畫線。接著我寫下1. 去曼谷旅行。我滿心期待地看著詹姆士。「下一個是什麼？」

他摸著下巴沉思。

「什麼都可以。」我提醒他。

「我想要繼續打袋棍球。」最後他小聲地說。

「噢，對。」我低聲說，同時把第二點記在清單上。我在旁邊畫了一支小小的袋棍球桿和詹姆士的十七號球衣。我再次抬起頭的時候，他的眼神好溫暖，讓我胃裡一陣酥麻。

「再下一個呢？」

他又花了一點時間思考。我不想催他，所以我耐心地等待。

「我想要看更多書。」他說。「而且不限於我平常會讀的類型。」

「你通常都看什麼書？」

「我爸給我的專業書籍。成功企業家的自傳。」他皺起眉頭。「但是還有好多其他類的書，比如說我想試試看漫畫。」他用意味深長的眼神對著我笑。

「我可以做一張推薦書單給你。」我說，同時回他一個微笑。

「我會馬上把全部都看完。」

我笑著低下頭，在清單上寫下3. 涉獵更多不同類型的書。「再來呢？」

詹姆士用力吞了口口水。「當然囉，我想要有一個可以實現自我的工作。我還不知道可能是什麼，但是……」他聳聳肩。他似乎想再多說些什麼，但又沒辦法。我把筆放下，捧住他的臉頰。我溫柔地用大拇指撫摸著他溫暖的肌膚，最後低下頭吻他。他筆上眼睛，輕聲喘息。

「任何事情都是有可能的，詹姆士。」我輕聲說，同時再度往後靠。我拿起筆，記下4. **找到能夠實現自我的工作**。之後我看著我的作品沉思。

「還少一點。」詹姆士突然說，同時伸手拿筆記本。他從我手裡把原子筆拿過去，寫下某個東西。

「好了。」他低聲說，同時把筆記本拿到他面前。我滑到他身旁，緊貼著他，我赤裸的大腿碰觸著他的大腿，然後看他加了什麼。

5. **露比**

我屏住呼吸，來回看著清單和詹姆士。

「妳在我身邊的時候，讓我覺得我什麼事都做得到。」他沙啞地說。「所以如果這張清單上面的東西會讓我快樂，那妳絕對也在上面。」

我不知道該說些什麼。所以我只是爬上他的大腿，手臂圈住他的脖子。他把一隻手放在我的後腦勺，然後吻我。我們一起陷進枕頭裡，嘴唇交疊，手裡拿著他的夢想。

# 31 詹姆士

我人生中最棒的夜晚可惜終有結束的時候。露比和我本來想整夜不睡，但大概到四點的時候就睡著了。三個小時後我們忽然驚醒，因為我們以為睡過頭了，然後露比的爸媽已經在門外等。幸好不是真的，但我們也沒有剩下多少時間了。

讓露比回去她房間，對我來說真的是好困難的一件事。我不想跟她告別，一直把她拉回我身邊，吻她，像我接下來至少有一個月不會再見到她一樣。然而我們最晚明天就會在學校見到面了，或者甚至今天晚上就可以，如果我成功擺脫家裡。機會看起來也非常大：我接到聖希爾達學院的邀請，對我爸來說等同一種侮辱。他甚至建議莉蒂雅和我互換，因為她是收到貝列爾學院的邀請。「可恥」、「廢物」之類的字眼還在我腦裡嗡嗡作響。我不覺得他會有興趣知道面試進行得怎麼樣。

波西一早就來接我了。他從我手中接過行李箱，把它放進勞斯萊斯的後車廂，然後上車，去接莉蒂雅。隔屏沒降下來，擴音器沒開，顯然他不想跟我聊天。正合我意，因為這樣我可以再看一次露比的清單。我不知道上面列的東西會不會很不切實際，但至少它們會讓我想起昨夜。

我身上穿著到今天早上都還套在露比身上的那件灰色T恤，她的味道附在我身上。我感覺自己還在用舌頭品嘗她的身體，而且一想到她呻吟著喊我，我就開始起雞皮疙瘩。我一定要再重溫一次。最好是馬上。

莉蒂雅上車之後，立刻就看出我有什麼東西改變了。她用瞇起的雙眼從我臉上往下看，再往上看回我的臉。之後她的臉上漾開一抹她知道了什麼的笑容。「你看起來昨晚過得很開心。」她太了解我了。

我把清單重新折起來，放回我錢包裡。它取代了那張「去你的」卡片。那張已經被我撕掉，丟在宿舍裡。

「我可以聽細節嗎？」

聽到他問這個問題讓我很驚訝。即使莉蒂雅最近跟我傾吐了薩頓老師的事，我們一般還是不太跟對方說自己的感情生活。

我狐疑地看著她。「妳什麼時候開始對我晚上在幹嘛有興趣了？」

她聳聳肩。「從你搞在一起的那個人是露比開始。」

用「搞在一起」這個詞來形容露比和我之間發生的事，讓我覺得非常不適切。「第一，誰說昨晚跟我在一起的是露比了？第二，我以為妳不喜歡她。」

莉蒂雅翻了個白眼。「第一，我不蠢。第二，如果你喜歡她，那我也喜歡她。就是這麼簡單。」

「那很好啊。因為我覺得妳將來不只會在學校看到她。」

莉蒂雅張大嘴巴。「你跟她是認真要在一起？」

我沒有辦法忍住微笑在我臉上漾開。下一秒，莉蒂雅朝我的手臂打過來。「我不敢相信欸，詹姆士。」

「什麼？」

「如果爸知道了，他會瘋掉。」她搖著頭說。她的手還放在我的手臂上。她按了一下。「但是你看起來很快樂，我很替你開心。」

我之前真的不知道事情會變成這樣。我不知道愛上一個人是什麼感覺，不知道只要一想到露比，就會讓我心跳加速。我很想跟波西說直接開去找露比，因為她不在我身邊的這件事，我怕我沒辦法再多忍受一秒。

「波西到底是怎麼了？」莉蒂雅彷彿讀到我的心思，突然這麼問。她說話的聲音比之前還要小，然後朝駕駛座的方向點點頭。

「不知道耶。」

「他甚至沒問我面試情況怎麼樣。」她低聲說。

「妳可以跟我說啊。」我向她這麼提議，但莉蒂雅皺起鼻子。

「戀愛中的你整個人變得好奇怪。」

我做了一個鬼臉。

剩下的車程，我們在彼此都覺得舒服的沉默中度過。莉蒂雅在滑手機，我則是看向窗外，想著昨晚。到家之後，我繞到後車廂，協助波西拿行李。他用手勢阻止我，同時嚴肅地看著我。

「您應該要進去，布佛特先生。」自從我七歲那次把可樂灑在新裝好的後座之後，他就沒有那麼嚴厲地跟我說過話了。波西來回看著我和莉蒂雅，然後嚥了口口水，轉身去拿行李。莉蒂雅和我困惑地對看，然後踏上通往大門的階梯。

「他到底是怎麼了？」莉蒂雅小聲地說，雖然這個距離我們講話他已經聽不見了。

「不知道。妳從昨天以來有跟爸說過話嗎？」

她搖搖頭，我把門打開，跟她並肩走進入口大廳。莉蒂雅把她的包包放在門後面的小桌子上，這時，瑪麗，我們的管家正好走進大廳。她發現我們的時候，臉色變得一片蒼白。我正想跟她打招呼，但她卻轉身，急忙往客廳方向走去。莉蒂雅和我又互換了一次眼神。我們一起穿過大廳，走進瑪莉剛才進入的房間。

爸爸站在壁爐前面。他背對著我們，但我可以看到他手裡拿著一杯褐色液體，雖然現在連中午都還不到。壁爐的火焰劈啪作響。瑪麗小聲地對他說了一些話，之後就又踩著快速的步伐離開。

「爸？」我問。

他轉過身，面無表情，跟我習慣的一樣。即使如此，我看到他的黑眼圈時，還是有一股不好的預感向我襲來。

「你們坐吧。」他指了指那張綠色天鵝絨沙發，他自己則走向旁邊的那張單人沙發。

我不想坐。我想知道這裡到底發生了什麼事。莉蒂雅去坐了，我繼續站在客廳的入口，盯著我爸看。他舉起玻璃杯，把裡面剩下的蘇格蘭威士忌一口乾了，然後把杯子放在茶几上。

「坐吧，詹姆士。」這是命令，不再是請求了。但是我沒辦法移動，這裡的氣氛太緊繃了。有什麼事情發生了，我在踏進家門的那一刻就察覺了。

「媽在哪裡？」莉蒂雅問。她還是盡量讓自己聽起來是開心的，彷彿想緩解爸和我之間的緊張氛圍。但她一定也知道這裡有什麼事情不對勁。

「你們的媽媽突然腦溢血發作。」

爸爸往後靠坐在沙發上，手臂放在扶手上，翹著二郎腿。他臉上的表情凌厲、冷漠。一如既往。

「這……什麼……這是什麼意思？」莉蒂雅結結巴巴地說。

「柯迪莉亞突然腦溢血。」他像已經背熟了般地重複這句話。「她死了。」

莉蒂雅摀住嘴巴，放聲痛哭。我覺得我好像不是真的在現場。我的靈魂離開身體，在另外一個地方看著眼前這個景象。

爸爸繼續說話，但我只聽得懂一些零星片段。

血管破裂……太晚去……醫院……沒辦法……

他的嘴巴在動，但他說出口的話混合了莉蒂雅的痛哭聲。另外還伴隨著一股聲音。急促、大聲的喘息。

我想那是由我發出來的。

我把手用力往胸口按，試著抑止喘息。但沒有用。我的呼吸越來越急促，但即使如此還是吸不到空氣。所有那些我在網路上讀到的緩解恐慌的技巧，在這一刻都幫不了我。我沒辦法控制我的身體，冒出一身冷汗。

媽死了。

她死了。

爸爸面無表情。也許這是一個他開的爛玩笑，想懲罰我沒收到貝列爾學院的邀請。

「什麼時候？」我問，感覺快要無法呼吸。我頭好暈。我腳底下的地板在晃。我必須要抓住某個東西，但已經不知道要怎麼移動我的手臂。

我爸看著我，目光深不可測。「星期一下午。」

我的心臟。我的心臟絕對隨時會停止跳動或在我胸口爆炸。一開始我沒了解他說了什麼，因為我忙著把空氣吸進肺裡。但斷斷續續地呼吸了幾次之後，我聽懂了他的意思。

星期一下午。

今天是星期三。

「讓我整理一下……」我用顫抖的聲音說。「媽兩天前腦溢血過世，然後你現在才跟我們說？」

我不應該提這個問題的。我應該要走去我妹身邊，抱住她。我們應該要一起哭。但這個情況讓我覺得很不真實，還是感覺好像不是發生在我身上——而是另一個短暫能操控我身體的人，我只是在旁邊看。既無力又震驚。

爸爸用手指敲著沙發扶手。「我不想要你們把面試搞砸。」

我沒有辦法解釋接下來發生的事情，就像我腦中突然出現一道閃電。下一秒，我跳向我爸爸，在他臉上揍了一拳。力道之大，讓他坐的那張單人沙發整個往後翻，爸爸和我跌到地上。莉蒂雅發出刺耳的尖叫聲。某個東西碰地一聲掉到地上，裂成碎片。我的拳頭再次落在我爸那冷漠的嘴臉上。血從他的鼻子裡濺出來，我手裡的骨頭喀喀作響。我們周圍到處都是碎片。我的手灼熱地抽痛，但我再度揮拳。

「詹姆士，不要打了。」莉蒂雅發出尖銳的叫喊聲。

某個人從後方抓住我，把我從我爸身上拉開。我像隻狂暴的動物般抵抗。我要讓我爸付出代價。為所有事情。

爸在莉蒂雅的協助下從地板上站了起來。他的鼻子和嘴角滲出血。他用手指摸了摸他的臉，然後端詳著那暗紅。之後他看向依然拉住我的波西。「帶他出去，讓他先冷靜下來。」

波西用力讓我轉過身，然後把我沿著走廊往外拖。他的手臂緊緊扣住我的胸腔，讓我完全吸不到空氣。他拖著我穿過走廊，途中我們撞到一個五斗櫃，又有東西破掉。到了外面之後，波西才放開我。我轉身，想要立刻回到屋內。

「布佛特先生，請停止。」波西一邊說，一邊抓住我的肩膀。我推開他的手，然後往他的胸口一推。

「滾開，波西。」

「不要。」他的聲音很堅決，他的手指深深陷進我的外套裡。

「他隱瞞我們。你也隱瞞我們。」我說。我又推了他一次。「我媽媽死了，然後你沒跟我說。」這些話感覺起來就像有腐蝕性的酸，突然間，到處都出現灼熱感：我的嘴裡、我的脖子、我的胸口和我的眼睛。我的視線一片模糊。

「我媽媽死了。」

一股悶住的疼痛感迅速在我體內擴散。好痛。我不覺得我承受得了。它讓我無力招架，而且我依舊無法好好呼吸。不能再這樣下去了。我必須要讓疼痛停止。

我的雙手劇烈顫抖，劇烈到從波西的西裝外套上滑了下來。下一秒，我轉身往車庫的方向跑。

「布佛特先生！」

我做了一個阻擋的手勢。我跑進車庫的時候，波西跟在我後面。我走向我的車，用顫抖的手從褲子裡掏出鑰匙，打開駕駛座的門。我視線範圍的邊緣越來越暗，感覺好像隨時都會暈倒。管他的。所有事情都管他的。我發動車子，波西站在車子正前方。管他的。我踩下油門，他在最後一刻跳開了。我把車開走，輪胎發出嘎吱聲，我用手背擦過我哭濕了的臉頰。

# 32 露比

門鈴響起的時候，我正在把一塊疊疊樂的積木抽出來。我嚇了一跳，手臂抽動了一下，害整座塔倒掉。爸媽和安柏對我發出噓聲，我小聲地罵了一句髒話。

「妳出局了。」媽摩拳擦掌地說。她是我們裡面最強的，幾乎沒有輸過。

我跟他們講了我去牛津的經過、讓他們看了我筆電裡小小的牛津照片集之後，我們一起吃飯，接著決定下午要來玩遊戲。這是我們疊疊樂的第三回合了——而我已經輸了兩次。我認輸，站起來。其他人開始重新把積木堆起來的時候，我走去開門。一看到站在門口的人，我瞬間瞪大眼睛。「莉蒂雅？」

她看起來糟到不行。她滿臉通紅，眼睛很腫。我往她靠近一步，但她立刻舉起手阻止我。

「詹姆士有在這裡嗎？」

我搖頭。「沒有。發生什麼事了？」我驚恐地問。

莉蒂雅似乎沒聽到我說話。她從她外套口袋拿出手機，撥了一串號碼，然後把它拿到耳朵旁。我只穿著襪子跟她走到外面，抓住她的手臂。我急切地看著她。「發生什麼事了？」

她只搖了搖頭。

「希里爾，是我。」她突然開始說話。「詹姆士有在你那嗎？」

希里爾在電話的那一頭說了一些東西，她臉上的表情看起來放心了許多。「謝天謝地。」

我又聽到希里爾的聲音出現在電話那頭，但我聽不懂他在說什麼。不管是什麼——又讓莉蒂雅的表情再度陰鬱了起來。

「好。不，我過去。」他又回了一些話，莉蒂雅看了我一眼。「對。待會見。」

她掛掉電話之後，想轉身走回車上，波西現在正靠在旁邊。他也看起來好憂慮不安，導致一股不舒服的感受開始在我胃裡蔓延。

「莉蒂雅，拜託告訴我發生什麼事了。」我突然說。

她張開嘴巴，然後又閉上。「我不覺得這是個好主意。」

我做了一個手勢示意她等一下。我跑回屋裡，套上我的靴子，拿起我的大衣和爸爸做給我的針織圍巾。我對家人喊說我要出去一下，然後從家門口旁邊的掛鉤上拿下我的鑰匙。我邊走邊圍上圍巾。莉蒂雅看起來像想阻擋我，但又沒有力氣。

她消失在車子裡，沒再多說一句話。我跟波西打招呼，他微微跟我點頭，然後我也上了車。莉蒂雅坐在詹姆士平常會坐的位置。她的眼神呆滯，手在紅色大衣的摺邊摸來摸去。我很想抓住她的手，但我不敢。

「我上次跟妳提的那件事還有效喔。如果妳想講話的話，我的意思是。」我小聲地說。

莉蒂雅蜷縮了一下，好像我剛才是在對她大吼一樣。她提起頭看我，眼睛裡閃爍著淚水。

在她身邊多待一秒，我胃裡不舒服的感覺就更嚴重一些。發生了什麼事，會讓她的狀態變得那麼糟。忽然間，我腦裡出現了個可怕的念頭。我往上看，紅色小燈沒有亮著，意思是波西聽不到我們的聲音。我稍微往前傾。

「妳的寶寶還好吧？」我低聲說。

莉蒂雅驚恐地看了駕駛艙一眼，但隔屏也是升起來的。她轉頭回來看我。「還好。」她用沙啞的聲音說。「我們家裡……」她停住，似乎在考慮可以跟我說多少。「發生了爭執。」

自從詹姆士昨天晚上跟我說了他爸爸的事之後，我就能想像布佛特家的「爭執」代表著什麼。雞皮疙瘩爬滿我全身。

「詹姆士還好嗎，莉蒂雅？」我輕聲說，沒辦法壓抑我聲音裡的驚恐。

莉蒂雅無助地聳肩。「希里爾說還好。」

接下來的十五分鐘，感覺像是一輩子那麼漫長。我緊緊抓住我外套的摺邊，努力不要因為擔心而瘋掉。我不知道這一切是什麼意思，而且莉蒂雅閃避我的目光，只是下意識在摸著她的肚子。偶爾她會用力地眨眼睛，像是想防止眼淚掉下來。她的手機震動了一下。看訊息的時候，她雙唇緊閉，之後就看起來完全不想講話了。

抵達希里爾家之後，莉蒂雅跳下車，快速地走向大門。她在結冰的階梯上滑了一下，我在最後一刻抓住她的手臂，以防她跌倒。她小聲地跟我說謝謝。

希里爾已經站在門口了。莉蒂雅走到他面前時，他張開手臂歡迎她。「看看是誰來為派對增添光彩了啊。」

他抱住她，但她就只是站在那裡讓這一切發生，像個沒有生命的娃娃。過了一會兒，希里爾才跟她分開。然後他發現了我。「而且妳還多帶了一個人。真好。」他說最後那幾個字的語氣，讓人絲毫不會懷疑他其實是在講反話。之後他往旁邊跨一步，我們走進去。這裡就已經聽得到從房子身處傳出來的轟隆隆音樂聲。希里爾依然摟著莉蒂雅的肩膀。我納悶他知不知道發生了什麼事，還是只是得體地不向莉蒂雅提起。

我們穿過大廳，上次我也走過。這次沒有客人在看台上，派對似乎只在客廳裡進行。我們踏進客廳時，迎面而來的是隆隆音樂聲，我四處張望。這次不像上次我來的時候人那麼多。事實上人不太多。我不知道為什麼，但這樣只是讓我感覺更不安。一些我不認識的人穿著內衣褲在客廳中央跳舞。阿里斯戴爾坐在一張沙發上，跟一個身上有刺青的粗壯男子擁吻。我在更後方的飲料推車旁發現凱許，他正用瞇著的雙眼看著他們兩個，接著一口乾了他杯子裡的東西。

我的脖子開始發麻……然後我發現了詹姆士。他坐在遊泳池附近的沙發上。看了他一眼之後，我的肩膀僵住。他看起來筋疲力盡，頭髮亂七八糟，襯衫袖子高高捲起，在他的灰色T恤上——我昨天晚上穿的那件T恤——看得出一些紅色的斑點。我的心臟快跳出來。

我正想走過去找他，這時我看到他往前傾，頭在桌子上方傾斜，用手指按住鼻子的一側，然後用另一邊的鼻孔吸起一個白色物質。我瞠目結舌。他剛才該不會……

一個我依稀知道是誰的金頭髮女生從游泳池爬出來，緩緩走去詹姆士那裡。她彎了彎手指，示意他朝她走過去。他站起來，傾斜著頭。她再走最後一公尺就到詹姆士身邊了，她在她面前停住，緊貼著他。之後她舉起雙手，開始解開他的襯衫。就在這個時候，我認出她是誰了。那個在撫摸我男朋友的女生，是伊蓮．艾靈頓。我全身一陣顫慄，我發現我胃裡出現刺痛感。我全身僵住，無法動彈。

「他這個樣子已經多久了？」莉蒂雅問希里爾。

「從今天中午開始就這樣了。他完全在把自己灌醉。」

莉蒂雅用氣音發出一聲咒罵。他們兩個繼續說話，但我耳朵裡的轟隆聲讓我聽不見他們在說什麼。伊蓮把詹姆士的襯衫從肩膀脫掉，襯衫落在地板上。接著她開始解他的皮帶。

夠了。

這一刻我的憤怒比我對水的恐懼還要強烈。跨了幾個大步以後，我來到他們旁邊。

「你到底在這裡做什麼？」我大吼。

詹姆士轉過頭，但他沒看著我，他的眼神只是穿過我的身體。

他讓我覺得完全變了一個人。他面容呆滯，瞳孔大到佔掉了大部分的虹膜，看不太見那獨特的土耳其藍。他的臉頰蒼白，眼睛外圍有一圈紅紅的。

這不是我的詹姆士。這是幾個月前的那個男生，那個用錢收買別人、每個周末都跟朋友狂歡、床伴一個換過一個的男生，那個對什麼都沒感覺，對任何事都不在乎的男生。

「詹姆士。」我輕聲說，同時拉住他的手。他的皮膚好冰。

有那麼一秒鐘的時間，他的眼裡閃過某個東西。陰鬱、強烈，似乎從裡到外將他吞噬。他吸了一口氣，短暫地閉上眼睛——重新睜開以後，剛才那個表情就又消失了。「這裡沒有妳要找的東西，露比。」

「但是我……」

我話還沒說完，他就轉身跳進游泳池裡。掉進水裡的聲音好大，讓我嚇了一跳。小小的水花濺到我臉上，我往後跳了一下。伊蓮和一些其他只穿著內衣褲的客人跟著詹姆士跳進水裡。雷恩也是其中之一。他浮出水面後，怪聲怪氣地大叫，把詹姆士潑得更濕。詹姆士笑著把水從頭髮上甩掉。

這裡的一切感覺起來都錯得離譜。我很想跟詹姆士說話，但出於很多種不同的原因沒有辦法。我的恐懼不允許我再更接近水，除此之外，我也不覺得在這個狀態下，還能跟他講什麼他聽得懂的東西。詹姆士看起來像失了魂。彷彿世界從他身旁呼嘯而過，他只是麻木地被帶著走。

伊蓮往詹姆士的方向移動。詹姆士一直往回游到牆壁那裡，伊蓮微笑地跟著他。我的心跳越來越快。我不懂這裡到底是怎麼了，感覺起來就像一場可怕的夢。我可以看到在水面下她貼著詹姆士的朦朧身體輪廓。她現在站在他兩腿之間，往前傾，在他耳邊低語。他們兩個看起來很親密，好像眼前的情況不是第一次發生。我心裡所有的聲音都在命令我走過去，把她從他身上拉開，但我動彈不得。伊蓮捧住他的臉，吻他，詹姆士什麼動作沒有。

我內心有個東西裂成了碎片。小小的玻璃碎片穿進我的胸腔，滲進我的內心深處，讓我幾乎無法呼吸。

忽然間，有人把一隻手放到我肩膀上。「現在這就是我認識的那個詹姆士．布佛特了。」雷恩貼在我耳邊說。

我想說：但這不是我認識的那個詹姆士。

你不知道他眞實的樣子。

他是我男朋友，你這個愚蠢的王八蛋。

但不對。如果詹姆士．布佛特是我男朋友，他就不會這麼做。如果他是我男朋友，遇到問題時，他會來找我，向我傾吐心事，而不是來找他這些膚淺的朋友，用酒精和毒品來轉移痛苦。如果他是我男朋友，就不會有另一個女生的舌頭在他脖子上停留。

我立刻掉頭離開。我在濕滑的地板上滑了一下，但還是成功恢復平衡。我用最快的速度穿過客廳。走向出口的時候，步伐在大廳地板上發出碰碰碰的聲響。我必須離開這裡，越快越好。但我不覺得世界上有一個地方可以讓我忘卻剛才發生的事情。

「露比！」莉蒂雅在我身後喊。我停下腳步，越過肩膀看。當我看到她有多絕望的時候，內心浮現出一股罪惡感。

「我很抱歉你們的家庭狀況這麼糟糕，莉蒂雅。」我用顫抖的聲音說。「但我沒辦法。尤其在……之後」什麼東西之後？在我以為我們已經克服了之後？在我們上床之後？我不可能跟她說這些。

「他現在需要你。」她乞求我。

我發出一聲苦笑，然後仰起頭看天花板。這個大廳太墮落了，舉目所及都是金色，珍貴的油畫、昂貴的古典花瓶——突然間，這些東西在我眼裡都毫無意義了。我轉過身，繼續穿越大廳，直到抵達出口。莉蒂雅又在後方對我喊了些什麼，但我再也聽不見。

沉重的門在我身後鎖上，我把它視為一種象徵。

有那麼一小段時間，我真的認為，只要我們兩個都夠想要，詹姆士和我是會成功的。但是現在我明白了：

我永遠不會是他世界的一部分。

可惜我到現在才發現，已經太遲了。

# 牛津交易

SAVE ME

作者　摩娜・凱絲頓（Mona Kasten）
譯者　廖芳婕
行銷企畫　劉妍伶
執行編輯　陳希林
封面設計　陳文德
版面構成　綠貝殼資訊有限公司

發行人　王榮文
出版發行　遠流出版事業股份有限公司
地址　臺北市南昌路 2 段 81 號 6 樓
客服電話　02-2392-6899
傳真　02-2392-6658
郵撥　0189456-1
著作權顧問　蕭雄淋律師
2021 年 01 月 01 日　初版一刷
定價新台幣 380 元

ISBN　978-957-32-8926-5
遠流博識網 http://www.ylib.com E-mail: ylib@ylib.com
（如有缺頁或破損，請寄回更換）



遠流出版公司

國家圖書館出版品預行編目（CIP）資料

牛津交易／摩娜・凱絲頓（Mona Kasten）著；廖芳婕譯. -- 初版. -- 臺北市：遠流出版事業股份有限公司，2021.01
368 面；14.8×21 公分
譯自 : Save me
ISBN 978-957-32-8926-5（平裝）
875.57　　109019807